요정배급회사

妖精配給会社

Book #7 Yôsei Haikyû Gaisha
by Shinichi Hoshi

"Fuku no Kami", "Anji", "Afutâ Sâbisu", "Chintai no Jidai",
"Aru Tatakai", "Omiyage wo Motte", "Shidô", "Osorubeki Jitai",
"Natsu no Yoru", "Sankaku Kankei", "Macchi",
"Yôsei Haikyû Gaisha", "Koigataki", "Tsukurubekika",
"Hana Kenkyûsho", "Hitotsu no Sôchi", "Takara Bune",
"Giniro no Bombe", "Endai na Keikaku", "Tôsô", "Subarashii Hoshi",
"Bun Kôjô", "Gokigen Hoken", "Sekininsha", "Ihin", "Haru no Gûwa",
"Yusôchû", "Kôun eno Sakusen", "Tomodachi", "Gôka na Seikatsu",
"Uchû no Sekisho", "Kyûjinnan", "Botan-boshi kara no Okurimono",
"Tenshi to Kunshô", "Shûmatsu no Hi" were written by Shinichi Hoshi,
originally published in Yôsei Haikyû Gaisha in 1964 by Hayakawa
Shobo, Tokyo.
A paperback edition of the book is currently published by Shinchosha,
Tokyo.
Copyright © 1964 by The Hoshi Library, Inc.
Korean translation rights arranged with The Hoshi Library, Inc.
through Japan Foreign-Rights Centre/Shinwon Agency Co., Ltd.

妖精配給会社

요정배급회사

호시 신이치 지음

김진수 옮김

하빌리스

목차

복신福神

설날 아침, 많은 사람들이 신사나 관음보살에게 새해 첫 참배를 하러 가는 가운데, L씨는 홀로 남다른 행동을 택했다. 조용한 묘지로 향한 것이다.

그렇다고 조상님께 새해 인사를 드리러 간 것은 아니었다. 물론 정신도 멀쩡했고 고약한 청개구리 심보 때문도 아니었다. 그 역시 행운을 기대한다는 점에서는 다른 사람들과 똑같았다.

다만 사고방식이 조금 달랐을 뿐이다.

"유명한 신사에 가봤자 별 효험은 없을 거야. 설령 있다 해도 저렇게 많은 사람이 몰려가면 한 사람당 돌아올 복은 뻔하지. 나는 나만의 방법으로 행운을 개발할 거야."

L씨는 그렇게 중얼거리며 걷다가 이윽고 새로 생긴 커다란 묘비 앞에 멈춰 섰다. 그곳에는 작년에 사망한 재계의 거물 R씨의 이름이 새겨져 있었다. L씨는 무릎을 꿇고 간절히 기도했다.

"제발 당신처럼 되게 해주십시오."

R씨는 무일푼으로 시작하여 천수를 다할 때까지 막대한 부를 쌓아 올린 인물이다. 그럴 수만 있다면 누구나 그 운을 닮고 싶은 게 당연하다.

L씨는 주머니에 손을 넣어 준비해온 소형 망치를 꺼냈다. 묘비 귀퉁이를 조금 떼어내서 행운의 부적으로 삼으려는 생각이었다. 하지만 망치를 치켜든 순간, 목소리가 들려왔다.

"그만둬."

L씨는 목을 움츠리며 주위를 둘러보았다. 하지만 아무도 없었다. 기분 탓인가. L씨는 다시 망치를 들어 올렸다.

"그만둬. 무슨 짓을 하는 거냐."

또다시 목소리가 들렸다. 하지만 역시 인기척은 없

었다. L씨는 어쩌면 이건 고인의 영혼 아닐까 라고 생각했다. 너무 많은 재산을 남겨서 미련이 남아 저승으로 가지 못한 것일지도 모른다. 그렇다면 나도 성불할 수 없을 만큼 많은 돈을 벌어보고 싶군.

L씨는 목소리에게 사과하기로 했다.

"죄송합니다. 용서해 주세요. 결코 나쁜 뜻이 있었던 건 아닙니다. 그저 선생님의 복을 조금이라도 나눠 받아서 성공하고 싶다는 간절한 마음 때문이었습니다. 그러니까 선생님의 인덕을 흠모하는 마음에서…"

중간부터 묘하게 아첨으로 변했다. 그러자 목소리는 뜻밖의 말을 했다.

"이 무덤 아래 묻힌 사람에게 인덕 같은 건 없다. 아까 묘비를 건드리지 말라고 한 것도 그 때문이다. 소용없으니까."

"그럼 지금 말씀하시는 분은 누구신가요?"

"복신(福神) 중 한 명이다."

그 대답에 L씨는 긴장하며 질문을 계속했다.

"그러셨군요. 그런데 여긴 무슨 일로…?"

"계속 R씨를 도와줬는데 그가 죽은 뒤로 여기서 쉬고 있다. 다음 활동을 시작하기 전에 잠시 휴식을 취하려고 말이야."

그 말에 L씨는 저도 모르게 넙죽 엎드렸다. 이 무슨 행운인가. 남들처럼 행동했다면 결코 이런 일은 없었을 것이다.

"복신님을 만나다니 꿈만 같습니다. 부디 저에게도 복을 나눠주십시오."

"그렇게도 갖고 싶으냐?"

"그럼요. 제발, 제발 저에게…!"

L씨는 부끄러움도 체면도 잊고 연신 간청했다. 누군가 이 광경을 봤다면 분명히 이상한 사람이라고 생각했을 것이다.

"그렇게까지 원한다면 못 들어줄 것도 없지. 그런데 너에게 그만한 열의가 있을까. 복을 손에 넣는 조건은 열의다."

"열의가 있다는 건 망치를 들기 전에 올린 기도만 봐도 아시지 않습니까. 저는 남들보다 훨씬 강한 열의를 갖고 있습니다."

"그래, 확실히 그런 것 같군."

"제발 부탁드립니다. 아주 조금이라도 괜찮습니다."

"아니다. 복이란 건 잘게 나누면 의미가 없다. 전부

통째로 주는 수밖에 없지. 그래도 괜찮겠나?"

L씨는 펄쩍 뛰어오르더니 다시 한번 넙죽 엎드렸다.

"물론입니다. 그게 최고죠. 아아, 정말 믿을 수 없는 행운이군요. …그런데 어떻게 하면 됩니까?"

"내가 너한테 빙의하는 거다. 지금까지 R씨에게 그랬던 것처럼."

"그럼 R씨처럼 큰 부자가…."

"아니, 그 이상일 거다. 어떠냐?"

"아아, 정말 믿기지 않는군요. 부디 마음이 바뀌시기 전에 당장 부탁드립니다!"

L씨는 눈을 비비고, 온몸을 꼬집어보고, 사방에 머리를 조아렸다. 그러자 목소리가 말했다.

"내 마음은 바뀌지 않는다. 하지만 너는 조금 더 생각한 후에 결정하는 게 좋을 것 같은데. 한 번 빙의하면 죽을 때까지 떨어질 수 없으니까."

"괜찮습니다. 제발 절대로 떨어지지 말아 주십시오."

"그럼 뭔가 질문이라도 하나 해보지 그러나. 사양할 것 없다."

그 말에 L씨는 잠시 생각에 잠긴 후 머뭇거리며 말했다.

"기분 나쁘실지도 모르지만…"

"상관없다. 네가 거절하지 않는 한, 내 방침은 변하지 않는다."

"그러면… 혹시 나중에 영혼을 내놓으라고 하지는…."

"안심해라. 나는 악마가 아니라 복신이다. 내 관심사는 오로지 장수와 재산을 주는 것뿐이다."

복신은 딱히 개의치 않는 듯한 목소리로 말했다. L씨도 더는 물어볼 것이 떠오르지 않았다. 머리가 조금 멍하기도 했고 멍하지 않았더라도 아마 마찬가지였을 것이다.

"잘 알겠습니다. 결심했습니다. 잘 부탁드립니다."

"정말 괜찮겠나?"

"네."

L씨가 대답하는 순간, 지금까지 밖에서 들리던 복신의 목소리가 머릿속으로 들어왔다.

"자, 이제 빙의했다."

"감사합니다. 혹시 불편하시더라도 제발 도망가지 마시고…."

"그런 일은 없을 것이다. 네가 죽을 때까지 떠나지 않겠다고 약속하지 않았느냐. …자, 이제 집으로 돌아

13

가자."

복신의 지시에 따라 집으로 돌아가던 도중, 어느 길 모퉁이에서 갑자기 L씨의 발이 멈췄다. 무슨 일인가 하고 당황하는 사이에 자동차 한 대가 달려왔다. 운전자는 술에 취했는지 신호를 무시하고 맹렬한 속도로 돌진했다.

머릿속에서 복신이 속삭였다.

"내가 붙어 있지 않았다면 크게 다쳤을 것이다."

"정말 감사합니다."

"내가 빙의한 이상, 장수는 보장된 셈이다. 이제 알겠지? 식중독이나 병에 걸릴 일도 없을 것이다."

"감사합니다."

달리 할 말이 없었다. 이 정도면 재산도 보장된 것이나 마찬가지다. 복신이 하는 일에 거짓은 없을 테니까.

거짓이 아니라는 것은 바로 다음 날부터 증명되었다. 이른 아침부터 머릿속에서 복신의 목소리가 울리기 시작한 것이다.

"자, 일어나라, 어서 일어나."

"조금만 더 자게 해주세요, 복신님⋯."

"무슨 소리냐. 내 지시는 거역할 수 없다."

억지로 일어나 부업을 하게 되었다. 휴일이 아니면 부업을 한 후 회사로 출근. 출근하면 게으름을 피우는 것은 허락되지 않고 남들이 꺼리는 일도 자진해서 맡아야 한다.

집에 돌아오면 또 온갖 아르바이트가 기다리고 있다. 휴일에는 물론 하루종일 이런 일이 이어진다.

저금도 늘고 회사에서 승진도 했지만 L씨는 조금씩 진저리가 났다.

"복신님, 제발 조금만 봐주세요."

"안 된다. 그런 마음가짐으로는 재산을 모을 수 없다."

"그래도 가끔 술 한 잔 정도는…."

"안 돼. 주스나 술 같은 건 없어도 살 수 있다."

"그럼 하다못해 식사라도…. 가끔은 맛있는 걸 먹게 해주세요. 이러다 몸이 버티질 못할 겁니다."

"걱정 마라. 내가 함께하는 한, 병에 걸리지 않을 테니까. 책임지고 건강하게 천수를 누리게 해주마."

L씨는 한숨을 쉬며 간청했다.

"그럼 TV라도 좀 보게 해주세요. 그게 안 된다면 라디오라도…."

"안 돼, 안 돼. 내가 복신이라는 걸 잊지 말아라. 나는 놀이의 신이 아니야. 내가 있는 한, 돈을 버는 일 이외에는 허락할 수 없다."

"아아, 이게 뭐야, 말도 안 돼…."

하지만 이제는 도망칠 수 없는 운명. L씨는 열심히 일하고, 열심히 절약하고, 복신의 지시에 따라 투자도 계속했다. 회사에서는 승진을 계속하고 재산도 계속 늘어만 갔다. 하지만 그 재산을 쓰는 것은 허락되지 않았다.

L씨는 이제 체념해야만 하는 상황임을 깨달았다. 어느 날 그는 조심스럽게 물었다.

"덕분에 재산은 계속 늘고 있습니다만…."

"그렇겠지. 나도 지금까지 이렇게 힘을 쏟아본 적은 없다."

"그런데, 복신님. 대체 뭐가 재미있어서 이렇게까지 열심인 겁니까?"

"기록에 도전하는 거다. 우리 복신들끼리는 한 인간이 일생을 마칠 때까지 얼마나 많은 재산을 모을 수 있는지 내기를 하지. R씨 때는 처음에는 순조로웠지만 내가 도중에 긴장을 풀고 방심했던 게 패인이었어.

하지만 이번에는 결코 고삐를 늦추지 않을 거다. 결승점에 도달할 때까지 전력 질주다. 다른 복신들의 기를 꺾어놓고 말겠어. 너도 단단히 각오해라. 세계신기록을 수립하기 위해서….”

암시

옆으로 다가온 청년을 향해 F박사는 익숙한 말투로 말했다.

"지금 당신의 고민은 무엇입니까? 있는 그대로 말씀해 보세요."

이 말은 환자를 맞이할 때 거의 반사적으로 입에서 튀어나오는 문구였다. 일종의 인사말 같은 것이다. F박사는 암시요법 분야에서 상당한 실력과 신뢰를 갖춘 의사였다.

"그게…."

청년의 입에서 가늘고 힘없는 중얼거림이 흘러나

왔다. 그의 표정은 어딘지 모르게 어두웠다.

"부끄럽다거나 비웃음을 사지 않을까 걱정하실 필요는 없습니다. 걱정 말고 솔직하게 털어놓으세요. 그래야 적절한 치료를 할 수 있습니다."

"하지만… 말씀드려도 이해 못 하실 것 같아서…."

청년은 말을 꺼내려다 도중에 입을 다물었다. 그러나 박사는 오랜 경험을 통해 그 다음 말을 이끌어내는 요령을 터득하고 있었다.

"주저하면 안 됩니다. 누구나 자신의 문제는 아주 특이한 경우라고 착각하기 쉽죠. 저는 지금껏 온갖 환자들을 상대했습니다. 자신은 다른 별에서 왔다고 주장하는 사람도 많았고 미래에서 왔다는 사람도 있었죠. 우주는 삼각형이라고 주장하며 고집을 부리는 사람도 있었습니다. 그러니 어떤 이야기를 들어도 결코 놀라지 않습니다. 그게 제 직업이니까요."

"저어…."

"아, 우주가 삼각형이라고 주장했던 환자 말입니까. 삼각형이라도 생활에는 아무 지장 없다고 암시를 줬더니 말끔하게 나았습니다."

F박사는 가볍게 웃었다. 그 분위기에 이끌렸는지

청년은 드디어 본론에 들어갔다.

"사실은… 살아 있는 것 같지가 않습니다."

박사는 웃음을 거두고 진지한 얼굴로 고개를 끄덕였다.

"흠, 그렇군요. 사회가 복잡해질수록 걱정거리도 늘기 마련이죠. 아, 사는 게 참 힘들구나 라는 감정이 마음속 깊은 곳에 쌓이게 됩니다. 맥주도 너무 많이 따르면 거품이 넘쳐흐르지 않습니까. 감정도 지나치게 쌓이면 그런 증상을 보일 수 있습니다."

"그런 걸까요…."

"그렇습니다. 자, 자신감을 가지세요. 그러면 그런 망상은 금방 사라질 겁니다."

"하지만 그렇게 간단하게는…. 저는 정말로 그렇게 믿고 있는걸요."

"비관할 필요 없습니다. 믿고 있기 때문에 '망상'인 겁니다. 자, 바로 시작해볼까요."

F박사는 천천히 암시를 걸기 시작했다. 당신은 살아 있습니다. 이렇게 살아 있지 않습니까…. 그 말을 강하게 몇 번이나 되풀이했다. 지금까지 수많은 환자를 다뤄온 만큼 과연 노련한 솜씨였다.

"어때요? 어떤 기분이 듭니까?"

박사가 묻자 청년의 목소리에 조금 활기가 돌기 시작했다.

"네, 덕분에 살아 있다는 자신감이 생기는 것 같습니다."

"다행이군요."

"정말 감사합니다. 그럼 치료비를 가지고 바로 돌아오겠습니다…."

청년이 몸을 일으켰다. 치료비는 나중에 줘도 괜찮다고 말하기 위해 그를 부르려던 순간….

F박사는 퍼뜩 정신을 차렸다.

"꿈을 꿨나. 의자에 앉은 채 나도 모르게 잠들었나 보군."

주변에는 어둠이 깔려 있었고 창문으로 서늘한 공기가 흘러들어왔다. 그러나 이곳은 익숙한 진료실도, 자신의 집도 아니었다.

이곳은 깊은 산속에 있는 작은 여관. 박사는 바쁜 일정 속에서 며칠 휴가를 내어 피서 겸 휴식을 취하러 이곳에 와 있었다.

"기껏 쉬러 왔는데 여기서도 일하는 꿈을 꾸다니⋯."

F박사는 혼잣말을 중얼거리며 쓸쓸하게 웃었다. 그리고 스위치를 눌러 방 안의 불을 켜고 위스키를 한 모금 마시다가 곧 고개를 갸웃거렸다.

꿈이라기엔 너무 선명했다. 게다가 누군가 곁으로 다가온 기척을 분명히 느꼈다. 혹시 다른 방 손님이 잠결에 잘못 들어온 걸까? 아니면⋯.

박사는 전화로 여관 주인을 불렀다.

"늦은 밤에 수고를 끼쳐 미안하지만, 잠깐 와주시오. 내가 깜빡 조는 사이에 누군가 방에 들어왔던 것 같은데 설마 도둑은 아니겠지?"

"도, 도둑이라니요⋯."

허둥지둥 달려온 주인은 곧 고개를 저으며 부정했다.

"도둑은 아닌 것 같습니다. 문도 잠겨 있었고, 창문도 사람이 드나들 수 있을 만한 크기가 아닙니다."

"흠⋯, 딱히 도난당한 물건도 없는 것 같군. 하지만 누군가의 기척이 너무 또렷했단 말이지."

"도대체 어떤 느낌이셨습니까?"

"글쎄, 좀 음침한 인상의 젊은 남자였던 것 같은데⋯."

F박사의 대답에 여관 주인의 얼굴이 살짝 창백해

졌다.

"서, 설마…."

"설마라니 무슨 뜻이지. 뭔가 짐작 가는 곳이라도 있나."

"네, 조금."

"설명해주게."

주인은 내키지 않는 기색이었지만 마냥 입을 다물고 있을 수도 없었다.

"…유령입니다."

"유령이라니 세상에 그런 게 어디 있나. 만약 정말로 유령이 나온다면 좀 더 소문이 퍼졌을 텐데."

F박사가 되묻자 주인은 난처한 얼굴로 사연을 털어놓았다.

"유령이 틀림없습니다. 이 방에 묵었던 손님들 가운데 지금까지 한두 번 그런 말씀을 하신 분이 있었습니다. 그 후로 이 방은 계속 비워두고 있었지요. 그래서 크게 소문이 나지 않았던 겁니다."

"그런 방에 날 재운 건가?"

"이제는 괜찮을 줄 알았습니다. 게다가 요즘 손님이 너무 많아서 그만…. 정말 죄송합니다."

주인은 깊숙이 머리를 숙였다. 이만큼 사과하면 더 화를 내기도 어렵다. 게다가 주인의 진지한 말투는 F박사의 호기심을 자극했다.

"그런데 왜 그런 유령이 나타나는 거지?"

"이렇게 된 이상 전부 말씀드리겠습니다. 그 청년은 3년쯤 전에 이 방에 묵었던 손님입니다. 삶의 희망을 잃었다며 스스로 목숨을 끊었지요."

"이 방에서인가."

F박사는 얼굴을 찌푸리며 주위를 둘러보았다. 그러나 주인은 고개를 저으며 창밖의 어둠을 가리켰다.

"이 방이 아닙니다. 조금 떨어진 곳에 있는 호수에 몸을 던졌습니다."

"죽었겠지?"

"아마 그렇겠지요. 유령이 나타나기 시작한 것도 그때부터니까요. 호숫가에는 유서와 신발이 남아 있었습니다. 하지만 시신은 끝내 발견되지 않았습니다. 아마 호수 밑바닥의 수초에 묶여 있겠죠. 지금도…."

"그런가. 안됐군…."

무심코 맞장구를 치던 F박사가 갑자기 손가락을 입에 대고 작은 목소리로 말했다.

"…방금 그 소리는 뭐지?"

"소리요? 무슨…."

주인도 F박사를 따라 귀를 기울였다.

희미한, 지금껏 한 번도 들어본 적 없는 소리가 어디선가 들려오고 있었다. 그 소리는 조금씩 커지면서 몇 초 간격을 두고 느릿하게 반복되었다.

소리는 점점 가까워져서 여관 복도에 도달했다. 이제는 미세한 특징까지 구분할 수 있을 정도로 가까이 들렸다. 마치 오랫동안 물속에 잠겨 있어서 흐물흐물해진 무언가가 물을 뚝뚝 떨어뜨리며 힘을 쥐어짜서 걷는 듯한 소리였다.

하지만 그 소리는 문 앞에 다다랐을 때 사라져서 아무리 기다려도 두 번 다시 들리지 않았다.

그 대신 귀를 틀어막고 싶다는 말 외에는 도저히 형용할 길이 없는 노크 소리가….

애프터서비스

어느 날.

작은 가방을 든 청년이 화가로 유명한 M씨의 집을 찾아왔다.

"실례합니다. 오래 방해하지는 않겠습니다. 잠시 아주 중요하고 유익한 이야기를 전해드리러 왔습니다."

그 사무적인 공손함에 M씨는 먼저 선수를 쳤다.

"미안하지만 생명보험은 이미 가입했네. 별장도 있고 건강기구도 얼마 전에 사버렸다네."

"아뇨, 그런 게 아닙니다. 고민거리를 해결할 방법을 가져왔습니다."

"고민 따윈 없어. 몸도 건강하고 작품도 호평을 받고 있지. 수입도 충분해서 돈 걱정도 없네."

"그건 알고 있습니다. 다른 문제를 말씀드리는 겁니다. 머리에 관한 문제 말이죠."

"무례한 소릴 하는군. 내 머리는 멀쩡해. 대학 교수에 비하면 지능은 조금 떨어질지도 모르지만 그건 예술과는 상관없는 일이야."

"그것도 잘 알고 있습니다. 머릿속 이야기가 아닙니다. 지금 쓰고 계신 베레모와 뇌 사이의 존재에 대해서 말입니다…."

그 말에 M씨는 얼굴을 찡그렸다. 그의 화풍은 정밀함이 특징이었지만 머리털은 그와 반대로 듬성듬성해서 평소에도 늘 신경을 쓰고 있었기 때문이다.

"점점 더 무례하군. 내 머리가 벗겨진 걸 일부러 놀리러 왔나. 작작하고 돌아가게."

"자, 자. 진정하시고 오해 없으시길 바랍니다. 사실은 아주 훌륭한 발모제를 가져왔답니다."

청년은 가방을 열어 초록색 액체가 담긴 작은 병을 꺼냈다. M씨는 그 병을 받아 들고 라벨을 살폈다.

"그런 거였나. 하지만 발모제는 이것저것 다 써봤

지만 감탄할 만한 제품은 아직 만나지 못했네. 앞으로도 마찬가지겠지. 게다가 이건 들어본 적도 없는 제품이군."

"그건 TV 같은 대중 매체에 광고를 하지 않기 때문입니다. 효과는 확실하지만 아쉽게도 굉장히 비싼 제품이죠. 그래서 한정된 상류층 고객님만 직접 방문해서 판매하고 있습니다."

'상류층'이라는 말에 M씨는 약간 기분이 좋아졌다. 그 기회를 놓치지 않고 청년은 설명을 이어갔다.

"저희 회사는 기존과는 전혀 다른 아이디어를 개발해서 성공했고 특허도 획득했습니다. 어려운 학술 설명은 생략하고 간단히 말씀드리자면 모발이라는 식물의 씨앗을 피부라는 밭에 뿌리는 원리입니다."

"그렇군. 처음 듣는 발명이네. 자세히 보니 초록색작은 알갱이들이 무수히 들어 있군. 이게 그 모발의 씨앗이라는 건가. 어쩌면 효과가 있을지도 모르겠네. 좋아, 써보지. 샘플을 두고 가게."

"그건 안 됩니다. 샘플만 써도 머리가 자라기 때문에 영업에 지장이 생깁니다. 반드시 구매하셔야 합니다."

"말은 그럴 듯하지만 그 수법엔 안 속아. 막상 샀

더니 효과가 없었다, 뭐 뻔한 수법이지 않나. 믿을 수 없어."

"걱정하시는 것도 당연합니다. 여기 보증서를 드리지요. 순식간에 머리숱이 풍성해지고 쉽게 빠지지도 않습니다. 일주일이 지나도 효과가 나타나지 않으면 전액 환불해 드립니다."

M씨는 서류를 꼼꼼히 살펴보았다. 일류 은행의 지급 보증도 있고 제법 믿을 만해 보였다. 이 정도면 한번 시도해 봐도 손해는 아닐 것이다.

"그럼 한 번 사보지. 그런데 정말 비싸군."

"그래서 저희는 한정된 상류층 고객님만을…."

"알겠네, 알겠어. 사용법은?"

"붓으로 바르시면 됩니다. 손끝이나 필요 없는 부위에는 묻지 않도록 주의하십시오. 그럼 일주일 뒤에 다시 찾아뵙겠습니다. 책임 있는 애프터서비스가 저희 회사의 방침입니다."

일주일 후.

"실례합니다. 효과는 어떠셨습니까?"

다시 찾아온 판매원 청년을 M씨는 기쁜 목소리로

맞이했다.

"놀랍군! 꿈만 같아. 비싸지만 그만한 값어치를 하
는군. 머리 전체에 벌써 1센티미터 정도씩 자라났어.
정말 경이적인 효과로군. 이건 과학의 승리야…."

"만족하셨다니 저도 마음이 놓입니다."

"그런데 머리카락 색이 초록색이군. 배부른 소리라
는 건 알지만 좀 신경 쓰이네."

"네, 아무래도 식물성 모발이다 보니 그렇습니다.
물론 이 머리를 검게, 혹은 원하신다면 하얗게 염색할
수 있는 전용 약품도 있습니다. 다만 역시 가격이 다
소 비싸서…."

"상관없어. 검게 염색하는 약을 사겠네."

"비싸서 죄송하지만 이것도 보증서가 있습니다. 염
색이 안 될 경우 전액 환불해 드립니다."

"그 점은 믿고 있네."

"앞으로 정기적으로 배송해드리도록 바로 조치하
겠습니다. 그럼 또 일주일 뒤에 애프터서비스를 위해
방문하겠습니다."

2주일 후.

"실례합니다. 제품은 어떠셨습니까?"

"놀랍군. 정말 꿈만 같아. 진짜 머리카락보다도 더 윤기 있는 검은색으로 염색됐어. 게다가 진짜 머리카락보다 더 빨리 자라더군. 정말 경이적인 효과 아닌가. 이건 과학의 승리야….."

"만족하셨다니 저도 마음이 놓입니다."

"그런데 배부른 소리라는 건 알지만 머리카락이 자라는 방향이 제각각이더군."

"아무래도 식물성이니까요. 시중에 파는 일반 포마드로는 고정할 수 없지만 저희 회사의 특허받은 특제 포마드라면 가지런히 정돈할 수 있습니다. 다만 말씀드리기 죄송합니다만 이것도 다소 비싸서….."

"상관없네. 기왕 이렇게 된 거 돈을 아낄 생각은 없어. 정기적으로 배송해 주게."

"네, 감사합니다. 이것도 보증서가 있습니다. 만에 하나라도….."

"알고 있네. 믿으니까 걱정 말게."

"그럼 일주일 후에 애프터서비스를 위해 찾아뵙겠습니다."

3주일 후.

"실례합니다. 효과는 어떠셨습니까?"

"훌륭해. 정말 꿈만 같군. 이 머리를 보게. 다시 태어난 기분이야. 그저께 이발소에 다녀왔다네. 이발소에서 머리를 자르는 기분을 맛본 게 몇 년 만인지 몰라. 정말 좋은 제품이야. 경이적인 효과, 과학의 승리…."

"만족하셨다니 저도 마음이 놓입니다."

"그런데 배부른 소리라는 건 알지만 그저께 머리를 잘랐는데 벌써 이렇게 자라버렸어. 이러면 이발소에 문턱이 닳도록 드나들어야겠군."

"식물성이다 보니 어쩔 수 없답니다. 하지만 저희 회사는 고객 제일주의입니다. 기본적으로 지불해야 할 비용 외에는 부담을 드리지 않는 것이 방침이죠."

"방법이 있나?"

"네. 저희가 직접 설계 제작한 자동 이발기입니다. 개인의 두상과 원하는 헤어 스타일에 맞는 부품이 필요하기 때문에 일반 이발소에는 적합하지 않습니다만…."

"평범한 속도로 자라는 머리카락이라면 이발소도, 손님도 수지가 안 맞겠군."

"네, 비경제적이죠. 하지만 선생님처럼 하루걸러 한 번씩 머리를 자르셔야 하는 분이라면 곧 본전을 뽑으실 수 있을 겁니다."

"그걸 사겠네. 이것도 보증되는 거겠지?"

"물론입니다. 잠깐 머리 사진을 찍겠습니다. 이발기는 내일 바로 배달해드리겠습니다. 그럼 또 일주일 뒤에 애프터서비스를 하러 찾아뵙겠습니다."

4주일 후.

"실례합니다. 효과는 어떠셨습니까."

"경이롭군. 꿈만 같아. 비명을 지르고 싶을 정도야."

"만족과 기쁨의 환호성이겠지요."

"아니, 악몽 같아서 지르는 슬픈 비명일세. 끊임없이 염색을 하고 포마드를 발라야 하니 돈이 너무 많이 들어서 감당이 안 돼. 게다가 자동 이발기로 하루 걸러 이발을 해야 하지. 시간이 너무 많이 걸려서 그림을 그리러 여행을 갈 수도 없어. 수입도 줄기 시작했다네. 이대로는 파산하고 말 거야."

"저런, 안타깝군요."

"어떻게든 해보려고 온갖 제모제를 발랐지만 전부

효과가 없어."

"식물성이라 그렇습니다."

"무슨 좋은 방법 없을까?"

"저희 회사가 연구하고 특허를 낸 전용 제모제가 있습니다. 이걸 바르면 확실하게 제모가 됩니다. 보증하지요."

"제발 그걸 팔아주게. 아무리 비싸도 상관없어."

"네, 구입해 주셔서 감사합니다. 그럼 또 일주일 후에 애프터서비스를 하러 찾아뵙겠습니다."

5주일 후.

"실례합니다. 효과는 어떠셨습니까?"

"놀랍군. 꿈만 같아. 머리카락이 완전히 빠져서 원래대로 돌아왔네. 다시 태어난 기분이야. 덕분에 파산하지 않아도 돼. 경이적인 효과, 과학의 승리…!"

"만족하셨다니 저도 마음이 놓입니다."

"그건 그렇고 이제야 깨달았는데 한 가지 이상한 점이 있다네."

"무엇인가요?"

"자네 회사 제품은 아주 훌륭해. 효과가 확실하지.

자네도 자신이 있지?"

"네, 물론입니다…."

"그렇다면 오늘 이렇게 찾아올 필요도 없지 않나."

"아뇨, 그렇지 않습니다. 전에 구입하신 자동 이발기 말입니다만, 필요 없으시다면 정가의 4분의 1 가격에 저희가 다시 사드릴 수도 있습니다."

"그래? 그거 고맙군. 머리카락이 없어졌으니 쓸 일이 없어서 마침 버리려던 참이었네. 훌륭해, 정말 꿈만 같은 양심적인 영업방침이야."

"네. 저희 고객님들 모두 그렇게 말씀해 주십니다. 저희 회사의 완벽한 애프터서비스에 대해서…."

침체의 시대

어떤 활동가도 잠을 전혀 자지 않을 수는 없다. 고된 노동 뒤에는 당연히 휴식이 필요하다. 열광의 시간이 지나면 느긋한 휴식이 찾아오는 법이다.

위험과 등을 맞댄 채 지나치게 빠른 속도로 과학을 발전시켰던 시대가 끝나고 한동안 세계는 침체의 시대에 접어들었다.

사람들은 맛도 좋고 지극히 저렴하게 생산되는 합성 식량을 먹으며 유유자적하게 지냈다. 의식주가 확실하게 보장되자 다들 일단 마음이 느긋해졌다.

누구 한 사람 지식을 쌓고 자신을 향상시키겠다는

기특한, 혹은 어리석은 생각을 품지 않았다.

어느 분야든 퇴보는 있어도 진보는 찾아볼 수 없었다. 아니, 정확히 말하자면 딱 하나 있었다. 오락과 관련된 분야만이 어느 정도 발전했다. 그것도 발전이라기보다는 변화라고 부르는 것이 어울렸다. 경쟁심이나 금전욕이 희미해진 시대에는 오락의 형태도 그에 맞게 변할 수밖에 없다.

한마디로 평온하다고 할 수 있는 세상이었다.

하지만 완전무결한 평화는 아니다. 딱 한 곳, 다른 곳과는 달리 긴장감이 감도는 장소가 있었다.

도시 한복판에 자리한 한 빌딩. 그 간판에는 '흡혈귀 대책본부'라고 쓰여 있었다.

부장실에는 눈빛이 날카로운 남자가 앉아 있었다. 많은 젊은 부원들이 주야 교대로 근무했다. 창고에는 마늘, 십자가, 뾰족한 나무 말뚝 같은 것들이 비축되어 있었다. 또 중정의 온실에는 사계절 내내 장미꽃이 피어 있었다. 모두 흡혈귀에게 맞서기 위한 무기였다.

실제로 어딘가에 흡혈귀가 나타나서 세계를 지배하려는 움직임이 있는 것은 아니다. 하지만 재앙이란 잊고 있을 때 찾아오는 법이다. 유비무환이라는 말도 있지 않은가.

교외의 훈련장에서 끊임없이 이어지는 대원들의 훈련은 혹독했다.

먼저 상대에게 슬그머니 장미꽃을 건넨다. 그 꽃이 시들면 흡혈귀다. 다음은 일제히 마늘을 던져 상대를 제압하고, 도망치지 못하도록 십자가를 든 대원들이 흡혈귀를 포위한다. 마지막으로 가장 용감한 대원이 다가가서 뾰족한 나무 말뚝으로 가슴을 꿰뚫는다. 즉시 휘발유를 뿌려 완전히 태워 버린다.

훈련은 때때로 시내에서도 이루어진다. 실전을 방불케 하는 기세다. 실수라도 했다가는 끔찍한 사태가 벌어지기 때문이다. 모두 진지하고, 임무에 의문을 품는 자는 없었다.

혹시 오락에 대한 욕구의 표출은 아닐까 생각하는 사람도 있을지 모른다. 하지만 그렇지는 않았다. 흡혈귀 대책본부가 설치된 것은 훨씬 오래 전, 타임캡슐 하나가 발굴되었을 때로 거슬러 올라간다.

그 안에는 흡혈귀의 존재에 관한 논문이 들어 있었다. 내용이 공개되자 사람들은 공포에 떨었다.

"인간과 똑같이 생겨서 겉모습만으로는 구별할 수

없다더군. 낮에는 잠들어 있다가 어두워지면 나타나서 목덜미를 물고 피를 빨아먹는대."

"게다가 피를 빨린 사람은 똑같은 흡혈귀로 변해버린다더군."

"정말 끔찍해."

공포란 실체가 없을 때 더욱 커지는 법이다. 언제, 어디서, 어떤 형태로 나타날지 전혀 예측할 수 없기 때문이다.

그러나 다행히 논문에는 판별법과 퇴치법이 적혀 있었다. 사람들은 예산을 투입해 대책본부를 설립할 필요성을 절감했다.

본부에서는 정기적으로 전 인구를 대상으로 검사를 반복했다. 하지만 다행히 손에 장미를 쥐기만 해도 순식간에 시들어버리는 인간은 나타나지 않았다. 만약 한 명이라도 나타났다면 중세의 마녀재판과 흡사한 혼란이 재현되었을지도 모른다.

그래도 물론 한시도 경계를 늦추지는 않았다. 순찰대는 각지를 끊임없이 순찰했다.

옛날 같았으면, 정말 흡혈귀가 존재하는지 의문을 품는 사람이 나타나서 도서관에 가거나 오래된 기록을 조사했을지도 모른다.

그리고 흡혈귀에 대한 망상에 사로잡힌 한 남자가 그 존재에 관한 논문을 썼으나 아무도 인정해주지 않자 후세의 판단에 맡기겠다며 논문을 타입캡슐에 넣어서 묻었다는 신문기사를 발견했을지도 모른다.

그러나 도서관은 사람들의 발걸음이 끊겨 폐쇄된 지 오래였다. 게다가 캡슐에서 나온 논문은 박력 있고 진실성이 느껴졌다. 백과사전의 흡혈귀 항목을 찾아본 자가 있다 해도 그 밋밋하고 무미건조한 서술과는 비교도 되지 않을 것이다.

그리하여 흡혈귀에 대한 긴장만 쉴 새 없이 계속되었다. 모든 책임을 짊어진 대책본부 부장은 순찰대의 연락이 올 때마다 식은땀을 흘렸다.

전화벨이 울리자 부장은 수화기를 들었다.

"순찰대에서 보고 드립니다."

"어떤가. 별 이상은 없겠지?"

"그렇지 않습니다. 이상이 있습니다."

보고하는 목소리는 떨리고 있었다. 예삿일이 아닌 모양이다. 부장은 다급히 물었다.

"무슨 일인가."

"발견했습니다. 흡혈귀로 추정됩니다."

"좋아, 즉시 지원부대를 파견하겠다. 장소는 어딘가?"

"503구역입니다. 과거 어떤 연구소였던 것으로 추정되는 낡은 빌딩 지하실입니다."

즉시 경보 사이렌이 울려 퍼졌다. 다들 놀라기는 했지만 평소의 훈련 성과는 완벽했다. 대원들은 일사분란하게 집합하여 각자 무기를 들고 현장으로 달려갔다.

부장은 선두에 서서 순찰대의 안내를 받아 문제의 빌딩 지하실로 향했다. 어둑하고 묘한 냄새가 감돌았다. 흡혈귀의 은신처로 안성맞춤인 곳이다.

조명을 비춘 순간, 그곳에 놓인 물건을 보고 모두가 숨을 삼켰다.

"앗. 이건 틀림없군."

투명하고 길쭉한 상자. 안에는 사람이 누워 있었다. 하지만 죽은 것 같지는 않았다. 혈색도 좋고 금방이라도 일어나 움직일 것만 같았다. 게다가 그런 상자가 하나가 아니라 여러 개….

부장은 소리 없이 손짓으로 신호하여 부하에게 첫 번째 행동을 명령했다. 부하는 투명 덮개에 구멍을 뚫고 장미꽃을 넣었다. 장미꽃은 서서히 시들었다. 오싹할 정도로 차가운 공기가 흘러나왔다. 공포에 질려 기절하는 부하도 있었다. 책장이 무너지고 서류가 흩어졌다.

그중에는 '인공 동면에 관한 연구'라는 제목의 문서도 있고, 그 안에는 '상자 내부는 식물도 시들 만큼 저온으로 유지된다'라고 기록된 페이지도 있었지만 그걸 살펴볼 겨를조차 없었다.

"흡혈귀로 확인되었다. 공격해라."

부장은 주저 없이 명령했다. 부하들은 일사불란하게 움직였다. 사방으로 마늘을 투척하고 그 사이로 십자가를 쥔 대원들이 전진해 포위망을 형성했다. 뾰족한 말뚝을 든 부하들이 상자로 달려들어 투명 덮개 위로 힘껏 내리꽂았다. 훈련의 성과 덕분에 말뚝은 심장에 정확히 꽂혔다.

피가 튀는 가운데 공격이 끝나고 방화조가 시체를 흔적도 없이 불태웠다. 그 후 샤워를 하며 피와 땀을 철저히 씻어내고 나서야 흡혈귀 대책본부 대원들은 비로소 안도의 한숨을 내쉬었다.

"정신이 하나도 없었지만 어쨌든 퇴치했어."

"그러게. 논문에 적혀 있던 그대로군. 그래도 피해가 커지기 전에 막아서 다행이야. 우린 임무를 완수한 거야."

"그나저나 나는 그 흡혈귀들의 얼굴을 잊을 수가 없어. 죽은 것 같기도 하고 잠들어 있는 것 같기도 하고, 그러면서 희미한 미소를 짓고 있었지. 소름끼쳐…."

퇴치한 흡혈귀 중에 유난히 짙은 미소를 띤 자가 있었을지도 모른다. 그가 바로 타입캡슐에 논문을 넣었던 남자이며 미래에 깨어나 이번에야말로 자신의 주장을 인정받고 말겠다는 망상을 꿈꾸고 있었을지도 모른다.

하지만 이제 와서 조사할 방법도 없고 어차피 누구에게도 중요하지 않은 일이었다.

어떤 전쟁

날카로운 굉음과 함께 대기를 가르며 우주에서 날아온 미사일이 교외에 떨어졌다. 이어서 또 한 발. 거센 폭발음이 땅을 뒤흔들고 흙먼지가 사방에 흩어졌다.

이제 시간 문제다. 곧 도시에도 미사일이 떨어질 것이다. 그러면 모든 게 끝장이다. 긴 역사를 자랑하던 지구는 완전히 폐허가 될 것이다. 설령 남는 것이 있다 해도 그것은 적의 전리품이 될 뿐이다.

방위본부가 있는 어느 빌딩 안에서 사령관이 고함을 쳤다.

"이봐, 뭐 좋은 방법 없나? 이대로는 선조들께 물려

받은 문명이 모조리 파괴되고 말 거다. 어떻게든 반드시 지켜내야 해. 그게 우리의 의무다."

그러나 부하들은 모두 똑같이 대답했다.

"도저히 좋은 생각이 떠오르지 않습니다."

우주에서의 공격은 너무나 갑작스러웠다. 지구는 너무 오랫동안 지나치게 평화로웠다. 태양계 밖에서 침입한 적군은 우주선을 이끌고 쳐들어와 순식간에 화성 기지를 점령했고 달 기지도 함락시켰다.

물론 지구측도 어느 정도 맞서 싸우기는 했다. 하지만 거의 효과가 없었다. 적의 미사일은 몇 발에 한 번 꼴로 지구의 우주선에 명중했지만, 지구의 미사일은 결코 적에게 명중하지 못했다. 적이 능수능란하게 피했기 때문이다.

피하는 적을 끝까지 쫓아가도록 미사일을 개량해 대량생산하면 되겠지만 그러기에는 시간이 턱없이 부족했다. 지구측은 계속 밀리기만 할 뿐이었다.

이제 적의 우주선 부대는 지구 상공에 집결하여 총 공격을 준비하고 있었다.

"이봐, 뭔가 좋은 작전은 없나."

"떠오르지 않습니다."

조금 전과 같은 대화가 의미 없이 반복됐다.

그때 또다시 적의 미사일이 떨어졌다. 이번에는 제법 가까운 곳에 떨어졌는지 빌딩이 크게 흔들렸다. 흙먼지와 함께 날아온 돌멩이가 창문을 부수고 실내로 쏟아져 들어왔다.

모두 바닥에 쓰러져 뒹굴며 서로에게 소리쳤다.

"괜찮나."

"괜찮습니다."

"적의 조준이 점점 가까워지고 있다. 어쩌면 좋지?"

"모르겠습니다."

이쯤 되면 더 이상 방법이 없다.

일단 폭풍이 잠잠해지자 모두 쓰러진 의자와 책상을 일으켜 세우고, 지도와 서류를 챙기고, 돌멩이를 밖으로 치우기 시작했다. 그때 문득 돌멩이 틈에 섞여 방 구석에 뒹굴고 있는 낯선 물체가 눈에 띄었다. 금속으로 만든 원통처럼 보이는 물건이었다.

"이상한 게 날아들었습니다."

부하가 그렇게 말하며 손을 뻗으려던 순간 사령관이 제지했다.

"멈춰, 위험하다. 적의 무기일 수도 있어."

"아뇨, 그런 것 같진 않습니다. 무기라면 날아들자마자 폭발했을 겁니다. 게다가 지구의 문자가 적혀 있습니다."

진흙투성이에 상당히 부식되어 있었지만 군데군데 새겨진 지구의 고대 문자를 가까스로 읽어낼 수 있었다. 아마도 오랫동안 땅속에 묻혀 있다가 이번 폭발로 튀어 올라 여기까지 날아온 모양이다.

"버릴까요?"

부하의 물음에 사령관은 대답했다.

"안을 조사해 보자. 계속 작전을 검토해봤자 어차피 뾰족한 수가 떠오를 것 같지도 않으니."

원통 뚜껑은 녹슬어 있었다. 힘센 부하가 간신히 뚜껑을 비틀어 열었다. 안에는 오래된 문서가 들어 있었다.

"혹시 고대어를 읽을 수 있는 사람 없나?"

사령관이 책상 위에 문서를 펼쳐 놓으며 말했다. 부하 한 명이 앞으로 나섰다.

"제가 읽을 수 있을 것 같습니다. 예전에 도서관에서 고대어 문법서와 사전을 훑어본 적이 있습니다."

"그래? 잘 됐군. 내용을 설명해주게."

"네. 이렇게 적혀 있습니다. …미래의 비상사태에 대비해 이 기록을 남긴다. 우주전쟁의 필승작전…."

"뭐? 정말인가? 거짓말은 아니겠지? 타이밍이 너무 잘 맞아떨어지잖아."

사령관을 비롯해 모두가 몸을 앞으로 내밀며 눈을 반짝였다.

"정말입니다. 원하시면 한 단어씩 설명해 드릴까요."

"아니, 그럴 시간 없어. 빨리 그 다음을 읽어보게."

문서 해독은 계속되었다.

"…세상에는 우주인이 쳐들어와도 대기 중의 세균 때문에 스스로 멸망할 것이다, 소금을 뿌리면 녹아버린다, 우리를 보고 그 흉측함에 기절할 것이다, 등등 그럴싸한 주장을 하는 이들이 있지만 참으로 한심한 소리다. 그런 일은 소설 속에서나 일어난다. 진짜 싸움이란 그런 것이 아니다…."

모두가 고개를 끄덕였다. 또 어딘가에서 미사일이 폭발하여 폭풍이 방 안을 휩쓸고 지나갔다.

"이기느냐 지느냐가 걸린 상황에서는 몸을 던질 각오 외에는 승리로 향하는 길은 없다. 폭탄을 안고 적에게 뛰어들어라. 비행기 하나로 적의 함선 한 척을 격침

시키는 것이다…."

창문에서 흙먼지가 흘러들어와 낡은 문서를 갈기갈기 찢었다. 하지만 이것으로 충분했다.

모두가 입을 다물었다. 잠시 정적이 흘렀다. 아무도 생각하지 못했던 전술이 명확하게 제시된 것이다. 마침내 사령관이 크게 고개를 끄덕이며 말했다.

"그래. 왜 지금까지 이 방법을 생각하지 못했을까."

"그러게요. 저 자신이 한심하게 느껴집니다. 이렇게 단순한 계산을 왜 미처 깨닫지 못했는지…."

사령관은 명령을 내렸다.

"이렇게 된 이상, 더는 미적거릴 수 없다. 남은 우주선을 총동원해서 남은 폭약을 가득 실어라. 그리고 적에게 돌진하는 거다. 내가 직접 지휘하겠다."

"아닙니다, 제가 타겠습니다."

부하들이 앞다퉈 자원하는 바람에 그들을 정리하는 것이 오히려 더 힘들었다. 하지만 이런 일에 시간을 허비할 틈은 없다. 결국 제비뽑기로 결정했다.

동시에 세계 각국에 긴급연락을 통해 이 전술을 전달했다. 어느 기지나 반대하는 사람은커녕 지원자가 너무 많아 문제였다. 혼란을 가라앉히기 위해 제비뽑기로 선발하라고 추가 연락을 해야 했다.

곧 태세를 갖추고 적의 미사일이 폭발하는 가운데 한 대, 또 한 대가 날아올랐다.

성과는 경이적이었다. 적은 방심해서 지금까지처럼 피하기만 하면 된다고 생각했던 모양이었다. 하지만 이번에는 달랐다. 적이 피해도 지구의 우주선은 끝까지 추격해서 결국 따라잡았다.

암흑의 우주공간에서 잇달아 대폭발이 일어나고 적의 숫자는 점차 줄어들었다. 태양계 밖으로 도망치는 자들도 있었지만 지구측이 앞다퉈 쫓아가서 전멸시켰다. 무사히 도망친 적은 한 명도 없었다.

"휴우, 겨우 이겼군. 한때는 정말 어떻게 되려나 싶었는데."

모두가 전쟁을 되돌아보며 이야기를 나눴다.

"그런데 왜 그런 간단한 전법을 떠올리지 못했을까. 좀 더 일찍 알았더라면 피해를 줄일 수 있었을 텐데."

"할 수 없지. 어느 도서관에도 그 전법을 기록한 책은 남아 있지 않았으니까. 어쩌면 과거 어느 시기에 사상 통제가 이루어져 전부 없애버렸는지도 몰라."

"어쨌든 그 타임캡슐이 발견돼서 다행이야. 덕분에

소중한 지구의 문명을 끝까지 지킬 수 있었어. 대체 어떤 선조가 그 글을 남긴 걸까? 이제는 알 방법이 없지만 아마 사상 통제에 저항했던 자유주의자였겠지."

승리를 거두긴 했으나 지상에 남은 파괴의 흔적은 참혹했다. 우선 여기저기 쓰러져 있는 전우들을 수습해야 한다. 그리 쉬운 작업은 아니다. 기름투성이로 나뒹구는 머리와 손발을 줍고, 배에서 쏟아진 톱니바퀴와 나사, 전선, 그리고 자질구레한 전자부품 같은 것들을 하나하나 모으러 다녀야 하니까.

선물을 들고

널 행성으로 향하는 우주여행은 막대한 희생 위에서 이루어졌다.

무엇보다, 인류 최초의 항성간 비행이었다. 온갖 최첨단 과학기술을 총동원하고 막대한 자금을 쏟아부어 우주선을 만들었다.

또한 승무원들도 일종의 숙명을 짊어져야 했다. 광속에 가까운 속도로 왕복하기 때문에 지구에 귀환하는 시점은 까마득한 미래가 되어버리는 것이다. 옛날이야기 속 우라시마 타로(浦島太. 일본의 전래동화. 용궁에 며칠간 머물다 돌아오자 수십 년이 지나 있더라는 내용)처럼 본인은 늙지 않아도 지구에서는 긴 세월이 흘러가 버린다. 그런 현상을 각오해야만 했다.

그러나 청년들은 용기와 미지의 세계에 대한 동경, 그리고 강한 지적 호기심을 가슴에 품고 기꺼이 우주 저편으로 출발했다.

험난한 여정이었지만 한편으로는 기대 이상의 큰 성과를 거두었다. 닐 행성의 태양 주변에는 또 다른 몇 개의 행성이 있었고 그중 하나는 문명이 고도로 발달된 행성이었다. 다행히 주민들도 평화적인 성향이라 간신히 의사소통을 할 수 있었다.

지구와는 전혀 다른 독자적으로 발전한 문명. 특이한 종교, 특이한 철학. 논리학이나 사회학 등도 모두 독특했다. 이 모든 것이 지구인에게는 실로 귀중한 수확이었다.

하지만 무엇보다도 놀라운 선물은 그 특이한 과학이 낳은 '불사의 비법'이었다. 젊음과 수명을 무한히 연장할 수 있는 것이다.

그러나 행성 주민들 모두가 불사의 삶을 즐기는 것은 아니었다. 적당히 살 만큼 살다가 자신의 의지로 죽는다. 즉 삶에 싫증이 나면 스스로 죽음을 택하는 것이다. 특이한 종교와 철학이 발달한 것은 그 때문이었다.

싫증이 나기도 전에 강제로 죽어야 하는 지구인들에게 이보다 더 부러운 일은 없었다.

주민들은 아낌없이 그 비법을 가르쳐주었다. 우선 모든 승무원에게 그 비법을 직접 시술해주고 하나하나 자세히 설명까지 해주었다. 물론 이쯤 되면 비법이라고 부를 수도 없겠지만….

그리하여 우주선은 지구로 귀환하는 길에 올랐다.

"엄청난 성과야. 다들 얼마나 기뻐할까. 우리가 없는 동안 지구에서는 상당한 세월이 흘러 학문도 크게 발전했겠지만 우리가 가져가는 자료에는 미치지 못할 거야."

넓고 고요한 허공 속을 날카로운 화살처럼 날아가는 우주선 안에서 모두가 화기애애하게 이야기를 나눴다.

"그럼, 당연하지. 그나저나 그 주민들, 정말 인심이 후한 사람들이었어. 제2차 우주탐사 때는 답례로 선물이라도 가져가야 하지 않을까."

"그런데 지구에서 선물할 만한 게 뭐가 있지. 기껏해야 살인과 자살의 비법을 정리한 자료 정도 아닐까."

"어쩌면 그 사람들은 그걸 굉장히 좋아할지도 몰라."

농담도 끊임없이 쏟아졌다. 그러나 우주선 안을 지배하는 것은 결국 고향을 그리워하는 마음이었다. 여행이란 목적지에 다다르기 전에는 미지에 대한 기대감이 모든 것을 압도하지만 목표를 달성하고 돌아가는 길에는 다른 생각을 할 겨를이 없다.

"빨리 돌아가고 싶어. 떠나올 땐 지구가 이렇게 그리워질 줄은 몰랐는데."

"그건 누구나 마찬가지야. 나도 지금 지구의 공기 맛을 떠올리고 있었어. 그 맛이 이상할 만큼 선명하게 떠올라서 폐 안에 침이 고이는 것 같아."

우주선은 고향을 향해 조금씩 거리를 좁혀가고 있었다.

그때, 레이더실에서 선장에게 보고가 들어왔다.

"전방에 뭔가 작은 물체가 떠다니고 있습니다."

"운석이겠지."

"아닙니다. 자세히 관측해보니 금속으로 된 인공물 같습니다."

"그래? 그럼 수거해라."

"네."

선장의 명령으로 우주선 외부에 강력한 자기장이 형성되었다. 그 금속성 물체는 곧바로 끌려와 우주선에 달라붙었다. 그리고 선내로 옮겨졌다.

"뭘까? 금속으로 만든 통 같은데."

손에 들고 흔들어보니 가벼운 소리가 났다. 안에 뭔가 들어 있었다.

"열어봐라."

금속 절단기를 갖다 대자 뚜껑은 쉽게 열렸다. 모두가 앞다투어 안을 들여다보고는 환성을 질렀다.

뜻밖에도 그리운 지구의 물건들이 쏟아져 나왔다. 엽서, 껌, 잡지 같은 것들이. 은은하게 퍼지는 지구의 냄새에, 모두가 한껏 심호흡을 했다.

"분명히 우리한테 보내는 위문품일 거야."

"하지만 계산해보면 우리가 출발한 후로 꽤 긴 시간이 흘렀잖아. 이런 물건을 모으려면 꽤 힘들었을 텐데."

"혹시 박물관 같은 곳에서 가져왔을 수도 있지. 그래서 더 눈물 나게 반갑네."

껌의 맛은 마치 농축된 그리움 같아서 혀끝이 얼얼할 지경이었다. 엽서의 풍경은 눈 안쪽까지 뜨거워질

만큼 선명했다. 바다, 산, 평야, 그리고 지겹도록 본 동료 승무원들이 아닌, 다양한 사람들의 얼굴. 잡지의 활자는 마음 깊숙한 곳을 간질였다. 결코 잊을 수 없는 지구의 사람들. 결점투성이지만, 그래서 더 친근한 지구 사람들. 승무원들은 순서대로 잡지를 읽으며 정신없이 빠져들었다.

그때 승무원들 중에서도 비교적 나이가 많은 한 사람이 의아한 얼굴로 말했다.

"흠, 이 잡지들은… 내가 어릴 적에 읽었던 것 같은데."

"그럼 정말 추억이 가득하겠군요."

"음, 그건 그렇지. 하지만 이 잡지들 전부 본 적이 있는 거라면…."

그 불안한 목소리에 다른 승무원이 핀잔을 줬다.

"대체 왜 그러십니까. 향수병이 도져서 정신이 이상해진 건 아니겠죠?"

"그런 게 아니야. 그래, 물건이 들어 있던 용기를 보여줘."

낡은 금속 통이 그의 손에 전해졌다. 그는 그 통을 어루만지며 희미하게 남아 있는 글자를 읽고 표면의

흠집을 응시했다. 얼굴빛이 점점 창백해졌다.

예사롭지 않은 모습에 모두가 말했다.

"무슨 생각을 하는 겁니까. 걱정할 것 없어요. 우리는 불사의 몸을 얻었고 곧 지구에 도착할 겁니다. 물론 세월이 많이 흘러 감각의 차이는 있겠지만 금방 적응할 수 있을 거예요. 뭐니 뭐니 해도 우리는 죽지 않는 몸이니까."

하지만 그는 좀처럼 기운을 차리지 못했다. 금속 통을 끌어안은 채 중얼거리듯이 말했다.

"생각났어. 내가 어릴 때 친구들과 함께 묻었던 타임캡슐이 바로 이거야."

타임캡슐을 모르는 한 사람이 물었다.

"그게 뭡니까?"

"땅속 깊이 묻어서 미래에 보내는 선물 같은 거지. 그런데 그게 이런 곳을 떠다니고 있었다는 건…."

무엇을 상상했는지 그는 입을 다물었다. 아니, 입을 다문 것이 아니라 말을 할 수 없게 되었다. 모두가 최선을 다해 치료를 시도했다. 그러나 효과는 조금도 없었다.

"도대체 왜 이러지. 영문을 모르겠네. 갑자기 미쳐

버리다니."

"갑자기 그리움이 북받쳐서 그럴지도 몰라. 어쨌든 곧 지구에 도착하니까 천천히 치료하면 돼."

"그래, 어차피 죽지 않으니까 아무리 오래 걸려도 느긋하게 치료받을 수 있잖아."

우주선 안의 흥분은 지구가 가까워질수록 점차 격해졌다. 어떤 환영을 받게 될까. 분명 천국에서 온 천사처럼 크게 환대해줄 것이다.

그러나 우주선이 태양계에 접근해 속도를 늦추기 시작하자마자 말을 잃는 증상은 승무원 전원에게 퍼졌다.

그가 미쳐버린 원인을 그들 모두 자신의 눈으로 똑똑히 보았기 때문이었다. 아니, 보았다는 표현은 정확하지 않다. 볼 수 없었다고 해야 할 것이다. 원인은 알 수 없지만 지구는 산산조각이 나서 흔적조차 찾아볼 수 없었다. 그리고 그들이 돌아가야 할 고향은….

지도

큰돈을 벌고 싶어진 F씨는 범죄 외에는 방법이 없다는 사실을 깨달았다. 하지만 개인 주택을 털기는 죄책감이 든다. 그렇다고 은행을 습격하자니 혼자서는 무리다. 이런저런 고민 끝에 백화점을 터는 것이 그나마 적당하겠다는 결론을 내렸다.

하지만 막상 어떻게 해야 할지 도통 감이 잡히지 않았다. 입문서 같은 게 있을 리도 없다. 누군가 비밀리에, 그것도 친절하고 값싸게 가르쳐 준다면 얼마나 좋을까….

머리를 쥐어짜다 보니 묘안이 떠올랐다. 그는 즉시

실행에 나섰다.

F씨는 죽은 자의 영혼을 불러낼 수 있다는 유명한 영매를 찾아갔다. 그 영매는 어딘가 요기가 감도는 중년의 뚱뚱한 여자였다. 그녀는 신단인지 불단인지 모를 것 앞에 앉아서 F씨에게 말을 건넸다.

"그래, 어떤 사람의 영혼을 불러드릴까요?"

"실은 백화점 털이 경험자를…."

"그거 참 특이한 요청이군요."

의아해하는 영매에게 그는 대충 얼버무렸다.

"아, 그게…, 저는 범죄사를 연구하고 있습니다. 그래서 자료를 수집하기 위해…."

그 말로 납득한 것인지 영매는 의식을 시작했다. 주문을 외우고 몸을 흔들며 기도를 계속했다. 그러다 이윽고 무아의 경지에 들어섰는지 잠꼬대를 하듯 중얼거리기 시작했다. 영혼이 몸 안에 들어왔는지 남자 목소리였다.

"나를 부른 이유가 뭐지?"

그 말에 F씨는 기뻐하며 조심스럽게 말했다.

"백화점 터는 방법을 가르쳐주십시오."

"묘한 부탁이군. 하지만 이렇게 불러주는 건 죽은

자에겐 기쁜 일이지. 가르쳐주마."

"감사합니다. 그럼 단도직입적으로 여쭙겠습니다. 어느 백화점을 노리는 게 좋을까요?"

"R백화점이 어떻겠나. 그 백화점이라면 내가 잘 알지."

"그럼 그렇게 하죠. 우선 첫 단계는…."

"먼저 폐점 직전에 들어가서 가구 매장으로 가라. 손님도 점원도 돌아갈 시간이라 어수선한 상태지. 그 틈을 노려 침대 밑에 숨는 거다."

"알겠습니다."

F씨는 수첩을 꺼내 요점을 적었다.

"그리고 밤이 되기를 기다렸다가 보석 매장으로 가서 보석을 훔쳐라. 미리 조사해서 어느 케이스에 고급품이 들어 있는지 알아둬. 그래야 손해를 보지 않으니까."

"네. 그런데 경비원이 순찰을 돌면 어떻게 합니까?"

"그땐 재빨리 마네킹 흉내를 내라. 그러니까 그 연습도 해둬야 해. 딸꾹질은 물론이고 미동조차 해서는 안 돼. 그렇게 경비원을 속이는 거지."

"쉽지는 않겠지만 연습해 보겠습니다. 그럼 탈출 방법은…?"

"2층 창문을 열고 밖으로 나와서 건물 외벽을 타고 조금 이동하면 가로등이 있다. 그걸 타고 내려오면 된다."

"네. 여러모로 감사합니다."

백화점 털이 영혼과의 대화는 이것으로 끝났다. 영매는 제정신으로 돌아와 F씨에게 물었다.

"도움이 될 만한 이야기를 들으셨나요?"

영매는 좀 전의 대화를 전혀 기억하지 못한다. 이점이 바로 F씨가 노린 부분이었다. 영매가 경찰에 밀고할 일도 없고 영혼이 나중에 '내가 가르쳐줬다'고 떠벌릴 가능성도 없다. F씨는 돈을 봉투에 넣어 내밀며,

"네, 여러모로 감사합니다."

라고 인사를 하고 자리에서 일어섰다. 문득 영혼에게 했던 것과 똑같은 인사라는 사실이 떠올라 입가에 웃음이 번졌다.

준비를 마친 F씨는 작업에 착수했다. 영혼의 지시대로 모든 것이 놀라울 만큼 순조롭게 진행됐다. 준비한 자루가 가득 찰 만큼 보석과 장신구를 훔쳤고 경비원에게 들키지도 않았다. 하지만 안심한 탓인지 마지

막에 실수를 저질렀다. 2층 창문으로 나와 가로등을 향해 이동하던 중, 발밑의 콘크리트가 부서지며 길바닥으로 떨어지고 만 것이다.

다리가 부러져 움직일 수 없었다. 고통에 비명을 지르며 괴로워하다가 결국 사람들에게 발견되어 경찰에 연행되고 말았다.

몇 년간 복역을 마치고 겨우 세상으로 돌아온 F씨는 다시 영매를 찾았다. 영혼에게 보고도 할 겸, 비아냥이라도 한마디 건네지 않으면 분이 풀리지 않을 것 같았다.

"호되게 당했습니다. 길바닥에 떨어져서 다리가 부러지는 바람에 붙잡히고 말았죠."

"그래, 역시 실패했나."

영혼의 대답은 의외였다. F씨는 영혼에게 따졌다.

"역시라니 무슨 뜻입니까. 알고 있었다면 그때 주의를 줬어야죠…."

"사실은 나도 거기서 떨어졌거든. 그리고 잘못 떨어지는 바람에 죽고 말았지. 당연히 나중에 수리했을 줄 알았는데. 그렇다면 거긴 일부러 부서지기 쉽게 만들어 놓은 걸까…."

무서운 사태

"원장님, 부르셨습니까."

"아, 그래. 거기 그 의자에 앉게."

"네…. 급한 환자가 있다고 하셨죠. 하지만 이상하군요. 제 전공은 정신분석인데 일각을 다투는 응급환자라니 좀 이해가 안 됩니다."

"아무래도 자네에게 연락한 비서가 말을 잘못 전했나 보군. 중요한 환자 문제로 급히 의논할 게 있다고 전하라고 했는데."

"그렇군요. 그런데 무슨 일이십니까?"

"실은 아까 한 환자가 우리 병원으로 이송되어왔네.

일단 수면제를 먹여서 지금은 특별 병실에 재워 두었지. 무슨 일이 있어도 치료해야 하는 환자야. 그래서 자네를 부른 걸세."

"맡겨주십시오. 최선을 다해 기대에 부응하겠습니다. 저희 과에는 환자가 많지 않아서 실력을 보여줄 기회가 없다 보니 안 그래도 답답하던 참이었습니다."

"답답해하다가 노이로제에 걸리기라도 하는 것 아닌가."

"농담 마십시오. 그런 병을 고치는 게 제 일이잖습니까."

"아니, 농담을 하려던 건 아니야. 신경 쓰지 말게. 워낙 중요한 환자라 신중을 기하고 싶었을 뿐이야."

"그렇군요. 그런데 절 지목하신 걸 보면 정신분석 분야에 해당하는 증상인가 봅니다."

"그래. 현대사회의 뒤틀림, 혹은 불합리라고 할까. 그 웅덩이에서 발생한 유충 같은 느낌이야."

"진찰하고 진단을 내리는 건 제 역할입니다. 그 비유는 아무데나 갖다 붙일 수 있어요. 범죄든 새로운 리듬이든 신종 건강법이든 유행 중인 기묘한 여성복이든 다 통용되는 말이죠. 특별할 건 없습니다. 그 정도면 호들갑을 떨 필요는 없는 것 같습니다."

"그 정도가 아니라 중대한 거야."

"그럼 또 어떤 특징이 있습니까?"

"파급되는 경향이 있네."

"어떤 사회 현상의 확산이 문제라면 그건 사회학자나 정치가의 영역입니다. 또 전염성이 있다면 세균을 다루는 의사의 분야죠. 아무래도 제 일이 아닌 것 같습니다. 제가 다루는 건 전부 개별적인 사례입니다. 전염되는 이상심리란 존재하지 않습니다."

"하지만 중세 유럽에서는 마녀사냥이 일어났지."

"원장님도 참, 또 오래된 이야기를 꺼내시는군요. 그건 과학이 태동하기 이전의 사건 아닙니까."

"아니, 어딘지 비슷한 구석이 있어서 말이야. 나도 모르게 입 밖으로 튀어나왔군."

"설령 그걸 인정한다 해도, 그렇다면 이번 사안은 어느 쪽에 해당합니까. 악마에 홀린 쪽입니까, 아니면 그들을 붙잡아 태워 죽인 쪽입니까?"

"악마에 홀린 쪽이라고 해야겠지."

"정신 차리십시오, 원장님. 먼저 원장님부터 진찰하고 싶어지는군요. 악마라니, 이 현대 사회에⋯."

"걱정 말게. 물론 믿는 건 아닐세. 가장 딱 들어맞는 비유를 하고 싶었을 뿐이야."

"그렇다면 어떤 악마에 홀린 것 같습니까. 돈벌이의 악마입니까, 게으름의 악마입니까."

"악마가 아니야."

"그럼 뭡니까. 망령, 요정, 흡혈귀…."

"그런 게 아닐세. 굳이 말하자면 천사일세."

"천사에게 홀리다니, 제가 아는 한, 어린이용 동화에도 그런 건 없습니다. 혹시 신들린 건 아닙니까? 신들림이라면 흔한 증상입니다만."

"신들린 사람은 굉장히 열광적으로 굴지. 하지만 눈빛이 이상해지지도 않고 큰소리로 연설을 하는 것도 아니야. 아주 조용하고 얌전하지."

"신기한 현상이군요."

"그래, 새로 발생한 질병이라네. 이름을 붙이자면 '천사 빙의' 혹은 '양심병' 정도가 되겠군."

"좋은 이름이군요. 주사나 도벽 같은 것보다는 훨씬 낫네요."

"이름은 좋아도 병 자체는 문제일세. 아니, 환자는 괜찮은데, 주변이 곤란해져. 아마 사고를 위장해 교묘하게 제거된 환자도 있지 않을까. 어디까지나 내 추측이지만."

"그렇다면 마녀 사냥이 다시 벌어지는 셈이군요. 무서운 사태네요."

"그래서 중대하다고 한 걸세. 하루라도 빨리 치료법을 찾아내야 해."

"아까 파급이라고 하셨지요. 그렇다면 비슷한 증상을 보이는 환자가 많겠군요."

"다른 병원에서도 보고가 들어왔어. 나중에 자료를 넘길 테니 읽어보게. 물론 별 도움은 안 되겠지만. 어느 병원이든 손쓸 방법이 없어서 그냥 격리만 해두는 실정이야. 그 환자가 마침내 우리 병원에도 온 거지."

"걱정 마십시오. 신뢰와 전통을 자랑하는 이 대형병원의 이름을 부끄럽게 만들지는 않겠습니다. 반드시 완치시키겠습니다. 그것이 의사로서 제 사명이자 의무니까요."

"부탁하네. 그렇게만 된다면 원장으로서 한시름 놓겠어."

"그런데 다른 병원 기록이 있다면 아직 치료법은 확립되지 않았다 쳐도, 환자들은 어떻게 발병한 겁니까?"

"그게, 워낙 다양해서 딱 집어 얘기를 못 하겠군. 어느 날 아무런 전조도 없이 갑자기 나타난다고 해. 오싹한 일이지."

"예를 들면…?"

"어떤 환자는 여행 중에 발병했다더군. 열차 창밖으로 남은 알약을 버렸을 때 갑자기 증상이 나타났다고 해."

"어떤 식으로 말입니까?"

"혹시 개나 새가 먹으면 어쩌나 걱정돼서 친구가 말리는 것도 뿌리치고 다음 역에서 내렸다네. 그리고 약을 버린 곳으로 되돌아가서 확인을 했다더군. 조금 전에 비가 와서 약이 다 녹아버렸다는 걸 알고 나서야 겨우 안심하고 여행을 계속했다는 거야."

"조금 이상하지만 보기에 따라서는 미담으로 보이기도 하네요."

"바로 그거야. 옛날 같았으면 도덕 교과서에 실릴 법한 이야기지. 또 다른 젊은 환자의 사례를 들자면, 이 환자의 친구가 도둑질을 해서 체포됐다네. 그러자 이 환자는 경찰에 자진 출두해서 '친구가 비행을 저지른 건 내 우정이 부족했던 탓이다, 그러니 나도 똑같이 벌을 받아야 한다'라고 자청했지."

"나쁜 경향이라고 단정하긴 어렵군요. 다른 사례들도 있습니까?"

"어떤 여성 환자의 경우인데, 남자가 말을 걸어도 꼭 필요한 말만 하고 그 외엔 대답하지 않게 됐다네. 이유인즉 '친절하게 말하면 상대의 연심을 자극할지도 모른다. 그러다 나중에 절망할 수도 있으니 미안해서 그렇다' 라는 거야."

"자만심의 일종이죠. 하지만 요즘은 아무 의미 없이 과하게 교태를 부리는 여성도 많으니까 어느 정도 절제와 반성을 보이는 것도 나쁠 건 없지 않습니까."

"택시 운전사였던 환자의 사례도 있어. 사고를 내지 않으려고 운전이 엄청 신중해졌지. 자신의 안전을 위해서가 아니라 남을 다치지 않게 하려고."

"듣고 보니 전부 바람직한 태도인 것 같습니다만. 이해할 수 없군요. 그게 왜 중대한 문제입니까."

"적당한 선에서 균형을 유지한다면 물론 좋지. 오히려 모범적이고 건강한 거니까. 그런데 끝없이 심해지기만 하니까 문제인 거야."

"어떻게 심해집니까? 혹시 그 약을 신경 쓰던 남자

는 작은 물총이라도 들고 다니게 됐습니까? 완전히 녹여버리지 않으면 자꾸 신경 쓰여서? 안 버리면 그만일 텐데. 하지만 있을 수 없는 일은 아니죠."

"아니, 그렇게 단순하지 않아. 예를 들어 선거 말일세. 병이 깊어진 한 환자는 구의원 선거 때 후보자 한 명 한 명을 꼼꼼히 조사한 끝에 겨우 투표를 했다네."

"그야말로 양심의 화신이군요."

"아니면 천사의 화신이라고 할까. 자네는 구의원 선거 때 어떻게 투표했나?"

"별생각 없이 적당히 찍었습니다. 살짝 마음에 걸리긴 했지만 아무래도 상관없는 일이니까요. 애초에 구의회 의원이 무슨 활동을 하는지, TV는 물론이고 신문에도 단 한 줄도 나오지 않잖습니까. 판단할 근거가 없죠. 구의회가 어디 있는지조차 모르는 사람이 대부분일걸요. 그게 정상입니다. 그런 걸 줄줄 꿰고 있는 사람은 관계자 아니면 한가한 사람, 아니면 괴짜겠죠…."

"바로 그거야. 자네는 보통 사람들처럼 건전하군. 하지만 방금 예를 든 경우는 분명 병적이라고 할 수 있지."

"듣고 보니 그렇군요."

"증상이 나타나는 양상을 보면 아무래도 매스컴과 관련이 있는 것 같아. 아까 사회의 불합리에서 비롯된 현상이라고 하지 않았나. 구의원 선거가 아주 좋은 예라네. 신문에서는 단 한 줄도 보도하지 않으면서 양심에 따라 훌륭한 인물에게 투표하라는 표어를 싣지. 말도 안 되는 소리, 순 제멋대로군, 하고 흘려넘기면 정상이고 대부분 그런 상식을 갖고 있다네. 하지만 불쌍한 환자들은 어떻게든 그 표어를 따르려고 노력하지."

"상식의 틀을 벗어나 있군요. 안타깝습니다. 선거권이 있는 걸 보면 일단 분별 있는 성인일 텐데."

"누군가가 버린 알약 때문에 새가 높이 날지 못하게 됐다는 투고가 신문에 실린 적이 있다네. 우정과 범죄의 관계에 대한 짤막한 단상을 잡지에 기고한 지식인도 분명 있었을 거야. 생각해 보면 사랑을 믿었는데 배신당해 인생에 절망했다는 하소연이 인생 상담란을 장식하고 있지 않나. 환자들은 이런 기사를 읽고 바로 잊어버리지 못하는 모양이야."

"뉴스 면이 워낙 자극적이다 보니 이런 반성적인 기사들도 그에 맞춰 과장되어 있죠. 그걸 눈치채지 못

하고 액면 그대로 받아들이는 거군요."

"그래. 바로 그거야."

"비유하자면 독이 강력해진 만큼 해독제도 강력해진 셈이네요. 그런데 정작 독에 중독되지도 않은 사람이 강력한 해독제를 과다 복용하고 있는 꼴이군요. 생각지도 못한 부작용이 나타나는 것도 당연하죠."

"자네는 그렇게 추측하는군. 하지만 이런 식으로 생각할 수도 있지. 현대인은 누구나 끊임없이 양심의 가책을 느끼며 살아간다네. 누구나 그렇지. 신경 쓸 일은 아니야. 가벼운 두통이나 이명도 다른 사람에게 지적을 받거나 약 광고를 보고 문득 의식하기 시작하면 갑자기 엄청난 고통으로 변하지 않나. 마찬가지로 양심의 만성적인 가벼운 통증도 그렇게 심화되는 것 아닐까."

"그럴 수도 있겠군요. 그러고 보니 얼마 전, 굉장한 미인 환자를 맡은 적이 있습니다. 흠잡을 데 없는 눈과 입을 가졌지만 어떤 계기로 코 모양이 신경 쓰이기 시작한 거죠. 성형외과에서 저한테 보냈습니다. 고칠 곳이 없다면서 말이지요. 하지만 치료대상이 양심이라면 골치 아프죠. 이명은 완전히 없앨 수 없고 다른 사람의 일반적인 이명을 들려줄 수도 없지 않습니까. 마찬가지로 양심의 가책을 완전히 없앨 수도 없고, 정상적인 사람이 느끼는 양심의 가책은 이 정도라고 보여주고 안심시켜줄 수도 없으니까요."

"옛날처럼 사건도 매스컴도 없는 한가로운 시대였다면 양심의 가책도 없었겠지. 그걸 생각하면 이 현상도 일종의 소음 같은 걸지도 몰라."

"뭐, 정확한 진단은 나중에 환자와 직접 면담해 보고 내리겠습니다. 그보다 아까부터 궁금했는데, 이 유형의 환자들이 왜 그렇게 곤란한 존재라는 겁니까? 아까 은밀히 제거된 사람도 있을 거라고 하셨죠…?"

"시간과 돈이 넉넉한 환자는 괜찮아. 마치 인간을 싫어하는 사람이 외딴섬 등대지기로 취직한 거나 다름없지. 하지만 직업이 있는 환자는 곤란해. 본업이 완전히 마비되어 버리거든. 예를 들어 엘리베이터 회사의 기술자라면 어떻게 될까."

"어떻게 됐습니까?"

"정기적으로 빌딩을 돌며 점검만 하면 되는데 그 점검이 너무 꼼꼼해져서 시간이 너무 오래 걸리게 된 거야. 만에 하나 미세한 부분을 놓쳐서 사고라도 나면 큰일이라고 생각하기 시작한 거지. 그 때문에 회사에서는 더 많은 기술자를 채용해야 했고."

"토목이나 건축 관련 직종에서는 이런 환자가 발생하기 쉽겠군요. 뉴스에서도 자주 문제로 다루는 걸 봤습니다."

"하지만 꼭 그런 직종에만 나타나는 건 아니야. 고산식물 연구소 같은 현실과 동떨어진 곳에서 일하는 학자 중에도 그런 증상을 보이는 사람이 있지."

"어떤 식으로 말입니까."

"자신의 연구가 전쟁에 이용될 가능성이 전혀 없다고 단언할 수 있느냐는 불안에 사로잡힌 모양이더군. 그는 그 문제를 검토하는데 몰두했고, 게다가 그 불안이 동료에게까지 전염됐지. 결국 중요한 연구가 전면 중단됐다네. 일종의 가해 망상이지. 정상적인 사회에 적응할 수 없으니 명백히 비정상적인 상태야. 두 사람 모두 병원에 격리돼 있다더군. 하지만 더 긴급하고 중요한 위치에 있는 사람이었다면 격리조차 못 하고 유야무야하는 사이에 제거당했을지도 몰라."

"점점 사태의 심각성이 이해가 되는군요. 지체할 시간이 없습니다."

"이대로 감염이 퍼지면 세상은 혼란에 빠질 거야."

"그래서, 이 병원에 보내졌다는 환자는 어떤 사람입니까?"

"연배가 있는 남자라네. 주변 사람들이 치료비는 얼마든지 내겠다며 선금을 두고 갔지. 그러니 무슨 수를 써서라도 고쳐야 해."

"다들 인심이 좋군요."

"게다가 완치되면 병원에 거액을 기부하겠다는 약속까지 했지."

"그 환자 대체 뭐 하는 사람입니까."

"큰 철도회사의 사장이야. 관계사도 많고 재계의 유력 인사로 정계에도 발이 넓다고 하더군."

"그렇습니까."

"그러니 비용은 신경 쓰지 말고 최선을 다하게."

"네. 환자가 부자인지 가난한지 따지면서 치료할 생각은 없지만 비용이 많이 드는 방법을 쓸 수 있는 건 고마운 일이죠. 그렇게 해서 치료법을 찾아내면 다른 환자들에게도 큰 도움이 되지 않겠습니까. 그런데 증세는 심한 편입니까?"

"음, 꽤 진행된 모양이야. 사장이다 보니 주변에서

뭐라고 하기 어려워서 더 심각해졌겠지. 예전에는 서류를 읽지도 않고 서명만 해도 모든 일이 순조롭게 돌아갔다더군."

"그러다 보니 결국 문제가 생긴 거군요."

"그래. 철도 사고를 걱정하기 시작한 게 발단이었지. 주간지에서 사고로 가족을 잃은 유가족 이야기를 읽은 게 자극이 된 모양이야. 거기다 부정 문제까지 신경을 쓰기 시작했지. 계획서나 보고서는 몇 번이고 재조사를 시키고, 급기야 직접 확인하지 않으면 성에 차지 않게 됐다네."

"대기업 사정은 잘 모르지만 영향이 상당했겠군요."

"그래. 서류는 쌓여만 가고 거래처들도 난감해하고 있다더군. 하지만 금전보다 사고와 비리 방지가 우선이라는 주장에는 누구도 정면으로 반대하기 어렵지 않겠나. 게다가 실력 있는 거물급 사장이니까 말이야. 더구나 최근에는 임원과 부장급에게까지 전염되기 시작했다더군. 회사 운영은 거의 마비 직전이야."

"패닉 상태라고 해야겠군요."

"내버려 두면 어디까지 악화될지 짐작할 수 없을 정도야. 보다 못한 관계사, 은행, 증권사 대주주들이 모여 의논한 끝에 결국 강제로 이 병원에 데려온 거라네. 범죄에 가까운 방법이지만 상대가 정상이 아니니 괜찮다는 논리지. 변호사로 보이는 사람도 따라왔다네. 사정이 이렇다보니 병원 입장에서도 반드시 완치시킬 책임이 있어. 부탁하네, 전부 자네에게 맡기겠네."

"알겠습니다. 최선을 다하겠습니다. 안심하십시오. 자신 있습니다. 꼭 기대에 부응하겠습니다."

"부탁하네, 자네도 감염되지 않도록 조심하게."

"걱정마십시오. 충분히 주의하겠습니다. 그럼…."

"원장님, 부르셨습니까."

"아, 자네 덕분에 그 사장이 완치된 지 벌써 석 달이 지났네. 재발 조짐도 없다더군. 관계자들도 한시름 놓았다며 좀 전에 사례금을 갖고 왔다네. 이건 자네에게 주는 특별 보너스일세."

"이렇게 많이. 감사합니다. 하지만 의사로서는 치료법을 발견해서 다른 환자들도 점차 나아지고, 마녀사냥의 재현을 막을 수 있었던 것이 더 큰 기쁨입니다. 그건 그렇고 그 후 철도회사 쪽도 정상으로 돌아갔습니까?"

"아, 업무도 원래대로 돌아오고, 밀렸던 일도 전부 처리되고, 새로운 노선 연장 계획도 순조롭게 진행돼서 주가도 회복됐다더군."

"정말 다행이군요."

"물론 철도 사고로 인한 사상자 8명, 공사 중 사상자 5명, 감독관청 뇌물 공여 적발 1건, 하청업체 리베이트 문제 5건, 직원 비리 20건, 역무원 · 승무원과 승객 간의 트러블 35건이 발생하긴 했지. 하지만 이건 어디까지나 평균치 수준이라 딱히 소란을 피울 정도는 아니라고 하더군."

"어쨌든 모든 것이 정상으로 돌아와서 정말 다행입니다."

여름밤

해가 늦게 지는 여름 저녁이었지만, 이미 주위는 꽤 어두워져 있었다. 하늘이 흐려서인지 달과 별들이 보이지 않아 무더위가 한층 더 짙게 감돌았다.

마을 외곽에 있는 그 작고 오래된 공장은 곳곳이 허물어진 담장에 둘러싸여 시커먼 정적에 잠겨 있었다.

카메라를 어깨에 멘 청년은 한동안 담장을 따라 서성거린 끝에 겨우 문을 찾을 수 있었다. 그는 무단으로 들어가려다 근처에 작은 집이 있는 것을 발견했다. 불도 꺼져 있고 아무도 없는 듯했지만 일단 말을 건네 보았다.

"계십니까."

"네. 무슨 일이십니까."

낮은 목소리와 함께 안에서 나이 든 남자가 나타났다.

"저어, 염치없는 부탁입니다만⋯."

청년은 말을 꺼내기 어려워하는 기색이었다. 노인은 어둠 속에 서서 다음 말을 재촉했다.

"괜찮으니 편하게 말씀하십시오."

"사실 이 공장에 유령이 나온다는 소문을 들었습니다. 그게 사실이라면 사진을 찍어보고 싶어서요. 괜찮으시다면 하룻밤만 이 건물에서 지내게 해주시겠습니까."

"상관없습니다. 이 공장은 도로 공사 때문에 곧 철거될 예정입니다. 도둑맞아 곤란할 만한 물건은 하나도 남아 있지 않으니 마음대로 하십시오⋯."

노인은 억양 없는 어조로 말하며 희미하게 웃었다. 청년은 가볍게 감사를 표했다.

"고맙습니다. ⋯그런데 진짜 나올까요? 어차피 엉터리 소문이겠죠?"

"아뇨, 단순한 소문만은 아닙니다."

"그랬으면 좋겠군요."

청년은 다 무너져가는 건물로 다가갔다. 문을 당기자 잠겨 있지 않았는지 삐걱거리며 열렸다. 손에 든 작은 손전등을 켜자 먼지 쌓인 온갖 잡동사니들이 그림자를 드리우며 일제히 모습을 드러냈다. 거미줄 같은 것이 얼굴에 휘감겼다.

"어쩌면 정말 나올지도 모르겠네…."

그는 안으로 들어가며 중얼거렸다. 목소리가 벽에 메아리쳐 스산하게 울렸다. 청년은 황급히 입을 다물었다.

흐릿하게 퍼지는 노란 빛의 원 안쪽. 그는 창가 바닥에 놓인 나무 상자를 발견하고 그는 그 위에 걸터앉았다. 그리고 카메라를 손에 든 채 언제든 셔터를 누를 수 있도록 손가락을 얹었다. 소문대로 유령이 나타난다면 플래시를 터뜨려 그 모습을 찍을 생각이었다.

하지만 어떤 식으로 나타날지는 전혀 짐작이 가지 않았다. 어쩌면 빛이 있으면 나타나지 않을지도 모른다. 청년은 손전등을 껐다.

곧 쓰레기 냄새가 섞인 후덥지근한 어둠이 기다렸다는 듯이 밀려들었다. 청각이 마비된 듯한 정적 속에서 청년은 몸을 잔뜩 웅크린 채 숨을 죽였다. 혹시 미리 소리가 날까? 설마 소리도 없이 갑자기 달려들진 않겠지….

점점 후회가 밀려왔다. 빠르게 뛰는 심장은 이성으로는 억누를 수 없는 현상이었다. 곁에 누가 있다면 웃으며 긴장을 풀 수 있겠지만 이 어둠 속에서 혼자 웃음소리를 냈다가는….

하지만 뭐, 여차하면 소리를 지르면 된다. 그러면 아까 그 노인이 듣고 도와주러 오겠지. 청년은 그렇게 생각하며 스스로를 달랬다. 긴장은 그리 오래가지 않는 법이다. 그는 조금씩 진정을 되찾아 이제는 땀을 닦을 여유도 생겼다.

그때, 어디선가 창문이 가볍게 삐걱이고 작은 무언가가 바닥을 기는 소리가 들렸다. 뭔가가 슬며시 다가오는 기척. 순간적으로 몸이 굳었지만 그래도 카메라를 들고 셔터에 힘을 줬다. 눈부신 빛이 찰나의 시간 동안 주위를 지배했다.

곧 어둠이 돌아왔지만 청년의 눈은 그 정체를 확인했다. 종잇조각. 바람이 불기 시작했는지 깨진 창문으로 흘러들어온 공기가 종잇조각을 굴리고 있었던 것이다. 청년은 한숨을 쉬며 쓴웃음을 지었다. 비명을 지르며 허둥지둥 노인을 불렀다가는 놀림감이 되었을 것이다.

청년은 다시 손전등을 켜고 물통의 물을 마셨다. 물을 삼키는 소리가 유난히 크고 또렷하게 울렸다. 그는 다시금 몸을 웅크렸다.

뒤에 있는 유리창. 뭔가가 그것을 가볍게 두드리는 소리를 들은 것이다. 이번에는 카메라를 들고 있지 않아서 반사적으로 움직일 수도 없었다. 그뿐인가, 뒤돌아볼 타이밍을 놓쳐서 공연히 망설임이 밀려왔다. 그런 그를 재촉이라도 하듯 또다시 뭔가가 유리창을 두드렸다. 소리를 지르려 했지만 목소리가 나오지 않았다. 청년은 애써 손전등 불빛을 천천히 그쪽으로 옮겼다.

창밖에는 아무도 없었다. 손이 떨려서 손전등을 떨어뜨릴 뻔했지만 간신히 버텼다. 그러나 그의 얼굴에는 다시 쓴웃음이 번졌다. 불빛을 보고 날아든 곤충이 유리에 부딪혀 아까와 똑같은 노크 소리를 냈던 것이다.

바보 같다. 유령이란 전부 이렇게 만들어진 것 아닐

까. 겁 많은 사람이 이런 작은 소리에 놀라 상상의 유령을 만들어내고, 그것이 소문으로 퍼지면서 점점 과장이 되는 것이다.

또다시 후회가 밀려왔다. 하지만 조금 전의 후회와는 달랐다. 유령을 촬영하겠다는 계획 자체가 의미 없는 유치한 짓으로 느껴졌기 때문이었다.

그렇다고 지금 돌아가기에 어정쩡했다. 기왕 여기까지 왔으니 아침까지 머물기로 할까. 지금까지의 긴장이 갑자기 풀리고, 대신 졸음이 찾아왔다.

그는 어느새 꾸벅꾸벅 졸기 시작했다. 딱히 이렇다 할 꿈도 꾸지 않았다.

가끔 눈을 떴다 다시 잠들기를 반복하다가 몇 번째인가 눈이 떠졌을 때는 이른 여름 아침의 햇살이 창밖에 퍼지고 있었다.

"에이, 아무것도 안 나타났네. 하룻밤을 낭비했군. 안 나오면 안 나온다고 말이나 해주지. 진짜 못된 영감님이야."

청년은 그만 돌아가기로 결심하고 기지개를 켜며 건물을 나왔다. 그리고 문을 나서기 전에 작은 집을 향해 말을 걸었다.

"저기요. 아무것도 안 나왔거든요. 말씀이랑 다르 잖아요."

하지만 안을 들여다보니 그 안에는 중년 남자가 앉 아 있었다. 어젯밤 노인은 교대하고 돌아가 버린 모양이 었다. 그러니 그런 무책임한 말을 할 수 있었던 것이다.

청년의 말에 중년 남자는 영문을 모르겠다는 얼굴 로 되물었다.

"안 나왔다니 무슨 말씀이십니까?"

"유령 말입니다. 야간 근무하던 분이 나온다고 했 거든요. 나중에 꼭 전해주세요. 괜히 사람 겁주지 말 라고."

하지만 남자의 표정은 달라지지 않았다.

"야간 근무라니요. 낮에는 아이들이 들어와서 사고 라도 날까 봐 제가 지키고 있습니다만 밤에는 그럴 필 요가 없어서 아무도 없습니다."

"그럴 리가 없어요. 분명히…."

그 말에 남자는 조금 떨리는 목소리로 물었다.

"혹시 나이가 많은 남자였습니까? 그, 그 사람이 바로…."

삼각관계

"이렇게 즐겁고 이렇게 황홀한 기분은 태어나서 처음이야. 너 같은 여자를 만나다니. 어떻게 표현해야 할지 모르겠어. 마치 봄날의 아지랑이로 만든 소파에 앉아 있는 것처럼, 가을밤 달빛을 줄로 삼아 연주하는 기타 곡을 듣는 것처럼, 꿈만 같아…" 라고 나는 말했다. 지금의 기분을 형용하기에는 훨씬 더 달콤한 말이 필요했지만 그 이상은 떠오르지 않았다. 목소리마저 들떠 있었다.

"응, 나도 그래. 너무 행복해서 믿기지 않을 정도야" 라고 나는 대답했다.

듣고 있자니 심사가 뒤틀렸다. 이런 상황에서는 누구나 그럴 것이다. 게다가 요즘은 점점 더 노골적으로 우쭐대고 있다. 나는 이를 갈았다. "제장. 이게 무슨 꼴이야. 이것도 다 저 녀석 덕분이야. 저 젊은 녀석이 나타난 뒤로 이 꼴이 되어버렸어." 중얼거림이 스멀스멀 새어 나왔다. 무더운 밤 살갗에 배어 나오는 땀처럼. 억누르려 해도 억누를 수 없는 감정이다.

그러건 말건 아랑곳없이 나는 계속 사랑의 말을 속삭였다. "너와는 절대로 헤어지지 않을 거야. 절대 놓치지 않을 거야."

"나도 헤어지고 싶지 않아. 아무데도 가지 마. 네가 떠나면 나는 살아갈 힘조차 잃어버릴 거야. 정말이야." 나는 결심을 전했다.

나의 불쾌감은 한층 커졌다. 어디서나 흔히 볼 수 있는 별 볼일 없는 여자라면 누굴 좋아하든 어디로 가든 상관없다. 하지만 이 여자는 다르다. 젊고 아름답고 매력적이다. 나의 이상형 그 자체다. 나는 마침내 참지 못하고 큰소리로 외쳤다. "이봐, 작작 좀 해. 그 여자한테서 손 떼."

그 말에 나는 대꾸했다. "쓸데없는 참견은 하지 마

시죠. 내가 뭘 하든 자유 아닙니까."

"제발 그 여자와는 더 이상 만나지 말아줘." 나는 저
자세로 나갔다. 원만하게 해결된다면 그게 제일이다.

하지만 나는 그 제안을 거절했다. "싫습니다."

나는 욱해서 언성을 높였다. "손 떼라고 했잖아."

나도 지지 않았다. "그런 명령을 따를 생각은 없습
니다. 게다가 그녀의 마음은 저한테 있습니다."

"그럴지도 모르지. 하지만 그건 네가 그럴듯한 말로
현혹했기 때문이야. 그녀의 순진한 성격을 이용해서
속인 거라고." 나는 비열한 행위를 지적했다.

나는 받아들일 수 없었다.

"입에 발린 소리가 아닙니다. 진심으로 사랑합니다.
지시는 받지 않겠습니다. 애초에 저한테 이래라 저래
라 할 권리는 없지 않습니까."

"있어. 그 여자는 내 여자니까." 나는 당연하다는 듯
이 말했다. 굳이 설명할 필요도 없이 그 녀석도 잘 알
고 있을 것이다.

"그런 터무니없는 독단적인 논리는 통하지 않습니
다." 나는 결코 물러서지 않았다.

두 사람을 지켜보던 나는 말다툼이 점차 격해지자

견디지 못하고 끼어들었다.

"부탁이야, 그만해. 나 때문에 싸우지 마." 내버려두면 상황이 어디까지 악화될지 모른다. 이유를 알 수 없는 불안감에 걱정이 돼서 견딜 수 없었다.

하지만 나는 멈추지 않았다. "아니, 이대로 놔둘 수 있는 문제가 아니야. 남자 둘에 여자 하나. 이대로 계속 공존하는 건 해결이 아니라 타협일 뿐이야. 자신의 마음을 속이는 거야."

나도 그 점만큼은 동감이었다. "그래요, 이참에 분명히 하죠. 그녀에게 선택하게 맡기고 결정을 따릅시다. 둘 중 누구를 택할지." 나는 자신이 있었다.

나는 그 제안을 반대하며 일축했다. "안 돼. 해결 방법은 내가 정한다. 결투다. 한쪽이 쓰러질 때까지 싸우자." 문득 머리에 떠오른 생각이었다.

"너무 야만적이군요. 좀 더 평화로운 방법을 찾아보죠." 나는 이의를 제기했다.

하지만 나는 단호하게 못을 박았다. "안 돼. 결투말고는 지금까지 계속되어온 이 상황을 끝낼 방법이 없다. 겁나면 어디로든 꺼져."

나는 잠시 망설였다. 결투에 응해야 할까. 하지만

이 사람에겐 도저히 이길 수 없을 거라는 강한 예감이 들었다. 이길 가망이 있다면 모르겠지만 비참하게 지는 꼴을 보이느니 차라리 이대로 물러나는 게 그녀에게 조금이라도 좋은 인상을 남길 수 있지 않을까. 한참을 생각한 끝에 나는 분한 목소리로 말했다. "알겠습니다. 그럼 제가 물러나겠습니다." 그리고 마음속으로 조용히 그녀에게 이별을 고했다.

"잘 가라." 나는 그렇게 말했다. 그는 떠났고 이제 사라졌다. 나는 안심하며 그녀에게 말했다. "드디어 우리 둘만 남았네. 방해꾼 애송이는 어딘가로 가버렸어."

그 말에 나는 슬픈 심정으로 말했다. "쓸쓸해서 견딜 수 없어. 그 사람이 떠나버려서."

나는 그녀의 미적지근한 태도에 화가 났다. "확실히 해. 나랑 같이 있고 싶은지, 아니면 그 녀석을 따라가고 싶은지."

나는 나 역시 떠나는 게 이 사람을 위한 길이라고 생각했다. "당신하고는 헤어질래. 그게 나을 것 같아. 당신이 싫은 건 아니지만…."

나는 적잖이 당황했다. "부탁이야, 다시 생각해줘. 가지 마." 필사적으로 애원했지만 소용없었다. 그녀도 사라져 버렸다. 나는 홀로 남겨진 슬픔에 울었다. 이상적인 여성, 나의 여자, 심지어 나 자신이기도 했던 그녀. 그녀가 내 곁에서 모습을 감춰 버린 것이다.

울다 지쳐 축 늘어져 있을 때 남자의 목소리가 부드럽게 말을 걸어왔다.

"기분은 어떠십니까."

그는 의사였다. 나는 대답했다.

"기분은 괜찮아. 하지만 내 여자가 사라져서 너무 슬퍼."

"잘됐군요. 그렇게 되도록 저희가 계속 치료했으니까요."

"대체 무슨 치료야. 내 소중한 여자가 젊은 남자를 따라서 어디론가 가버렸단 말이야."

내가 묻자 의사는 설명했다.

"당신은 타고 있던 배가 난파되어 무인도에 홀로 표류하게 되었습니다. 몇 달 만에 구조되어 이 병원으로 옮겨졌죠."

"하지만 다친 곳은 없는 것 같은데."

"육체적인 문제가 아닙니다. 당신은 극심한 고독과

무료함, 외로움 때문에 정신에 이상을 일으켜 머릿속에서 여성을 만들어냈습니다. 아니, 정확히 말하자면 필요에 따라 스스로가 여성이 되어버린 상태였죠. 하지만 이내 그마저도 단조롭게 느껴지자 또 한 명, 똑같은 방식으로 젊은 남자를 만들어냈습니다. 변화에 대한 욕구 때문이었겠죠. 하지만 이제는 완전히 회복되신 것 같군요."

성 냥

늦은 밤 집으로 돌아온 N씨는 꽤 취해 있었다. 술집을 전전하는 그의 버릇 때문이기도 했다. 그렇다고 무슨 경사스러운 일이 있어 축배를 든 것은 아니었다.

오히려 그 반대였다. 지금 사정이 나빠져 울적한 기분을 풀어보려 했던 것이다. 그리 논리적인 행동은 아니지만 어쩔 수 없다. 누구에게나 흔히 있는 일이다.

취했지만 아직도 술이 부족한 느낌이었다.

취기가 가시기 시작하면 곤궁한 처지가 떠올라 후회가 밀려오기 때문이다. 찬장을 뒤져보니 병에 술이 남아 있었다. N씨는 혼자 심야 TV 프로그램을 멍하니 바라보며 다시 잔을 기울였다.

그리고 담배에 불을 붙이려 성냥을 켰는데….

"오오…."

바로 옆에서 목소리가 들렸다. N씨는 그 소리에 깜짝 놀라 성냥을 내던지고 주위를 둘러보았다. 아무도 없었다. 그는 중얼거렸다.

"TV에서 난 소리였군. 괜히 사람 놀라게 하기는."

그리고 다시 성냥을 켠 순간….

"오오, 이건 환상인감?"

또다시 이상한 목소리로 이상한 말이 들려왔다. 하지만 이번에는 N씨도 크게 동요하지 않았다.

"이상한 대사로군. 싸구려 배우를 써서 그런가."

그렇게 말하며 무심코 옆을 바라보자 낯선 인물이 서 있었다. 조금 때 묻은 흰옷을 입은 노인. 말투에 어울리게 두메산골에서 막 상경한 것 같은 노인이었다. 처음 보는 얼굴이었다.

N씨는 엉겁결에 성냥을 놓쳤다. 동시에 노인의 모습도 사라졌다. N씨는 눈을 비비며,

"진짜로 환상인감…."

하고 고개를 갸웃거렸다. 술을 너무 많이 마셔서 보

이는 환상. 하지만 지금까지 술 때문에 환각을 본 적은 한 번도 없었다. 아니면 이 방에 붙어사는 유령일까.

하지만 여기가 저주받은 방이라면 진작 나타났어야 했다. 무언가의 조화로 한순간 TV가 입체 영상처럼 보였던 걸까. 그렇다고 하기에는 노인의 모습이 지나치게 촌스러웠다.

이리저리 생각한 끝에 성냥과 관계가 있을지도 모른다는 가설을 세워 보았다. 확인하려면 한 번 더 해 보면 된다. N씨는 술을 한 모금 더 마시고 성냥을 그었다.

과연 또다시 그 노인이 나타났다. 노인은 TV를 바라보며.

"환상인감."

하고 연신 감탄했다. 그 모습은 성냥불이 꺼짐과 동시에 보이지 않게 되었다.

N씨는 다시 한번 성냥갑을 살펴보았다. 아무런 특징 없는 평범한 성냥이다. 어느 바에서 받았거나 옆자리 손님 것을 실수로 주머니에 넣었던 모양이다. 상호명이 적힌 부분은 더러워져서 읽기 힘들었다. 대체 왜 이런 성냥이 나한테….

혹시 그 유명한 성냥팔이 소녀에게 샀나? 하지만 그건 외국 이야기고 무엇보다 그 소녀는 이미 죽었을 것이다.

혼자 생각하는 것보다 상대에게 물어보는 편이 낫겠지. N씨는 다시 성냥을 그었다.

"이봐요, 당신은 누구십니까?"

또다시 나타난 노인에게 물었다. 상대는 N씨를 바라보며 엄숙하게 대답했다.

"나는 신이여."

"농담 마세요. 전혀 신처럼 안 보이잖아요."

이 의문을 풀기 위해 N씨는 성냥 몇 개를 더 써서 노인의 정체를 캐물었다. 어느 깊은 산속의 작은 신사. 신사는 작지만 곁에 큰 나무가 있다. 말하자면 신목(神木)이다. 노인은 그 나무에 깃든 신이었다. 그런데 그 나무의 가지 하나가 어쩌다 성냥공장에 섞여 들어가 버린 것이다.

"신목을 태우다니 고얀 놈. 아주 혼쭐을 내주마."

신은 TV를 힐끔힐끔 쳐다보면서도 자신의 사명을 떠올렸다.

"잠깐만요, 그건 오해입니다…."

N씨는 필사적으로 자신이 책임이 아님을 역설했다. 다행히도 신은 어느 정도 납득한 듯 말했다.

"좋아, 용서해주마. 대신 내 마을 구경을 시켜다오."

"네, 그 정도야 어렵지 않죠."

N씨는 안도하며 승낙했다. 밥이나 잠자리를 요구하는 것도 아니고, 시골 큰아버지가 찾아왔을 때보다 훨씬 편하다. 거리 곳곳에서 성냥을 그어 신을 불러내면 되겠지. 간단한 일이다.

하지만 막상 해보니 그리 간단한 문제가 아니었다.

다음 날, 먼저 고층빌딩 전망대에 올라가서 성냥을 그었다.

"오오, 뭐냐, 이 풍경은. 내 나무보다 훨씬 높지 않누."

신은 주위는 아랑곳하지 않고 큰 소리로 외쳤다. N씨는 부랴부랴 불을 껐다. 이래서야 사람이 많은 곳에 가면 창피만 당할 게 뻔했다.

하지만 사람이 많지 않은 곳에서도 신은 크게 감탄하며 즐거워했다. 깊은 산속에서 한자리에 뿌리를 내린 채, 몇백 년을 살아온 신목의 신이니 모든 게 신기할 수밖에 없었다. 적당한 장소를 몇 군데 돌며 일단 구경을 시켜줬다.

집으로 돌아온 N씨는 피곤한 얼굴로 의자에 앉았다. 담배를 물고 성냥을 긋자 신이 나타나서 말했다.

"도시는 참말 대단한 곳이구먼. 네 덕분에 잘 구경했다. 고맙다."

그 말에 N씨는 슬며시 미소를 지었다. 하루를 투자해서 신에게 서비스한 것은 다 흑심이 있어서였다. N씨는 조심스럽게 말을 꺼냈다.

"저어, 신령님. 이런 말씀 드리기 좀 그렇지만 이것도 다 인연 아니겠습니까. 혹시 돈 좀 벌게 해주시면 안 될까요?"

"뭐라고? 아, 돈이 궁한 게냐. 이렇게 편리한 물건을 마련하려면 돈이 들긴 하겠지. 그런데 뭘 어떻게 해줘야 하는 게냐?"

"주식으로 돈을 벌고 싶습니다."

"주식? 밥집으로 돈을 벌고 싶단 말인가. 좋아, 주문을 알려주지."

"아뇨, 그게 아니라…. 난감하네."

산속에 사는 신에게 증권거래에 대해 기초부터 해설하자면 얼마 남지 않은 성냥만으로는 턱없이 부족하다.

그렇다고 규칙이 간단한 파칭코 같은 것은 큰돈을 벌 수 없다. 이렇게 된 바에는 직접 물어보는 편이 빠르다.

"어떤 가호를 내려주실 수 있습니까?"

"내가 잘하는 거라면 음, 산불 막기, 기우제, 눈사태 막기, 해충 퇴치, 채소 풍작. 그리고 곰이나 멧돼지, 여우 같은 걸 잡는 주술. 대충 이 정도인디. 마음에 드는 걸로 골라봐."

최악이다. 고를 만한 게 하나도 없다. 죄다 쓸모없는 것밖에 없지 않은가. 하지만 N씨는 이 귀중한 기회를 놓칠 수는 없었다. 기회를 놓치는 것은 현대에서는 일종의 죄악이다.

죄악이라는 단어에 문득 좋은 생각이 떠올라서 비상수단을 제안해 보기로 했다. N씨는 반쯤 자포자기의 심정이었다.

"차라리 도둑질은 어떻습니까?"

"아, 그것도 괜찮지."

뜻밖에도 신은 흔쾌히 승낙했다. 정신없이 도시를 구경하느라 자극 때문에 머리가 멍해진 모양이다. 어쨌든 N씨는 안도의 숨을 내쉬었다.

"감사합니다. 그럼 내일 밤 부디 힘을 빌려 주십시오."

성냥은 이제 몇 개밖에 남지 않았다. 한번 해보자. 신이 함께한다면 안전할 테고 성공도 떼어 놓은 당상이다. 자, 어디를 털까.

다음날. 여러 가지 계획을 세우고 검토한 끝에 빌딩을 털기로 했다. 몇 번 가본 적이 있어 사정을 아는 상사였다.

성냥을 켜고 문 열쇠 구멍에 넣으면 신이 어떻게든 열어 줄 것이다.

밤이 깊어지기를 기다려 빌딩 뒤 골목길 으슥한 곳에 숨어서 먼저 마음을 가라앉혔다. 그리고 자, 가볼까, 라는 기분으로 힘차게 움직이려던 순간, 곁에 누군가의 그림자가 나타났다.

상대는 손에 짧은 막대기 같은 것을 들고 이쪽으로 향해 다가왔다. 수상한 움직임이었다.

N씨는 반사적으로 준비해 둔 성냥을 그었다. 당황한 나머지 남아 있던 성냥을 한꺼번에 전부 켜버렸다.

촌스러운 위엄을 풍기며 신이 나타나서 영문 모를 고함을 질렀다.

그러자 그림자가 들고 있던 막대기에서 총성과 탄환이 날아왔다. 권총이었던 모양이다. 하지만 신은 끄떡도 하지 않았다. 그 모습을 본 그림자는 탄환이 바닥날 때까지 총을 쏘아대다가 공포에 질려 기절해버렸다.

하지만 이렇게 총성이 울려 퍼진 이상, 계획은 당연히 중지다. 그뿐인가, 도망칠 수도 없었다. 총소리를 듣고 곧 경찰차가 달려왔기 때문이다.

밖으로 뛰쳐나온 경찰들은 기절한 남자를 조사한 후 N씨에게 말했다.

"잘하셨습니다. 이 남자는 보석털이 상습범으로 수배 중인 강도입니다. 오늘도 크게 한탕 했는지 훔친 물건을 가지고 있군요. 심문해서 장물을 되찾으면 피해자들에게서 상당한 사례금을 받을 수 있을 겁니다. 정말 큰 공을 세우셨습니다."

N씨는 어리둥절하면서도 즉석에서 지어낸 가공의 무용담을 늘어놓아야만 했다.

"…뭐 그렇게 된 겁니다. 위험천만한 순간이었죠. 하지만 누가 뭐래도 정의를 위해서니까요."

뜻밖의 결과였다. N씨는 땀을 훔치며 쓴웃음과 함

께 담배를 물었다. 주머니 깊숙한 곳에 성냥개비 하나
가 남아 있었다. 불을 붙이자 또다시 신이 모습을 드
러냈다.

"이제 나는 산으로 돌아가야겠구먼. 그나저나 참말
놀랍네. 곰이나 늑대라면 몰라도 도둑을 잡아서 돈을
벌 줄이야…."

불꽃과 함께 사라진 기이한 현상에 경찰들은 눈을
크게 떴다.

"뭡니까, 방금 그건."

"글쎄요, 뭐가 보였습니까? 저는 전혀 모르겠습니
다만."

N씨는 시치미를 뗐다. 자세히 설명해봤자 이해할
리 없으니까. 게다가 신목 성냥도 이걸로 끝이다.

요정 배급 회사

　아침 햇살이 창문으로 새어 들어와 사무실 안을 온화한 빛으로 채우고 있다. 노년의 사원은 출근해서 업무를 시작하기 전에 잠시 의자에 앉아 눈을 감고 마음을 가다듬었다.

　누군가 어깨를 두드려 뒤를 돌아보자 옆에 과장이 서 있었다. 과장이 책상 위에 쪽지를 내려놓았다.

　『일은 잘 되어가나?』

　라고 적혀 있다. 노사원은 자리에서 일어서서,

　"네, 순조롭게 진행 중입니다. 좀 더 능률을 높이고 싶은데 아직 준비되지 않은 자료가 있어서…."

라고 대답하며 몇 번이나 고개를 숙였다. 그는 젊은 시절부터 귀가 들리지 않았다. 그 때문에 남들을 번거롭게 하는 것 같아 괜스레 미안했다.

과장은 피곤한 듯이 손사래를 치며 쪽지에,

『서두를 것 없어.』

라고 적고 다시 자리로 돌아갔다. 이것도 매일 아침 반복되는 일과 같은 것이다.

이곳은 교외에 위치한 요정배급회사. 정부와 민간의 공동투자로 설립한 조직이다. 예전에는 도심 빌딩에 본사를 두고, 전국 곳곳에 지사가 있고, 사원 수도 많았던 시절이 있었다. 하지만 지금은 사원 몇 명으로 구성된 사사(社史) 편집과만 남게 되었다. 이 노사원은 교정 실력이 뛰어나서 아직 퇴직이나 부서 이동 없이 남아 있는 것이다.

사사가 완성되면 그것을 각계각층에 배포한 뒤 회사는 해산할 예정이다. 운영이 불가능해서가 아니라 목적을 달성했기 때문이다. 이것은 회사 설립 초기부터 예정되어 있던 일이기도 하다. 요정이 이만큼 보급되었으니 이제 회사는 없어도 된다.

노사원 역시 '요정'을 가지고 있다. 요정은 책상 한

쪽 구석에 얌전히 앉아 있었다. 사실 그는 내심 요정을 그다지 좋아하지 않았다. 하지만 배급회사 사원이기도 하고 워낙 대중화되다 보니 오히려 요정이 없는 사람이 이상해 보인다. 가끔 이유를 물어보는 사람도 있고 귀가 불편한 걸 알고 사과하는 사람도 있었다. 그런 상황을 겪는 것보다는 차라리 요정을 갖고 있는 편이 낫다.

그런 생각을 하며 그는 무심코 자신의 요정을 바라봤다. 요정은 기다렸다는 듯이 그의 곁으로 가볍게 날아와 얼굴을 올려다보았다.

그는 요정의 이 눈이, 늘 주인의 기분을 살피는 듯한 이 눈이 싫었다. 마지못해 요정의 등을 살짝 쓰다듬어주었다. 밍크 털 같은 부드러운 촉감. 하지만 너무 부드러워서 묘하게 공허하고 조금 차갑다. 오래 쓰다듬고 있으면 괜히 짜증이 난다.

요정은 쉴 새 없이 입을 움직이고 있었지만 노사원은 그 속삭임을 들을 수 없었다. 들을 수 있다면 얼마나 좋을까. 그러면 요정을 좀 더 좋아할 수 있었을 텐데. 다른 사람들 모두 그토록 푹 빠진 걸 보면. 그런 생각에 그는 얼굴을 찡그리며 쓸쓸하게 중얼거렸다.

"저리 가 있어."

요정은 다시 제자리에 돌아갔다. 그들은 주인에게 절대로 거역하지 않는다.

요정. 물론 전설이나 민화에 등장하는 그 요정이 나타난 것은 아니다. 처음 붙인 애칭이 어느새 모두가 부르는 이름이 되어버린 것이다. 크기는 다람쥐 정도. 잘 더럽혀지지 않는 칙칙한 회색. 날개가 있어서 잠깐이지만 하늘을 날 수도 있다. 하지만 털로 덮여 있으니 조류라고 부를 수는 없다. 거꾸로 매달릴 수 있다는 점에서는 박쥐와도 비슷하다. 그러나 알에서 태어난다.

어딘가 고양이를 연상시키기도 한다. 귀가 멀쩡한 사람도 그들이 움직일 때 나는 소리를 거의 들을 수 없다. 눈에 띄는 특징은 암수 구분이 없다는 것. 하지만 번식하지 않는 것은 아니다. 알을 낳고 부화한다.

그리고 가장 큰 특징은 인간의 말을 할 줄 안다는 점이다. 앵무새나 구관조처럼 단순히 따라 하는 것뿐만 아니라 자기만의 문장으로….

노사원은 서류장에서 자료 스크랩을 모아둔 커다란 봉투를 꺼내 책상 위에 펼쳤다. 맨 위에는 10년 전

신문에 실린 기념비적인 사진이 있다. 우연히 찍힌 아마추어 사진이지만 훌륭한 사진이다.

어느 날 오후, 금속성 용기가 낙하산에 매달려 푸른 하늘에서 천천히 내려왔다. 장소는 도심 한복판. 사진을 찍은 사람도, 당국에 신고한 사람도 있었다.

사람들은 처음에는 어느 나라 우주선에서 떨어진 물건이라고 생각했다. 그러나 아니었다. 다시 살펴보니 용기의 모양이나 그곳에 적힌 문자 모두 생전 처음 보는 것이었다. 어쩌면 다른 행성에서 온 것일지도 모른다. 너무 비약적인 의견이었지만 그 외에는 달리 설명할 방법이 없었다.

각국의 학자들이 입회한 가운데 용기를 열어보니 알이 하나 들어 있었다. 미소를 자아내는 광경이었다. 지구에서도 초창기에는 원숭이나 개를 태워 우주로 보낸 적이 있었다. 어느 별이나 비슷한 생각을 하는 모양이다. 그 알이 광활한 우주를 표류하다가 이곳까지 흘러온 것이다. 이 가정에 반론은 없었다.

용기에 적힌 문자는 '주우면 어디어디로 보내달라'는 의미일까. 하지만 해독은 불가능했다. 설사 해독했다 해도 도저히 실행할 수 없는 부탁이다.

당시의 소동을 다룬 신문기사들은 모두 모아서 이곳에 보관하고 있다. 어떤 기사들을 활용하면 그 열광적인 분위기를 전할 수 있을까. 노사원은 제일 쓸만한 기사를 고르기 위해 하나씩 다시 읽어보았다. 그리 쉬운 일은 아니었다. 활자는 큼지막하고 문장도 자극적이었지만 정작 내용은 충실하지 않았다. 그도 그럴 만했다.

국제적인 관리 아래 많은 학자들의 연구가 이어졌다. 문자, 용기, 낙하산 재질을 살펴봐도 특별한 성과는 없었다. 모든 관심은 알에 쏠렸다. 부화시킬 수는 없을까?

모두가 기도하듯 간절하게 몇 주일을 기다렸다. 노사원 역시 다른 사람들과 마찬가지로 흥분했다. 성공해야할 텐데 라고.

알은 뜻밖에도 자연적으로 부화했다. 모든 신문의 일면을 독차지한 사진도 스크랩해놓았다. 그곳에는 가장 큰 활자로 '요정의 탄생'이라는 헤드라인이 인쇄되어 있었다. 하늘에서 내려왔고 날개도 있으니 천사라 불러도 되었을 텐데. 또 박쥐를 닮았으니 악마라고 불러도 이상할 것 없었다. 하지만 선과 악, 이익과 해

악, 어느 쪽인지 즉시 판별할 수 없어 그 중간쯤 되는 의미에서 임시로 '요정'이라 이름 붙인 것이다.

선악의 구분이 불분명한 채 그 이름은 계속 이어지고 있다. 처음에는 좀 답답하기도 했지만 생각해 보면 선과 악으로 명확히 나눌 수 없는 존재도 세상에는 적지 않다. TV, 츄잉검, 카드놀이, 술 같은 것들 말이다. 사람들은 점차 그 불안정한 애칭에 익숙해졌다.

부화 이후에도 성장 과정의 모든 단계가 경이로웠지만 클라이맥스는 사람의 말을 하기 시작했을 때였다. 연구자들은 기뻐하며 어떻게든 요정의 고향 행성에 대해 알아내려고 애썼다.

하지만 성공하지 못했다. 생각해 보면 당연한 일이다. 만약 지구의 새 알이 다른 별로 흘러가 그곳에서 부화할 경우, 과학 기술이 아무리 뛰어나도 지구에 대해 물으면 그 새가 어떻게 대답을 하겠는가.

급기야 최면술, 거짓말 탐지기, 뇌파 측정, 심지어 자백제까지 사용해봤지만 아무것도 알아낼 수 없었다. 요정 자신도 모르니까.

알을 낳고 또 그 알이 부화해서 요정의 수가 조금 늘었다. 가장 먼저 검토된 것은 사람이나 가축에 해를 끼치지 않을까 라는 점이었다. 각종 조사 끝에 그럴 위험은 없다는 사실이 확인되었다. 그러자 관리도 조금 느슨해지고 그 이후의 연구는 각국이 분담해서 하게 되었다. 우리나라에도 관련 연구소가 설립되었다. 요정배급회사의 전신이라고 할 수 있는 기관이었다.

"친구 소개로 이 회사에 들어왔을 때는 정말 기뻤지."

노사원은 혼잣말을 중얼거리며 기사 날짜를 보면서 그때를 회상했다. 신문 기사 자체는 훨씬 학술적으로 변했고 자극적인 논조도 한풀 꺾여 있었다. 뼈의 엑스레이 사진, 털 확대 사진, 내장 기관, 발성 기관 도표 등은 대중적인 흥미를 끌기 어려웠다.

단위생식이라는 점은 다소 흥미롭게 다뤄졌다. 하지만 식물이나 물벼룩 등 그 예는 이미 많고 개구리 알도 수정 없이 물리적 자극만으로 자라기도 한다. 성적인 호기심을 자극하는 것도 아니다. 두세 번 만화로 만들어지기도 했지만 곧 사람들의 관심에서 멀어졌다. 뭐 그런 거라는 상식이 정착된 것이다.

확실하게 밝혀진 사실은 환경 변화에 아주 강하다는 점이었다. 외계 생물이라면 당연한 얘기다. 발표문은 거창했지만 그동안의 경과를 그대로 정리한 것뿐이었다. 옛날 기사를 다시 읽다보면 묘한 사실을 알아차리게 되는 법이다. 노사원은 무심코 미소를 지었다.

노사원은 시계를 들여다 보았다. 점심시간, 자리에서 일어서자 요정은 조심스럽게 그의 팔에 매달렸다. 그리 무겁지도 않고 빈손으로 다니면 오히려 이상한 사람 취급받는다.

그는 산책 삼아 근처의 작은 레스토랑에 가곤 했다. 도시락을 싸는 게 더 싸게 먹힌다는 것은 알지만 혼자 살면 그마저도 번거롭다.

가벼운 식사를 주문했지만 역시 노인에게는 너무 많았다. 그가 포크를 내려놓자 요정이 인사하는 듯한 몸짓을 한 후 그릇에 남은 음식을 먹기 시작했다. 이 아이뿐만 아니라 다른 요정들도 모두 그렇다.

연구가 진전되면서 요정의 먹이가 밝혀졌다. 뭐든지 잘 먹고 특별히 가리는 것도 없는 듯했다. 음식 찌꺼기로 기를 수 있다는 사실이 입증되었다. 이후 연구는 요정의 활용법을 찾는 단계로 접어들었다.

죄수들 중 용기 있는 자원자가 요정의 고기를 먹어 보았고 식용으로 무해하다는 사실도 입증되었다. 뒤

이어 요리사들도 시식해봤지만 소나 돼지고기보다 맛없고 닭고기나 생선과 비교해도 맛이 떨어졌다. 이 방면의 연구는 그걸로 끝이 났다.

또한 노동력으로도 전혀 쓸모가 없었다. 무엇 하나 할 줄 아는 게 없었다. 아니, 하려고도 하지 않았다. 그냥 놔두면 언제까지나 가만히 있었다. 필요가 없으면 날지도, 움직이지도 않는다.

그마나 쓸모 있어 보이는 것은 털가죽이었다. 색은 칙칙한 회색이지만 염색하면 그만이다. 하지만 다른 지구산 동물의 털가죽에 비하면 한참 약했다.

결론부터 말하자면 요정을 생산적으로 활용할 방법은 제로였다. 펫으로 삼는 것 외에는….

펫으로서는 아주 훌륭했다. 곧 털가죽 이용이 중단되었을 정도다. 법적으로 규제한 것은 아니다. 일반적인 정서상 펫의 털가죽은 딱히 사고 싶지 않기 때문이다. 따라서 산업으로 성립하기는 힘들어 보였다.

세계 각국에서 요정이 펫으로서 가치가 있는지 서둘러 연구를 시작했다. 어느 국가든 국민은 불만을 품고 있다. 정부로서는 그런 불만들을 가능한 한 해소해주고 싶은 법이다. 사회 보장이 완벽한 이상적인 국가에도 불만은 있다. 체제나 지도자를 탓할 수도 없으니 오히려 해결하기가 더 까다로운 셈이다.

즉 인간이란 국적과 인종을 막론하고 누구나 불만과 고민을 안고 있으며 고독에 몸부림치고 위로받고 싶어 하는 존재다. 각국의 정부 관계자들도 이 사실을 잘 알고 있다. 단지 적당한 방법이 없어서 손을 놓고 있었을 뿐이다. 방법만 있으면 이렇게 곧장 도입하기 마련이다.

요정을 펫으로 만드는 계획은 모든 나라에서 단번에 좋은 성과를 거뒀다. 요정 자체가 펫으로서 뛰어난 소질을 타고났기 때문이다. 남은 문제는 번식뿐이다. 하지만 먹이를 듬뿍 주면 번식 속도도 빨라진다는 사실이 곧 밝혀졌다.

가장 큰 피해자는 아마도 기존의 펫들일 것이다. 수천 년 동안 인류와 함께해온 고양이조차 요정과는 도저히 경쟁이 되지 않았다. 고양이는 소극적이지만 요정은 어떤 면에서 적극적이었기 때문이다. 다만 실용성이 있는 개는 이 위기를 피할 수 있었다.

그러고 보니 펫 협회에서 항의를 한 적도 있었지. 늙은 지원은 사사 편집과 관련해 문득 그 일을 떠올렸다. 요정배급회사가 펫 상인들에게 막대한 보상금을 지급한 적이 있는데 이 또한 중요한 사건 중 하나였다.

접시에 남은 음식을 다 먹은 요정이 그를 향해 입을 움직였다. 뭔가 말을 하고 있는 모양이다. 노사원은 손수건으로 입을 닦으며 중얼거렸다.

"상대적으로 생각하면 가장 큰 피해자는 나야."

요정이 펫으로서 아무리 뛰어나도 그처럼 귀가 들리지 않는 사람에게는 아무런 가치가 없다. 요정으로 인해 모두가 즐거워졌다는 것은 자신만 덩그러니 홀로 남겨졌다는 뜻이다. 가끔은 요정을 전멸시켜버리고 싶다는 충동이 밀려오기도 했다.

요정배급회사 같은 곳에 취직하지 말았어야 했다고 몇 번이나 생각했다. 하지만 지금은 아니다. 수입도 나쁘지 않고 어디서 일하든 이런 비참한 기분을 맛보아야 한다는 점은 매한가지다. 운이 없었다고 체념할 수밖에.

요정의 목소리는 마치 귓속을 간지럽히는 것 같다고 한다. 노사원은 그 목소리를 모른다. 아득한 기억이 되어버렸지만 아직 청력이 남아 있던 소년 시절에 들었던 아름다운 여자 아이의 목소리와 비슷하지 않을까. 향기에 비유하면 고급 향수, 맛에 비유하면 신선한 꿀, 예술품의 감촉, 어스름한 달밤 같은 소리쯤 되려나.

신문 기사에서는 그에 대해 자세히 다루지 않았다. 라디오나 TV, 혹은 실제로 그 소리를 들을 수 있으니 말이다.

노사원이 알고 있는 것은 요정이 목소리만큼이나 예쁘게 말을 한다는 것이었다.

"길러주셔서 감사합니다. 뭐라고 감사드려야 할지…."

요정은 주인에게 먼저 이런 말을 건넨다고 한다. 지금까지 이런 펫은 없었다. 펫뿐만 아니라 인간 사이에서도 감사의 말은 점점 사라지고 겸양의 미덕도 자취를 감추고 있다. 감사의 말은 입에 담기 힘들지만 듣는 입장에서는 이보다 기분 좋은 말도 없다.

게다가 요정은 처음뿐 아니라 때때로 이런 말을 반복한다.

"아직까지 길러주시다니 너무 감사해요."

누구나 남에게 돈을 빌릴 때는 고마운 척할 수 있다. 그리고 실제로 고맙기도 하다. 하지만 그 후 매일 같이 찾아와 확인과 감사의 말을 건네는 사람은 아마 없을 것이다. 하지만 이 요정들은 모두 그렇게 한다. 쑥스러워하지도, 망설이지도 않고.

노사원은 눈을 감고 요정을 처음 집에 데려왔던 때를 떠올렸다. 아내는 이미 세상을 떠났지만 당시에는 아들 부부와 함께 살고 있었다.

아들 부부가 기뻐하고 신기해하던 모습이 아직도 눈에 선하다. 이걸로 가정이 더욱 화목해질 거라고 기대했다. 그리고 비용도 들지 않는다.

특별히 먹이를 살 필요도 없다. 남은 음식을 깨끗하게 처리해준다. 물론 음식이 많이 남을 때도 있고 적게 남을 때도 있다. 하지만 많이 남을 때 미리 먹어두는지 적을 때에도 절대 불평하거나 투덜대지 않는다.

그뿐인가, 먹이는 반드시 남은 음식이어야 했다. 함께 식사하려고 시도한 적도 있지만 뜻대로 되지 않았다. 어느 정도 알고 있었지만 역시 인상적인 광경이었다. 아무리 권해도,

"길러주시는 것만으로도 고마운데 그런 염치없는 짓은 할 수 없습니다."

라고 끝까지 사양하며 절대로 먹지 않았다. 반응을

보면 본능적으로 그렇게 타고난 모양이었다. 어떤 사람이 "내 호의를 받아들이지 못하겠다는 거냐"라고 화를 낸 적도 있다고 한다. 하지만 그것도 소용없었다.

만약 "그렇다면 먹겠습니다"라고 받아들인다면 호의는 곧 불쾌함으로 바뀌었을 것이다. 요정도 그것을 알고 있는 듯했지만 실제로는 그런 기색은 조금도 느껴지지 않았다. 역시 본능인 모양이다. 본능인 이상 억지로 강요할 수도 없고, 포기할 수밖에 없다. 주인에게 반항하는 유일한 예라 할 수 있었다.

이 본능이 바로 요정을 기존의 동물들과 구분 짓는 뚜렷한 특징이었다.

노사원은 언제나 점심시간을 혼자 멍하니 보낸다. 다른 이들은 요정의 즐거운 속삭임과 함께였지만 그는 정말로 고독했다.

회사 사무실로 돌아가서 오후 업무를 시작했다. 스크랩을 정리하면서 남은 음식을 먹는 현상과 관련된 자료를 모아보았다.

그 영향을 요약하면 사회의 청결화라 할 수 있었다. 남은 음식을 처리하는 수고와 비용이 줄었을 뿐 아니

라 쥐나 바퀴벌레, 파리 같은 해충도 감소되는 현상이
확인되었다. 아마 대도시에서는 머지않아 완전히 멸
종될 것으로 예상되었다. 예상은 머지않아 현실이 되
었다. 따라서 전염병과 악취도 사라졌다.

익충인지 익수인지는 모르겠지만 아무튼 도움이
되는 쪽인 모양이다. 잔반으로 돼지를 사육하는 이들
이 투서를 보내기 시작했지만 논의할 가치도 없는 문
제였다. 돼지에게는 남은 음식 대신 다른 것을 주면
되니까.

요정이 어째서 잔반만으로 만족하는지 그에 대해
설명이 불가능한 것은 아니었다. 말을 할 수 있다는 것
외에는 생산적인 일을 전혀 할 수 없다는 점을 스스
로 인식하고 있는 걸지도 모른다. 전화를 받거나 전서
구 대신 연락용으로 훈련하려는 사람도 있었지만 결
국 모두 포기했다.

회사 연구소에서 오랜 시간에 걸쳐 요정의 지능지
수를 조사하여 발표한 적도 있다. 그 조사에 의하면 요
정의 지능은 매우 낮았다. 말은 할 수 있지만 머릿속은
텅 빈 상태였다. 한때, 요정이 인간의 말을 할 수 있다
는 점과 관련하여 뜨거운 논쟁이 벌어진 적도 있다. 인

도주의 문제라는 형태로. 이 논쟁이 실린 기사들도 보관되어 있다. 인간의 말을 할 수 있으니 인간과 같은 권리를 인정하고 동등하게 대우해야 한다는 주장이었다. 이 주장을 둘러싸고 팽팽한 대립이 벌어졌다. 한동안 사람들의 양심을 찌르는 문제이기도 했다.

그러나 식사문제와 마찬가지로 요정이 인권을 사양한 탓에 이 문제 또한 흐지부지 사라졌다. 동등한 대우를 받으면 그만큼 의무도 져야 한다고 생각해서가 아니라 역시 본능 때문인 듯했다.

또 무슨 생각인지 몰라도 특이하고 열성적인 몇몇 사람들이 요정을 각성시켜 권리주장을 하도록 시도했다. 하지만 역시 소용없었다. 자기주장을 하는 것이 본능적으로 불가능한 모양이었다.

비인도적이라고 표현하면 이상하지만 과학적인 냉혹함으로 이런 실험도 진행되었다. 먹이를 주지 않는 실험. 하지만 요정은 먹이를 달라고 요구하지 않고 굶주리다가 조용히 죽어갔다. 이 실험은 단 한 번으로 끝났다. 어떤 요정이든 결과는 마찬가지일 테고 그런 실험이 즐거울 리도 없었다. 아무리 변태적인 성향을 가진 사람이라도 조용히 고통도 없이 죽어가는 상대를 굳이 죽이고 싶지는 않은 법이다.

노사원은 산더미 같은 스크랩을 뒤적이며 눈을 움직였다. 그 시절에는 이 요정배급회사도 활기가 넘쳤는데 라고 생각하면서.

모두가 앞다퉈서 요정을 갖고 싶어 했다. 내버려두면 암거래 가격이 치솟고 투기나 밀수의 대상이 될 수도 있었다. 그걸 통제하고, 개체 수를 늘리고, 공정하게 배급하는 것이 회사의 목적이었다.

연구용은 별도로 남겨두고 먼저 불우한 사람들에게 우선적으로 배급되었다. 회사 직원들은 정기적으로 그들을 방문해 알을 회수했다. 물론 어느 정도는 불법 거래도 있었지만 이보다 더 나은 방법은 없었다.

감사의 편지 중 대표적인 몇 통은 이곳에 보관해뒀다. 맨 위에 있는 것은 지병으로 오랜 입원생활을 이어가던 소녀가 보낸 편지였다.

『정말 고맙습니다. 진짜로 동화 속 요정 같아요. 곁을 떠나지 않고 늘 위로하고 격려해준답니다….』

자살을 시도했던 청년의 편지도 있었다. 자신에게는 능력이 없다는 열등감에 사로잡혀 저지른 짓이었다. 하지만 요정이 배급되고 나서 그는 몰라볼 정도로 달라졌다. 기력을 되찾고 다시 삶의 희망을 불태우기 시작했다. 요정은 곁에서 "당신처럼 훌륭한 남성은 어디에도 없을 거예요" 라는 말을 끊임없이 속삭여줬다.

처음에는 입에 발린 소리라며 얼굴을 찡그리는 사람도 있었다. 하지만 비아냥과 빈정거림, 충고나 직언이라면 계속 얼굴을 찡그릴 수도 있겠지만 단순명쾌한 칭찬은 다른 이에게서 좀처럼 들을 수 없는 말이다. 자장가처럼 반복해서 듣다보면 어느새 저절로 입가가 풀어진다. 거짓이라도 나쁘지는 않다고 생각하면서. 게다가 생각해 보면 거짓이나 엉터리라고도 할 수 없다. 말하는 것 말고는 아무것도 못 하는 요정에 비하면 그보다 못한 인간은 있을 리 없으니까.

자살미수 청년은 마지막에 한 마리 더 갖고 싶다고 썼다. 칭찬해주는 이가 많을수록 기분이 좋아질 테니 당연한 욕구다. 하지만 초기에는 허락되지 않았다. 하나만 가지고 있어도 혜택받은 사람이라고 할 수 있었다.

노사원은 감사의 편지들 덕분에 마음이 따뜻해졌다. 하지만 편지를 넣자 다시 고독한 세상으로 돌아왔다. 불행한 사람들이 밝아지는 것은 좋은 일이다. 하지만 귀가 안 들리는 자신은 요정의 혜택을 받을 수 없다. 외국에는 음성을 문자로 바꿔주는 장치가 보급되기 시작했다고 한다. 하지만 우리나라에서는 당분간 기대할 수 없다. 자신이 살아 있는 동안에는 아마 불가능할 것이다.

그는 다른 스크랩으로 시선을 옮겼다. 어떤 학자의 의견이 있었다. 요정은 무서운 기생생물이라는 경고. 하지만 많은 반론에 밀려 곧 사라지고 말았다. 기생일지도 모르지만 무서울 것은 없다. 지구라는 낯선 별에 와서 오히려 몸을 사리고 있는 것 아니냐. 기생이 문제라면, 고양이나 카나리아, 금붕어는 어떻게 생각하느냐 등등.

기생이라는 문제에는 모두가 조심스러웠다. 너무 깊게 파고들면 인간 역시 다른 동식물에 기생하는 존재임을 새삼 인식하게 되니까. 또한 세상의 모든 인간은 누군가에게 기생하며 살아가고 있다. 그다지 기분 좋은 문제는 아니니 덮어두는 것이 낫다.

그 학자도 끝까지 주장하지는 않았다. 배급회사에서는 특별 연구용이라는 명목으로 곧바로 요정을 보내줬다. 노사원은 그 기록을 대조하며 쓴웃음을 지었다. 요정을 빨리 얻으려는 교묘한 작전이었을지도 모른다.

대부분의 사람은 "당신처럼 아부를 싫어하는 분은 드물답니다. 정말로 식견이 높으시네요" 라는 말에 함락되었다. 셰익스피어의 '줄리어스 시저'에도 나오는 말이라고 한다. 칭찬에 한해서라면 요정도 대문호 못지않은 천재라 할 만했다.

요정은 빠르게 번식했고 보급도 순조로웠다. 예전의 TV 보급 속도보다 빨랐다. 물론 TV와는 달리 대량 생산되는 것은 아니었지만, 기하급수적인 번식 덕분에 보급 그래프 곡선은 순식간에 치솟았다.

TV를 떠올린 노사원은 TV에 미친 영향을 다룬 자료뭉치를 손에 들었다. 영화 산업을 밀어내고 독서마저 누르며 여유롭게 왕좌를 지키던 TV 관계자들도 처음으로 당황했다. 어느 정도이긴 하지만 요정 보급을 막는 방해공작도 있었던 것으로 회사 기록에 남아 있다.

아무리 대중의 입맛에 맞는 프로그램을 만들어도 TV는 획일이라는 한계를 벗어날 수 없다. 하지만 요정은 그 사람 곁에 찰싹 붙어서 적절하고 짜릿한 말로 주인을 칭찬해준다.

마흔에 가까운 독신 여성에게는 젊음이 넘치는 TV 방송을 보는 것보다 곁에서 "당신은 젊어요, 당신은 아름다워요"라고 끊임없이 속삭여주는 요정이 훨씬 소중했다. 40살 독신 여성뿐만 아니라 60대 기혼 여성, 십대 소녀도 마찬가지였다. 남자도 다르지 않았다….

TV는 한동안 발악을 계속했지만 결국 공존하는 방향으로 살아남을 길을 모색했다. 그리고 그 전략은 성공했다. 시시한 프로그램을 시시한 연예인에게 맡겨서 방송한 것이다. 그러면 시청자 곁의 요정이 "보세요, 당신이라면 훨씬 더 잘할 수 있어요"라고 말해주게 만들기 위해서다. 물론 요정은 주인을 칭찬하긴 하지만 프로그램을 직접 비난하지는 않는다. 프로그램뿐 아니라 선천적으로 '비난'이라는 능력이 결여되어 있었다.

이 방침 덕분에 연출가, 작가, 연예인 등은 모두 의욕을 잃고 말았다. 그들은 불우한 사람으로 인정되어 우선적으로 요정이 배급되었다. 예를 들어 작가에게 요정은 이렇게 말했다.

"하고 싶지 않은 일을 하느라 너무 힘들죠. 하지만 당신이 얼마나 뛰어나고 남다른 재능을 가지고 있는

지는 누가 뭐래도 제가 잘 알고 있답니다."

연출가나 연예인의 경우도 별반 다르지 않았다. 빌어먹을, 아무것도 모르고 지능이라고는 없는 주제에. 한때는 이런 생각에 불쾌해지기도 한다. 하지만 자신의 재능을 끊임없이 칭찬해주는 요정을 죽여 버릴 수도 없다. 지금껏 언제나 남에게 무시당하기만 했는데.

손으로 비틀기만 해도 요정을 쉽게 죽일 수 있다는 사실은 이미 연구소에서 발표된 바 있다.

온갖 분야의 비평가들도 같은 고민을 겪었다. "저 녀석은 재능이 없어"라고 아무리 강한 어조로 공격해도 반응이 없는 것이다. 공격당한 사람들은 결코 분발하려 하지 않는다. 인간의 비평보다 곁에서 칭찬해주는 요정의 말이 훨씬 강력했던 것이다.

한편 요정은 그런 비평가들에게도 "실망하실 필요 없어요. 당신의 비평가적 안목, 정확한 논리는 누가 뭐래도 제가 잘 알고 있답니다"라고 위로해줬다. 그 때문에 술로 불만을 달랠 필요가 없어졌다. 술집에 가니 몇 안 되는 자신의 이해자이자 지지자인 요정과 함께 지내는 편이 낫다.

술집 마담 역시 불황을 한탄하면 요정이 다정하게

위로해준다.

"요즘 한층 더 아름답고 기품 있어지셨어요. 그래서 손님들이 가까이하기를 망설이는 것 아닐까요."

정말 그런지 확인하기 위해 일부러 못생겨져서 경기를 회복해보려는 마담은 없었다. 평소 마음에도 없는 칭찬을 늘어놓던 마담도 오히려, 아니, 그래서 더더욱 칭찬에 약했다. 젊은 남자에게 용돈을 쥐어주고 그 대가로 칭찬을 들을 필요도 없어졌다. 금전적 대가를 요구하지 않는 요정의 속삭임은 순수하고 기분 좋다.

청소년에게 보급되면서 "어른은 날 이해 못 해"라는 말도 어느새 사라졌다. 요정이 "알아요. 당신의 빛나는 미래와 훌륭한 재능은 잘 알고 있답니다. 시험 성적이 좀 나쁘면 어때요. 상처받을 필요 없어요"라고 끊임없이 말해줬기 때문이다. 아이들은 단순하다. 불만은 곧 사라지고 비행도 줄어들었다.

한가해진 경찰관들 곁에도 요정은 있었다.

"악을 증오하는 비정할 정도의 정의감, 범인을 쫓는 멋진 솜씨는 제가 잘 알아요. 초조해하실 필요 없어요."

비정한 승부의 세계에서 살아가는 도박사들도 마찬가지였다. 지면 "운이 나빠서 그래요. 실력은 당신이 훨씬 뛰어나요. 다음에는 꼭 이길 거예요"라고 요정이 끊임없이 속삭여준다. 그리고 정말로 다음에 이길 때도 있었다. 이기면 요정이 온갖 수식어로 끊임없이 찬사를 퍼붓는 바람에 연습을 게을리하고 방심하게 되기 때문이다. 비정한 세계라는 느낌은 점점 흐려졌지만….

이처럼 딱히 눈에 띄는 피해자도 나타나지 않은 채 요정은 계속 보급되었다. 귀가 먼 노사원만이 홀로 남겨졌다.

노사원은 다른 봉투에서 자료를 꺼냈다. 한 집에 하나 시대에서 한 사람에 하나 시대로 넘어가던 무렵의 자료다. 누구나 자신만의 요정을 갖고 싶어 했고, 독점하고 싶어 했다.

"회사가 규모를 축소하던 시기였지."

그는 혼잣말을 중얼거렸다. 배급제를 폐지하고 자유로이 사고 팔 수 있게 된 것이다. 이미 예상했던 일이고 인력 이동도 순조롭게 이루어졌다. 일시적으로 가격이 올랐지만 곧 안정되었다. 요정의 수는 계속 늘어나고 있었다.

너무 많아질 걱정은 없었다. 늘지 말라는 의사 표시만 하면 알을 낳지 않는다는 연구 결과가 이미 발표되었다. 간단하기 짝이 없는 피임법이었다. 하지만 이 피임법을 실행한 사람은 아무도 없었다. 자유롭게 소유할 수 있게 된 후로 통계를 낼 수 없게 되었지만 요정의 수가 계속 늘고 있는 것은 분명했다. 누구나 가능한 한 더 많은 요정을 갖고 싶어 했다.

"아, 이때였지. 아들 부부가 이혼한 건···."

노사원은 과거를 회상하며 불쾌한 듯이 중얼거렸다. 귀가 불편한 탓에 이혼 문제에는 깊게 관여하지 않았다. 아들 부부의 뜻을 억지로 속박하고 싶지도 않았다. 하지만 설령 관여하고 속박하려 해도 소용없었을 것이다. 요정에게는 당해낼 도리가 없으니까.

이혼의 원인은 사소한 말다툼이었고 양쪽 요정이 그것을 부추겼다. "그래요. 당신 말씀이 항상 옳아요. 잘 알고 있답니다"라고 속삭였을 것이 틀림없다. 그러다 결국 파국에 이른 것이다. 노사원은 그렇게 추측했다.

각자 결코 쓴소리를 하지 않는 전속 변호사와 상담사를 데리고 있는 셈이다. 쓴소리를 하지 않는 대신 상대를 비난하지도 않는다. 요정은 누구에게도 미움받지 않는다. 개보다도 더 골치 아픈 존재라고 노사원은 생각했다. 주인에게 충성하는 것도 정도가 있는 법이다.

이런 유형의 이혼 사례는 많았다. 주간지에서 오려낸 기사도 잔뜩 보관되어 있다. 그리고 재혼은 좀처럼 이루어지지 않았다. 아무도 문제 삼지 않는 걸 보면 그걸로 된 거다. 귀가 불편한 사람에게는 상상하기 어려운 일이었다.

이 무렵을 경계로 신문 기사도 줄기 시작했다. 사건은 많았지만 요정 때문에 생긴 이변은 더 이상 기사로서 가치가 없어졌다. 특기할 만한 것은 이 회사가 조사하여 정부에 건의한 '외출할 때 데리고 다닐 수 있는 요정은 한 사람당 하나로 제한한다'는 법이 통과되었다는 기록 정도다. 한 사람이 많은 요정을 데리고 교통수단을 이용하면 혼잡만 심해질 뿐이다. 승객들도 자신의 요정이 남에게 밟혀 죽는 것을 원치 않았다. 요정을 모자 대신 머리에 얹고 출퇴근하는 풍경이 흔해졌다.

노사원이 혼자 살게 된 것도 바로 그 무렵이었다. 아니, 아들이 혼자 살고 싶다며 집을 나간 것이다. 다시 생각해 보라며 말렸지만 소용없었다.

그는 신문과 잡지를 살펴보았다. 관련 기사가 있으면 읽고 싶었지만 하나도 찾을 수 없었다. 가족과 함께 사는 것보다 요정과 함께 사는 것을 선호하는 세태가 이미 상식으로 자리 잡아서 문제로 삼을 필요도 없고 설명을 요구하는 사람도 없었기 때문이었다.

때때로 노사원은 휴일을 이용해 아들의 집을 찾아가기도 했다. 확실히 다른 의미로 아들과 함께 살고 싶지 않다는 생각이 들었다. 그가 싫어하는 요정들이 방 안에 가득했다. 바닥과 책상 위는 물론, 의자 등받이, 책장, 심지어 천장에도 매달려 있었다. 박쥐 동굴이나 병아리 부화장에 들어온 기분이었다. 냄새가 나지 않는 게 그나마 다행이었지만 회색 요정들이 꿈틀거리는 광경은 도무지 좋아할 수 없었다.

집에 찾아가도 아들은 곧바로 알아차리지 못했다. 의자에 앉아 눈을 감고 있는 아들 옆에서 요정들이 입을 움직이고 있었다. 방 안을 가득 채운 칭찬의 하모니에 푹 빠져서 다른 소리는 귀에 들어오지 않는 모양이다. 감언이설만 늘어놓는 수많은 집사들에게 둘러싸인 옛 영주나 다름없었다.

노사원은 언제나 곧바로 돌아가곤 했다. 충고해주

고 싶지만 그런 행위는 하지 않는다. 모두가 이렇게 살고 있기 때문에 충고할 근거를 찾을 수 없다. 더구나 자신은 아직 요정배급회사의 사원이다.

하지만 돌아가는 길에 노사원은 약간의 해방감을 맛보았다. 자신도 외롭긴 하지만 값싼 추종자들과 함께 살아가는 아들이나 다른 사람과 비교하면 어떨까. 혼자 황야에 서 있는 것과 사면이 거울인 방에 갇혀 있는 정도의 차이 아닐까….

노사원은 고개를 저으며 다시 자료 정리에 몰두했다. 인구 증가세가 꺾였다는 기사도 있었다. 결혼하는 커플이 줄었기 때문이다. 요정보다 달콤한 말을 속삭여주는 이성이 있을 리 없고, 요정에게 익숙해지면 남에게 달콤한 말을 속삭일 마음도 사라진다. 달콤한 말은 듣는 것이지 스스로 하는 것이 아니다. 그리고 달콤한 말은 아무리 들어도 질리지 않는다.

사람들은 모두 요정이라는 봉투에 둘러싸여 있다. 인간관계는 꼭 필요한 경우를 제외하곤 완전히 와해되어 버렸다.

요정의 지능지수는 연구기관에서 정기적으로 측정하고 있지만 좀처럼 똑똑해지지 않았다. 선천적으로 한계가 있는 듯하다. 그걸로 충분하다. 아니, 그렇기 때문에 반감을 사지 않고 안전지대에서 생존과 번식을 이어가는 것이다.

노사원은 시계를 보았다. 퇴근 시간이 얼마 남지 않았다. 부족한 자료는 오늘도 도착하지 않았다. 학자들에게 의뢰한, 요정이 이로운가 해로운가에 대한 최종 보고서 말이다. 학자들은 뭘 새삼스럽게 라는 생각에 서두를 것 없다며 여유를 부리고 있는 모양이다.

그는 스크랩을 봉투에 넣고 사무실을 둘러보았다. 모두가 한가해 보인다. 예전의 활기는 찾아볼 수 없다. 회사의 사명이 끝났기 때문일까.

아니면 자신이 나이를 먹어서 그렇게 느껴지는 걸까. 하지만 그는 사회 전체가 비활성화된 듯한 기분을 지울 수 없었다.

책상 위를 정리하며 멍하니 상상했다. 학자들은 어떤 결론을 내릴까. 역시 이롭다고 하겠지. 해로운 점은 떠오르지 않는다. 굳이 꼽자면 많이 키우면 먹이가 많이 든다는 정도일까. 하지만 그런 고충을 말하는 기사는 아직 본 적이 없다. 요정을 위해 다른 지출을 줄이고 있는 것이다.

그러나 노사원의 마음에는 어쩐지 납득할 수 없는 기분이 남아 있었다. 최악의 방향으로 상상의 나래를 펼쳐보았다. 다른 행성에서 우연히 흘러온 것이 아니라 처음부터 계획적이었던 것은 아닐까….

"아…."

그는 짧게 소리쳤다. 인류의 발전을 방해하는 것이 목적이었을지도 모른다. 그때 누군가 어깨를 두드렸다. 과장이 쪽지를 책상 위에 놓았다.

『왜 그러나?』

노사원은 대답했다.

"아뇨, 아무것도 아닙니다."

근거 없는 공상이다. 쓸데없는 망상을 진지하게 주장해봤자 아무도 귀를 기울이지 않을 것이다. 귀가 먼 남자의 비뚤어진 생각이라고 볼 것이 분명하다. 자신은 이미 늙었다. 앞으로 살 날도 얼마 남지 않았다. 누구를 위해 걱정할 필요가 있나. 내가 알 바 아니다. 요정이 나타나지 않았더라도 결국은 지금과 비슷한 세상이 되었을 것이다.

퇴근 시간이다. 귀가 불편한 노사원은 회색 요정을 머리에 얹고 조용히 집으로 돌아갔다.

연적

봄밤. 살며시 다가온 온기가 피부에 감겨드는 듯한 밤이다. 창밖에 펼쳐진 어둠 속에는 복사꽃이 조용히 피어 있다.

한숨이 흐르고 촛불이 희미하게 흔들린다. 이런 밤에는 누구나 마음이 심란해진다. 하물며 연모하는 사람이 있지만 뜻대로 되지 않는 상황이라면 미치지 않고는 배길 수 없다.

낙양에 사는 장(張)이라는 남자가 바로 그러했다. 그는 의자에 앉아 멍하니 창밖을 바라보며 그 어둠 위에 머릿속으로 한 여인의 모습을 그려보았다. 미소를 짓고 한숨을 내쉬다가 잠시 후 고개를 저어 그 상상을 지운다. 그는 아까부터 이 짓을 몇 번이고 되풀이하고 있었다. 그리고 그 틈틈이 이렇게 중얼거렸다.

"젠장, 그 이(李)가 놈만 없었더라면…"

확실히 연적인 이만 없었다면 이 사랑은 훨씬 순조롭게 풀릴 것이다. 게다가 이는 자신보다 머리는 나쁘지만 넉살만큼은 한 수 위라는 특징이 있어 장과는 정반대였다 다른 일이라면 몰라도 사랑을 두고 겨루는 싸움에서는 이 점이 결정적으로 중요하다. 장은 자신이 불리하다는 사실을 자각하지 않을 수 없었다.

생각하면 할수록 답답함은 더해가고, 또 어느새 어둠 위에 그녀의 모습이 떠오르고….

"하지만 이렇게 고민만 해서는 해결되지 않아. 그렇다고 당장 넉살이 좋아지는 것도 아니고. 뭔가 좋은 방법 없을까…."

장은 투덜거리며 뭔가 생각난 듯 일어서서 촛불을 들고 서재로 들어갔다. 이윽고 한구석에서 오래된 책 한 권을 찾아냈다.

"그래, 이거야. 이걸 이용하면 돼."

그는 춤을 추듯 가벼운 발걸음으로 책을 들고 방으

로 돌아왔다. 조상 대대로 전해져 내려온 책으로 귀신을 부르는 방법이 적혀 있었다. 군데군데 좀이 슬고 책장을 펼치자 오래된 종이 냄새가 피어올랐지만, 그는 열심히 주술을 시도했다.

의자에 부적을 붙이고 술을 머금어 뿜은 뒤 바닥에 무릎을 꿇고 주문을 외웠다. 어디선가 연기가 피어오르고 무언가 움직이는 소리가 들렸다. 주문을 마친 장이 고개를 들자 긴 봉을 손에 든 낯선 사내가 의자에 앉아 있었다.

"와주셔서 감사합니다. 부디 제 소원을 들어주십시오."

장이 그렇게 청하자 상대가 대답했다.

"무슨 일인가?"

"공물이라면 얼마든지 바칠 테니 부디 어떤 사람을 죽여주셨으면 합니다."

"공물을 바치겠다니 고맙다만 유감스럽게도 내게는 그런 힘이 없다."

"그럴 리가 있습니까. 귀신이라면 사람 목숨 하나 좌지우지하는 것쯤은 식은 죽 먹기라고 알고 있습니다만…."

"아하, 착각하셨군요. 물론 귀신(鬼神)이라면 가능합니다. 하지만 저는 그저 귀(鬼)일 뿐. 귀신의 하수인이죠."

"어디서 잘못된 거지?"

투덜거리며 책을 살펴보니 가장 중요한 부분이 좀이 슬어 사라지고 없었다. 어쩐지 귀신치고는 조금 없어 보인다 했다. 실망하는 장에게 귀가 말했다.

"도움이 못 되어 유감입니다. 저는 생사를 결정할 권한이 없습니다. 그저 망자를 운반하는 역할에 지나지 않지요. 이 봉 앞뒤에 죽은 자를 매달아 어깨에 짊어지고 명부로 나르는 것이 제 역할입니다. 정말 한심한 자리죠."

귀는 들고 있던 봉을 휘둘렀다. 장도 다소 동정심이 들어 술을 따라주며 말을 건넸다.

"아직도 그렇게 원시적인 방법으로 운반하는 줄은 몰랐군. 하지만 앞뒤 무게가 항상 딱 들어맞으라는 법은 없지 않소?"

"그 점은 문제없습니다. 누군가 죽으면 머지않아 그와 균형이 맞는 무게의 사망자가 나오게 되어 있지요. 예를 들어 멀쩡하던 사람이 급사하거나 예기치 못한 사고로 죽는 것은 다 그 때문입니다. 그렇지 않으면 운반하기 힘들어서 곤란하니까요."

"운송 사정 때문에 사람이 죽을 수도 있다니 생각지도 못했소. 끔찍하군."

"하지만 운반하는 입장도 되어 보십시오. 이런 규칙이 없으면 시신이 쌓여서 아주 곤란해진답니다."

"그럼 그 무게가 맞는 상대란 미리 정해져 있는 것이오?"

장은 흥미를 보이며 물었다. 귀는 술기운이 돌아 입이 가벼워진 상태였다.

"그렇습니다. 막상 일이 닥쳤을 때 허둥대지 않도록 미리 표식을 해 두죠. 누군가가 죽으면 그와 같은 표식을 가진 사람 옆에 가서 기다리면 됩니다. 그러면 그 사람도 머지않아 죽게 되지요."

"표식이라니. 어떤 식으로 표시해 두는 거요?"

"점입니다. 균형을 맞출 상대에게는 똑같은 점이 찍혀 있지요."

"흠… 그렇군. 예전부터 점이란 대체 왜 있는 걸까 이상하게 여겼는데 그런 표식인 줄은 몰랐네. 그렇다면 같은 점을 가진 사람을 찾아 한쪽을 죽이면 곧 다른 한쪽도 죽게 된다는 말인가."

"뭐, 그렇습니다만… 그런데 왜 그런 걸 묻는 겁니까. 괜히 소란 피우지 마십시오. 우리 일만 늘어나니까요."

불러낸 것이 귀신이 아니었던 건 아쉬웠지만 장은 일단 수확을 얻었다.

"걱정 마시오. 아니, 고맙소."

귀는 다시 연기와 함께 어디론가 사라졌다.

다음 날, 장은 강가의 길에서 이와 마주쳤다. 평소 같으면 서로 모른 척 스쳐 지나갔겠지만 오늘은 달랐다.

이의 점을 확인하고 그와 똑같은 점을 가진 사람을 찾아내어 죽일 계획을 세워 두었던 것이다. 연적을 직접 죽이면 곧바로 의심을 사겠지만 이 방법이라면 들키지 않을 것이다. 장은 싱글벙글 웃으며 이에게 다가가 얼굴을 들여다보았다.

"뭐야, 왜 남의 얼굴을 뚫어지게 쳐다보는 거냐."

이가 언성을 높였다.

"아니. 뭐 그냥 좀."

"이봐, 시비 걸 셈이냐?"

안 그래도 연적이라 마음에 안 드는 녀석이 이유도 없이 히죽거리며 쳐다보면 화가 치밀 수밖에 없다.

"아무것도 아닙니다."

"이유를 말해."

이에게 목을 졸려 정신이 아득해지면서 장은 자신의 계획이 허술했고 상대를 잘못 골랐다는 사실을 깨달았지만 이미 때는 늦은 뒤였다.

"거 보십쇼. 역시 일거리를 만들지 않았습니까. 정말 쉴 틈이 없다니까."

명부로 가는 길을 걸으며 귀가 투덜거렸다. 장은 막대기 앞쪽에 매달린 채 그 소리를 들었다.

"음, 일을 그르쳐서 정말 미안하네. 게다가 내 길동무가 되어 뒤쪽에 매달린 사람에게는 뭐라 사죄할 길이 없군. 어떤 사람인지는 모르겠지만."

"당신을 죽이고 그 죄로 사형당한 사람입니다. 팔뚝에 당신과 똑같은 점이 찍혀 있지요."

만들어야 할까

"휴, 겨우 설계도가 완성됐군. 지금까지 계산은 꽤나 골치 아팠지만 조립은 그다지 어렵지 않을 것 같네."

그리 훌륭하지 않은 작업실, 즉 그의 집이자 연구실 안에서 윌섬은 그렇게 말하며 책상 위에 연필을 내려놓고 한숨을 돌렸다. 지금 그가 막 완성한 도면은 일찍이 그 누구도 성공하지 못한 타임머신의 설계도였다.

그는 한밤중에 가까운 고요함 속에서 설계도를 바라보며 마음껏 성취감에 젖었다. 생각해 보면 학교를 졸업한 후 지난 10년간은 생활비를 아끼고 모든 즐거움을 멀리하며 오직 타임머신을 완성하기 위해 모든 것을 쏟아부었다.

하지만 이제 이 고된 생활과도 작별이다. 보물창고
의 열쇠를 손에 넣었다. 이제 시간의 벽을 넘어 원하
는 건 뭐든 손에 넣을 수 있다. 고대의 보물이든, 미래
의 상상조차 못 할 물건이든. 그는 자신에게 약속된 호
화로운 미래를 상상하며 꿈 같은 기분에 빠져 있었다.

그때 복도에서 거친 발소리가 다가오더니 문이 벌
컥 열렸다. 월섬은 뒤를 돌아보며 물었다.

"이 시간에 누구십니까?"

"누구든 알게 뭐야. 얌전히 굴어라."

모자를 깊이 눌러쓰고 있었지만 남자의 목소리였
다. 남자는 문을 닫으며 권총을 겨눴다.

"도둑이라면 잘못 찾아왔어. 보다시피 나는 가난
해. 돈은 이것밖에 없어. 제발 험한 짓 하지 말고 이거
갖고 돌아가."

월섬은 지갑을 남자 앞에 던지면서 들키지 않게 발
끝으로 비상벨을 눌렀다. 그러나 남자는 지갑은 쳐다
보지도 않고 말했다.

"돈은 나중에 듬뿍 챙길 생각이다. 하지만 그전에
받아 가야 할 물건이 있지."

설마. 월섬은 당황했다. 지금까지 아무에게도 말하지 않고 몰래 연구했는데 어디서 새어나간 걸까.

"이 도면 말인가? 그건 곤란해. 악용되면 이 세상은 난리가 날 거야. 절대 줄 수 없어."

무심코 말이 튀어나왔다. 그러나 남자는 히죽 미소를 지었다.

"흥분하지 마. 그런 도면 따윈 필요 없어. 내가 원하는 건 따로 있다."

"그래? 이 도면 말고 원하는 게 있다면 마음대로 가져가. 별 대단한 건 없지만."

월섬은 안심하며 문 쪽을 흘낏 바라보았다. 아까 비상벨을 눌렀으니 슬슬 누군가 올 때가 되었다.

"두리번거리지 마. 비상벨 선은 이미 끊어놨으니까. 자, 그럼 내가 원하는 걸 가져가겠다…."

남자는 총구를 월섬의 가슴에 겨누었다.

"…내가 원하는 물건, 네 목숨이다."

"잠깐! 나는 별 볼일 없는 발명가일 뿐이야. 남에게 원한을 살 짓은 한 기억이 없어. 누군가와 사람을 착각한 게 분명해."

"아니, 제대로 알고 죽이려는 거다."

온몸이 얼어붙는 듯했다. 비명을 지르려 해도 목소리가 나오지 않았다. 남자는 숨을 죽이고 방아쇠에 건 손가락에 힘을 줬다. 이유는 모르겠지만 그저 체념할 수밖에 없었다.

하지만 총성은 울리지 않았다. 둔탁한 소리와 함께 남자가 바닥에 쓰러졌다. 남자가 월섬에게 정신이 팔린 사이, 누군가가 문으로 몰래 들어와 스패너로 남자의 머리를 힘껏 내려친 것이었다.

"덕분에 살았습니다…."

감사를 표하려던 찰나, 월섬은 숨이 멎을 듯한 충격에 휩싸였다. 마치 거울을 마주한 것처럼 자신과 똑같이 생긴 사람이 서 있었기 때문이다. 한참을 망설이다 참지 못하고 물었다.

"실례지만, 당신은 누구십니까?"

"나는 월섬이다." 상대는 그렇게 대답했다. "우물쭈물하다 남에게 들키면 골치 아프니까 이만 간다."

"잠깐. 이 시체는 어쩌죠? 이대로는 제가 의심받을 겁니다."

이 남자에게 물어보고 싶은 것이 산더미처럼 많았지만 지금은 시체 처리가 제일 급했다.

"좋아, 내가 처리하지."

자칭 월섬이라는 남자는 권총을 주머니에 넣은 후 시체를 둘러메고 주위를 살피며 복도로 나갔다. 너무도 황당한 사건의 연속에 넋이 나간 월섬은 멍하니 그 모습을 지켜봤다. 그러다 퍼뜩 정신을 차리고 황급히 뒤를 쫓았지만 이미 밤거리에서 그의 모습은 찾아볼 수 없었다.

다시 방으로 돌아온 그는 방금 일이 꿈은 아니었을까 의심했다. 문득 총을 들고 있던 남자가 "비상벨은 이미 끊어 놨다"라고 말했던 것을 떠올렸다. 배선을 확인해보니 정말로 코드가 문 밖에서 끊어져 있었다.

꿈이 아니다. 그렇다면 왜 그 남자는 나를 죽이려 했을까. 얼굴을 좀 더 자세히 봐뒀으면 좋았겠지만 아무리 생각해도 남에게 원한을 사서 살해당할 만한 짓은 한 적이 없다. 하지만 그보다 더 이상한 건 위기에서 자신을 구해 준 '월섬'이라는 남자였다. 이름이 같은 것까지는 그럴 수 있다 쳐도 자신과 너무도 닮았다. 아니, 닮은 정도가 아니라 자신과 완전히 똑같지 않은가.

이런저런 생각을 해 보았지만 결론을 내리지 못한

채 월섬은 문득 책상 위로 시선을 돌렸다. 타임머신의 설계도였다.

"알겠다. 이걸로 설명이 돼. 타임머신을 타고 미래에서 나를 구하러 온 내가 틀림없어. 머지않아 내가 기계를 완성해서 시간여행을 할 테니까 이 정도 일은 일어나도 이상할 거 없지."

좀 전의 사건으로 자신이 설계한 타임머신의 성능은 이미 증명된 것처럼 느껴졌다.

그렇다면 언제 지금의 자신을 구하러 돌아오면 되는 걸까. 아까 만난 미래의 자신에게 자세히 물어봤으면 좋았겠지만 뭐 언제라도 상관없겠지. 그래도 의무를 다하려면 빠를수록 마음이 편하다. 첫 시험 운전 때쯤 해 두는 게 좋을지도 모른다. 어쨌든 설계는 완성됐고 성능도 증명됐으니 이보다 더 좋을 수는 없다.

그는 오랜만에 깊은 잠에 빠졌다.

다음 날, 월섬은 오후 늦게 눈을 떴다.

"아, 정말 잘 잤다. 하지만 지금 당장 제작에 들어갈 필요는 없겠지. 어디, 미리 축하라도 해 볼까."

방을 정리한 후 옷을 챙겨 입고 밖으로 나섰을 때는 이미 저녁 무렵이었다.

"웬일이십니까, 월섬 씨. 당신이 여기 오시다니."

바(Bar) '나르단'의 주인이 그를 맞이했다. 월섬은 고개를 갸웃했다.

"저를 잘 아시나 보군요."

"은행에서 몇 번 뵌 적이 있습니다."

"그랬군요. 뭐, 같은 은행에 가더라도 나는 돈을 빌리러 가는 쪽이고 당신은 맡기러 가는 쪽이었지만. 하지만 나도 이제는 맡기는 입장이 될 겁니다."

"그거 참 잘됐군요. 무척 기뻐 보이시는데 무슨 좋은 일이라도 있었습니까?"

"네, 지금까지 노력한 보람이 있었죠. 오늘은 실컷 마실 겁니다."

주인은 잔에 계속 술을 따라줬다.

"이렇게 술을 잘 드시는 줄은 몰랐습니다."

"마시고 싶어도 계속 참았거든. 하지만 이제부턴 뭐든 자유야. 아무리 오래된 술이라도 손에 넣을 수 있어. 술을 사서 구멍에 묻어두고 미래로 가서 파내면…."

"뭐라고 하셨죠?"

"아니, 아무것도 아니야."

"많이 취하신 것 같습니다만."

"괜찮아."

하지만 몇 년 만에 퍼마신 술은 월섬을 비틀거리게 만들었다. 문 앞에서 주인이 걱정스러운 눈길로 지켜보는 가운데 그는 비틀대며 도로로 나갔다. 그 순간, 맹렬한 기세로 달려온 트럭이 그를 들이받고 달아났다. 월섬은 약 10미터 앞의 보도 위로 소리를 지르며 떨어졌다.

"다치진 않으셨습니까?"

달려온 주인이 그를 부축해서 일으켰다.

"아니, 아무렇지도 않아….."

"도저히 살아날 수 없을 만큼 멀리 날아갔습니다. 지금 구급차를 부를 테니, 움직이지 마십시오."

"괜찮아." 그가 일어서며 말했다. "놀라서 그런지 술도 다 깨버렸군."

"정말 믿기 힘든 일이군요."

주인의 목소리를 뒤로하고 그는 집으로 돌아갔다.

"실은 나도 믿기지 않는군."

월섬도 중얼거렸다. 보통이라면 목숨을 잃었을 만한 사고였다. 그런데 왜 죽지 않았을까. 문득 그의 시선이 자연스럽게 책상 위의 설계도로 향했다.

"그래, 바로 이거야. 이걸 완성해서 어젯밤의 나를 구하기 전까지는 죽을 수 없는 거야."

그는 확인차 시간여행의 복잡한 공식을 사용해서 계산을 해봤다. 몇 번이나 계산해 봤지만 결론은 늘 같았다.

미래에 과거로 돌아가 그 행위를 수행해야만 한다.

그는 계산 결과를 손가락으로 두드렸다. 자신에게는 이 의무가 지워져 있다. 그 의무를 완수할 때까지는 죽을 수 없다.

"그렇다면." 발명가 기질이 발동한 그는 점차 그 생각을 발전시켰다. "의무를 완수하지 않으면 언제까지나 죽지 않을 수 있단 말이잖아?"

그 사고에서 긁힌 상처 하나 없이 멀쩡했다. 의무를 완수할 때까지 시간의 힘이 자신을 지켜줄 게 틀림없다. 그렇다면 타임머신을 완성해 한밑천 잡을 것인가, 아니면 타임머신을 포기하고 불사를 택할 것인가. 그것이 문제로다.

어쨌든 둘 다 나쁘지 않다. 그는 그날 밤도 푹 잘 수 있었다.

다음 날, 월섬은 공식을 사용해서 다시 한번 계산을

해보고 결론을 확인 뒤 후 집을 나섰다.

"여기서 실험 지원자를 모집한다고 들었는데 제가 해도 되겠습니까?"

"오오, 어서 오십시오. 도저히 지원자가 나올 것 같지 않아서 사형수 중에서 지원자를 받을까 하던 참이었습니다."

우주 의학 연구소장은 감격하며 그를 맞이했다. 인체가 견딜 수 있는 가속도의 한계를 측정하기 위한, 목숨을 건 실험 지원자가 나타난 것이다.

"사례금은 충분하겠죠?"

"물론입니다. 다만 만일의 사태는 각오하셔야 합니다."

"죽어 버리면 불평할 틈도 없겠죠."

사형수들 틈에 섞여 실험이 시작되었다. 때로는 불안하기도 했지만 그는 시간의 힘을 믿고 끝까지 버텼다. 시간도 그 기대에 부응했는지 테스트를 거듭하는 동안 그 혼자만이 살아남았다.

"월섬 씨, 당신의 몸은 특별합니다. 사례금은 물론 드리겠지만 당신의 몸을 표준삼아 데이터를 얻을 수는 없겠군요."

이로써 월섬의 확신은 굳어졌다.

"불사만 손에 넣는다면 타임머신 따위 없어도 미래는 전부 나의 것이다."

그는 결국 불사를 택하고 애써 만든 설계도를 찢어버리려 했다. 하지만 역시 아무래도 아까워서 손이 떨렸다.

"굳이 찢을 필요는 없지. 요컨대 만들지만 않으면 되니까."

그는 도면을 접어 서류함에 넣었다. 생명이 보장되고 돈만 넉넉하다면 불평할 일은 없다.

이후 월섬은 고속 보트 테스트 파일럿이라는 직업을 얻었다. 처음에는 훈련이 힘들었지만 그것만 버티면 일은 수월했다. 새로 만든 보트에 타 보기만 하면 되는 것이다.

보트는 때때로 사고를 일으키고, 어떤 때는 폭발을 하거나 갑작스럽게 분해되기도 했다. 하지만 그는 언제나 기적적으로 탈출했다.

불사와 돈뿐 아니라 명성도 얻었다. 월섬 주변엔 많은 여성이 모여들었고 그는 그중에서 가장 아름다운 오메가를 아내로 삼았다.

오메가는 정말 아름다웠다. 하지만 성격까지 아름답지는 않았다. 다시 말해 질이 좋지 않은 여자였다. 그녀는 월섬의 눈을 피해 모바드라는, 역시 질이 좋지 않은 남자와 밀회를 계속했다.

"그 사람 재산 말이야, 조사하면 조사할수록 액수가 어마어마해."

"그러니까 우리가 이렇게 애쓰는 거잖아. 아, 빨리 손에 넣고 싶다."

모바드가 초조한 어조로 말했다. 둘의 관계는 이미 밀회를 넘어 음모로 발전해 있었다.

"그런데 정말 이상해. 전에 말했던 그 독약 말이야, 절대 검출 안 된다는 거. 저번에 그걸 술에 섞어서 먹였는데 전혀 효과가 없었어."

"양이 부족했던 거 아냐?"

"치사량의 세 배쯤 썼어. 그 사람, 돈도 많으면서 생명보험을 안 들었더라. 혹시 불사의 비법이라도 아는 거 아닐지 몰라."

"설마. 권총으로 심장을 쏘면 당연히 죽겠지. 들키지 않게 죽이는 게 어려워서 그렇지. 그게 골치야. 뭐좋은 방법 없을까…."

"그 사람이 애지중지하는 금고를 뒤져보니까 이런 도면이 있었어. 꽤 의미심장한 기계 같은데 뭘까?"

오메가는 생각났다는 듯이 핸드백을 열어 도면을 꺼냈다. 모바드는 그것을 들여다보았다.

"뭐야, 타임머신 설계도라고 적혀 있잖아. 하하, 이걸로 미래의 위험을 파악해서 미리 막고 있었군."

"근데, 그 사람이 이런 기계를 만든 흔적도 없고 갖고 있지도 않아."

모바드가 한동안 그 도면을 들여다보다 말했다.

"이 도면대로라면 별로 만들기 어려운 장치는 아닐 것 같군. 이거 일이 재미있어지겠어."

"이 타임머신이란 게 무슨 쓸모가 있긴 해?"

"아, 이걸 타면 시간을 이동할 수 있어. 그러니까 과거로 돌아가 권총으로 그를 죽이면 완전범죄가 될 거야."

"잘은 모르겠지만 잘 될까?"

"잘 될 거야. 곧 손에 들어올 돈에 비하면 만드는 데 드는 비용쯤은 아무것도 아니지. 자, 당장 시작하자. 너는 월섬이 예전에 어디 살았는지 조사해봐."

계획은 세워졌고 모바드는 도면을 토대로 제작에

착수했다.

하지만 월섬 쪽에서도 오메가의 태도가 수상하다는 것을 눈치챘다. 그리고 마침내 모바드라는 남자의 존재까지 알아냈다. 그의 집에 몰래 숨어든 월섬은 그곳에 자신이 설계한 타임머신이 있는 것을 보고 깜짝 놀랐다.

"뭔가 이상하다 했더니 이런 걸 만들었군. 그런데 놈들은 이걸로 뭘 꾸미는 걸까."

의아해하고 있을 때 발소리가 들렸다. 월섬은 재빨리 타임머신 뚜껑을 열고 짐칸 깊숙이 몸을 숨겼다. 직접 설계한 물건인 만큼 구조는 훤히 알고 있었다. 귀를 기울이자 목소리가 들렸다.

"잘 하고 와."

오메가의 목소리. 이어서 모바드의 목소리가 들렸다.

"물론이지. 이 권총으로 쏘면 월섬도 꼼짝 못 할 거야."

"짐칸엔 아무것도 안 실어도 돼?"

"권총이면 충분해."

숨어 있던 월섬은 등골이 서늘해짐과 동시에 분노가 치밀었다. 대화는 계속됐다.

"나는 여기서 기다릴게."

"곧 돌아올게. 돌아오면 재산은 네 것이 되고 넌 내 여자가 되는 거지."

희미한 기계음과 함께 빨려 들어가는 듯한 느낌이 들었다.

"좋아, 이쯤이면 되겠지."

목소리와 함께 타임머신이 멈췄다. 바깥은 밤, 모바드 집이 지어지기 이전의 공터였다. 모바드는 권총을 손에 들고 한때 월섬이 살던 아파트로 향했다. 월섬은 중얼거리며 그 뒤를 밟았다.

"터무니없는 놈이군. 나를 없애고 돈과 오메가를 차지하겠다니 그렇게는 안 되지."

모바드는 마침내 아파트에 들어가 비상벨 코드를 끊고 방 안으로 들어갔다. 월섬이 문에 귀를 대자 익숙한 대화가 시작되고 있었다.

"이 시간에 누구십니까?"

"누구든 알게 뭐야. 얌전히 굴어라."

아, 이렇게 된 거였구나. 하지만 여기서 섣불리 나서면 애써 손에 넣은 불사의 능력을 버려야 할지도 모른다. 고민하는 사이 두 사람의 대화는 계속 이어져서,

"내가 원하는 건 네 목숨이다."

라는 부분까지 흘러갔다. 하지만 그 당시 나는 아직 불사의 몸이 아니었다. 내버려두면 진짜 죽을지도 모른다. 동시에 지금의 나 역시 소멸할 위험이 있다. 이제는 공식으로 계산할 겨를도, 생각할 틈도 없었다. 과거에 살해당했는데 현재는 멀쩡한 것은 아무래도 불가능하다.

월섬은 문을 열고 타임머신 짐칸에서 챙겨온 스패너를 휘둘러 모바드의 머리를 세차게 내리쳤다.

한시라도 빨리 자리를 뜨고 싶었다. 하지만 아무것도 모르는 과거의 월섬이 귀찮게 말을 걸어왔고 그걸 끊으려다 시체를 떠맡게 됐다.

그는 타임머신이 있는 곳으로 돌아가서 시체를 싣고 운전석에 앉았다. 조작법은 알고 있었다.

장치는 미래를 향해 움직이기 시작했다. 하지만 곧 이상한 소리가 나기 시작하더니 불규칙한 진동도 점점 심해졌다.

"뭐야. 엉터리 재료로 만드니까 이 모양이지. 아무래도 브레이크가 이상한데."

하지만 그는 설계자였다. 뭔가 대용할 부품이 없나 찾다가 주머니 속 권총이 손에 닿았다. 그걸 이용해 응급 수리를 하고 가까스로 현재로 돌아올 수 있었다. 기대에 찬 오메가의 목소리가 그를 기다리고 있었다.

"성공했어?"

"그래, 보다시피."

윌섬은 모바드의 시체를 내던졌다. 오메가는 눈을 부릅뜨고 입을 벌린 채 목구멍에서 찢어지는 비명을 터뜨렸다.

"살려줘! 살인자!"

"조용히 해."

하지만 비명은 멎지 않았고 그 소리를 멈출 방법은 스패너로 내리치는 것뿐이었다.

문을 두드리는 소리와 함께 밖에서 경찰인 듯한 목소리가 들렸다.

"무슨 일이십니까?"

"아무 일도 아닙니다. 잠깐만 기다려 주세요."

윌섬은 문을 잠갔다. 조금만 시간을 벌면 된다. 서두를 필요는 없다. 여기엔 타임머신이 있다. 자, 자신이 타고 도망칠 것인가, 아니면 시체를 실어 미래로 보내 버릴 것인가.

그러나 뒤돌아본 그의 앞에는 아무것도 없었다. 응

급처치로 고쳐 놓은 브레이크가 풀려서 저절로 움직이다가 사라져 버린 모양이다. 두 구의 시체를 숨길 틈도 없이 문을 부수고 경찰이 들이닥쳤다.

"어떻게 된 겁니까. 여기서 이 두 사람을 죽일 만한 사람은 당신 말고는 없는 것 같습니다만."

월섬은 궁색한 변명을 시도했다.

"정당방위입니다. 이 모바드라는 자가 저를 죽이려 했습니다."

"뭘 사용해서 말입니까. 상대의 흉기는 어디 있습니까?"

대답할 수 없었다. 월섬의 시선은 말 그대로 아득한 미래를 바라보고 있는 듯했다. 경찰은 수갑을 채우며 말했다.

"당신, 월섬 씨죠? 불사신이라고 소문이 자자한…. 그렇다면 사형을 두려워할 필요도 없지 않겠습니까."

하나 연구소

"소장님, 손님이 오셨습니다."

조수가 들어와 손님의 방문을 알렸다. 연구소장 N박사는 책상에서 고개를 들고 말했다.

"그래? 누구지?"

"투자자 연합 대표분이십니다."

"알겠다. 응접실로 안내해 드려."

박사는 침착하게 지시했다. 이 연구소에 자금을 대는 사람들의 대표가 찾아왔는데도 박사는 별로 당황하지 않았다. 자신이 연구를 '해주고 있다'는 심정이었고, 실제로도 그에 가까운 상태였기 때문이다.

창문 너머로 상쾌한 공기가 흘러들었다. 하나 연구소라는 애칭을 가진 이 건물은 도시에서 떨어진 한적한 고원에 세워져 있었다. 공기도 좋고 강물도 맑다. 꽃밭과 온실이 딸려 있어 언제나 온갖 꽃들이 아름답게 피어 있었다. 하나 연구소라는 애칭의 유래 중 하나는 바로 이곳이다(일본어로 '하나'는 꽃을 뜻한다).

그리고 또 하나의 이유는 소장 N박사의 신체적 특징이었다. 그의 코가 보통 사람보다 유달리 컸던 것이다(일본어로 '하나'는 코를 뜻하기도 한다). 따라서 하나 연구소라는 애칭은 꽃이 많고 소장의 코가 크다는 두 가지 뜻을 지닌 말장난에서 비롯된 애칭이다.

예로부터 위인은 코가 큰 사람이 많다고들 하는데 박사의 경우도 그 예에 어긋나지 않았다. 물론 크기만 하다면 아무 소용없겠지만 박사의 코는 실질적으로도 뛰어났다. 냄새에 특히 민감했던 것이다. 그는 그 능력을 살려 놀라운 성과를 거뒀다. 그렇다고 땅에 묻힌 보물을 냄새로 찾아냈다거나 하는 것은 아니고, 바야흐로 가장 중요한 분야에서 연구를 완성해 낸 것이다.

즉 상품 판매량 증가법. 현대 사회에서는 판매의 성패가 모든 경쟁의 핵심이다. 이를 위해 TV나 포스터

를 이용한 대대적인 광고부터 범죄에 가까운 강매에
이르기까지 온갖 방법이 동원된다. 그러나 박사의 연
구는 독특했다.

N박사는 응접실로 들어가서 손님에게 인사를 건
넸다.

"기다리게 해서 죄송합니다. 어떻습니까, 제 연구
성과는. 훌륭하지 않습니까."

"예, 정말 훌륭합니다. 믿기지 않을 정도로 순식간
에 매출이 상승하더군요…."

상대방이 말을 다 끝내기도 전에, 박사는 자랑스럽
게 덧붙였다.

"그렇죠? 당연합니다. 제 발명은 획기적이니까요.
사람들의 경계심을 풀어주고, 표정을 풀어주고, 지갑
을 열게 만드는 효과를 지닌 냄새입니다. 그 향료를 제
품에 묻히는 거죠. 이보다 더 간단하고 직접적이고 효
율적이고 절대적인 방법은 없습니다."

손님은 맞장구를 치며 물었다.

"박사님은 어떤 계기로 그런 아이디어를 얻으신 겁
니까. 설마 독가스에서…."

"아닙니다. 그런 무시무시한 것에서 출발한 게 아니

에요. 고양이에게 개다래 냄새가 미치는 효과, 곤충을 유인하는 꽃향기, 사향노루를 비롯해 동물들이 냄새로 이성을 유혹하는 현상 등을 다양하게 조사했지요."

N박사는 이렇게 말하며 방 한쪽을 가리켰다. 현란한 색의 식충식물이 냄새로 곤충을 유인해 막 붙잡은 참이었다. 손님은 크게 고개를 끄덕였다.

"그렇군요."

"인간 역시 아무리 이성적이라 해도 결국 감정의 동물입니다. 후각적인 자극에는 이성으론 대항할 수 없죠. 하지만 판매 촉진에 냄새를 이용한 것은 제가 처음이 아닙니다. 소독약이나 화장실 냄새가 나는 곳에서는 쇼핑할 기분이 들지 않는 게 상식이지요. 또 카메라나 가죽 제품은 특유의 냄새를 일부러 강조하고, 새 다다미 냄새 역시 합성해서 쓰기도 합니다. 나라별로 고유의 향이 있어서 그럴듯한 향을 덧입혀 수입품인 척하는 경우도 일부 있었다고 하더군요. 지금까지는 이 정도 방법에 머물렀지만 저는 거기서 한 단계 더 나아갔습니다. 뭐니뭐니 해도 이성을 일시적으로 마비시키고 그 냄새가 나는 물건을 무의식적으로 갖고 싶게 만드는 성분을 발견했으니까요."

"그래도 그걸 발견하기까지 많이 고생하셨겠네요."

"물론입니다. 온갖 냄새는 다 조사했지요. 도마뱀을 까맣게 태운 냄새가 이성을 유혹하는데 효과가 있는지 없는지까지 철저하게 확인을…."

손님은 조금 웃었다.

"터무니없다고 생각하지는 않으셨습니까?"

"아뇨, 우습게 볼 수는 없습니다. 예를 들어 이런 일이 있었습니다. 오지의 주민들이 식욕을 돋우기 위해 쓰던 비밀 약초를 연구한 적이 있죠. 그 냄새에는 정말 놀랐습니다. 실제로 효과가 있었으니까요."

"그렇군요. 그럼 레스토랑 같은 곳에서 쓰면 좋겠네요. 매출이 늘 테니까요."

손님은 평범한 의견을 내놓았지만 박사는 손을 내저었다.

"저도 그걸 기대하고 실험을 했습니다만 실패했습니다. 그 냄새를 맡은 여성 한 명이 갑자기 옆 사람의 팔을 물어버린 겁니다."

"왜 그런 겁니까?"

"풍습에 대한 조사가 불충분했습니다. 인간의 식욕을 불러일으키는 게 아니라 인간에 대한 식욕을 자극

하는 작용이 있었던 겁니다. 너무 위험해서 이 연구는 모두 폐기했습니다."

"그건 어쩔 수 없는 일이네요."

"하지만 저도 혼자 반성하다보면 가끔 이런 의문이 들 때가 있습니다. 지난번에 드린 그 매출증진용 향료도 위험성 면에서는 그것과 별 차이 없는 게 아닐까라는. 단지 표출되는 방식이 원시적이냐 문명적이냐의 차이일 뿐 아닐까…."

N박사는 커다란 코에 손가락을 대고, 일단 심각한 표정을 지었다. 투자자 연합 대표는 당황하며 몸을 내밀었다.

"그런 말씀을 하시면 곤란합니다. 책임은 약육강식의 현대사회 체제에 있습니다. 그리고 박사님께 저희가 막대한 보수를 약속드렸다는 사실도 잊지 말아 주십시오."

박사는 다시 미소를 지으며 재촉하듯 물었다.

"그런데 오늘 찾아오신 용건은 뭡니까? 계약에 따른 보수를 갖고 오신 겁니까?"

그리고 코를 실룩거렸다. 하지만 손님은 고개를 저었다.

"아닙니다."

"그럼 뭡니까? 효과는 분명 있었을 텐데요. 모두들 그 향이 나는 상품을 서로 사려고 했을 테고."

"네, 그랬습니다."

"그렇다면 불만 없으실 텐데, 문제가 뭡니까?"

"거기까지는 좋았는데 그 다음이 문제입니다. 얼마 지나지 않아 모두 앞다퉈서 그 제품을 버리거나 헐값으로 중고매장에 넘기고 어째서인지 두 번 다시 사려고 하지 않았습니다."

"그건 몰랐군요. 그렇다면 무언가의 원인으로 냄새에 변화가 일어난 걸까. 아니아니, 그럴 리가 없는데⋯."

너무도 뜻밖의 보고에 박사는 고개를 갸웃거리며 혼잣말을 중얼거렸다. 손님 쪽에서는 걱정스럽고 초조한 목소리로 말했다.

"어떻게든 해주십시오. 분위기에 취해 생산량을 늘렸다가 지금 재고가 산더미입니다. 이대로는 예전보다 더 상황이 안 좋아질 겁니다. 박사님께 보수를 지불하지 못하는 건 물론이고 이 연구소도 처분해야 할 판입니다."

하지만 박사는 침착함을 되찾고 상대를 달랬다.

"뭐 그렇게 초조해하실 것 없습니다. 안심하세요."

"네, 안심할 수 있다면 한시라도 빨리 안심하고 싶습니다."

"저도 만약에 대비해서 대책을 마련해 뒀습니다."

"그 말씀은?"

투자자 연합 대표는 한결 기운을 차린 듯 물었다.

"그 뒤로 저것보다 더 효과가 강한 향료를 발견했습니다. 예전보다 훨씬 적은 양으로도 충분하고 작용도 강력합니다. 아주 조금만 그 냄새를 맡아도 반드시 갖고 싶어지고, 한 번 손에 넣으면 두 번 다시 놓지 않게 됩니다. 제가 보증하지요."

박사의 설명에 손님은 크게 안도의 한숨을 내쉬었다.

"이제야 안심이 되는군요. 역시 박사님이십니다. 그럼 어서 넘겨주십시오. 회사 쪽이 난리가 났습니다."

"물론이지요. 그걸 위해 만들어뒀으니까요⋯."

N박사는 벨을 눌러 조수를 불렀다. 그리고 얼마 전에 만든 약품이 들어 있는 커다란 병을 어디에 두었는지 물었다. 그러자 조수는 죄송스러운 목소리로 대답했다.

"아, 그게 중요한 물건이었습니까? 쓸모없는 폐액인 줄 알고 처분해 버렸는데요."

그 보고를 듣는 순간 박사의 코는 불길한 냄새를 감지했다. 그는 다급히 명령했다.

"뭐라고? 터무니없는 짓을 저질렀군. 그건 굉장히 중요한 약품이야. 당장 그쪽에 연락해서 되찾아 와. 최대한 빨리."

"네."

조수는 허둥지둥 방을 나섰다. 그러나 잠시 후, 더욱 불길한 보고를 가지고 돌아왔다.

"큰일 났습니다. 처분한 약품 업체를 조사해 보니 인쇄용 잉크병에 섞여버리는 바람에 모르고 함께 팔아버렸다고 합니다."

"아무래도 상관없어. 그럼 그 팔았다는 곳에 가서 반드시 되찾아 와."

"그러려고 했습니다만 이미 늦었습니다. 전부 사용했다고 합니다."

"사용했다고…? 하지만 잠깐. 이상하군. 그 잉크로 인쇄된 물건이라면 다들 앞다퉈서 차지하려 들고 손에 넣은 이상, 다시는 내놓지 않을 텐데. 하지만 요즘 그 정도 베스트셀러가 있다는 얘기는 못 들었다만…."

역시 N박사는 약품의 효과를 잊지 않고 있었다. 하지만 조수는 곧 그 의문에 대한 설명을 덧붙였다.

"더 조사해 보니 책 인쇄에는 쓰이지 않았다고 합니다."

"그럼 어디에 쓴 거지?"

"정부에서 급히 주문이 들어와서 그쪽에 납품했다고 합니다."

"흠. 대체 어느 부서지?"

"인쇄국이라고 합니다. 지폐 인쇄용 잉크로 사용했다고…."

하나의 장치

두껍고 검은 구름이 하늘 대부분을 뒤덮고 있었다. 서쪽, 구름의 작은 틈새에서 석양의 붉은 빛이 새어 나오고 있었다. 그 희미한 빛은 도시의 잔해가 끝없이 펼쳐진 풍경을 비추고 있었다. 아무런 소리도 들리지 않았다. 모든 것이 죽어 있었다. 하늘을 나는 새도, 땅 위를 기어 다니는 벌레조차 없었다.

무너져 내린 빌딩숲. 녹았다가 다시 굳어 미라처럼 주름투성이가 되어버린 유리 덩어리들. 고요히 녹슬고 허물어져 가는 자동차. 이 모두가 한때는 색채와 아름다움이 넘치고 활기와 찬란함을 뽐내던 것들이었다.

파괴와 함께 몰아친 거센 불길이 모든 것을 샅샅이
핥고 지나갔던 것일까. 불탈 수 있는 것들은 모두가 재
가 되어버렸다. 그 재는 비가 계속 내리는 계절이 오면
이리저리 흘러 다니고, 메마른 계절이 오면 표면에 자
잘한 균열을 만들었다. 그리고 바람이 거센 밤에는 어
둠 속을 떠돌며 어디론가 흩날렸다.

여기는 한때 도시의 중앙 광장이었다. 그 시절에는
늘 관리되어 깨끗하게 유지되는 장소였고 푸른 수목
과 사람들의 웅성거림도 있었다. 하지만 지금은 그 흔
적조차 찾아볼 수 없다.

여기저기 흩어져 있는 반짝이는 것들은 아마 스테
인리스 제품의 파편일 것이다. 녹슬지 않는 게 유일
한 자랑이었던 스테인리스조차 이 풍경 속에서는 다
른 사물들처럼 썩지 못하는 것을 부끄러워하며 슬퍼
하는 듯했다.

하지만 이 황폐해진 광장 한가운데 단 하나, 녹슬지
도 부서지지도 않은 것이 서 있었다. 높이 2미터 가량
의 원통형 물체. 금속 특유의 광택. 그것은 의미심장하
게 그 자리를 지키고 있었다.

이것을 설계하고 제작한 사람, 또한 이 장치에 관심을 갖고, 호기심을 품고, 사랑하거나 비웃던 수많은 사람들. 이제 그 누구도 남아 있지 않다. 어리석은 전쟁이 도시와 함께 그 모든 이들을 지워버렸기 때문이다.

그러나 이 금속 장치만은 이렇게 홀로 남겨져 있었다….

이 장치는 태어나기 전부터 세상을 시끄럽게 만들었다.

"곤란합니다, 박사님. 이곳은 권위 있는 국립연구소입니다. 당신은 이곳의 소장이자 책임자 아니십니까? 그런 위치에 있으면서 영문을 알 수 없는 일에 예산을 써 버리다니요."

회계 감사를 위해 찾아온 감독관청의 담당자는 손가락 끝으로 장부를 두드리며 얼굴을 찡그렸다. 믿기지 않는다는 표정이었다.

"아닙니다, 결코 영문 모를 곳에 예산을 사용한 게 아닙니다."

소장은 손을 내저으며 대답했다. 마른 체형에 키가 큰 사내였다. 희끗희끗한 머리카락이 흐트러짐 없이 머리를 덮고 있었다. 허술한 인상은 조금도 없었다. 하지만 담당관은 추궁을 멈추지 않았다. 그것이 그의 직무였기 때문이다.

"어떻게 된 겁니까? 학자로서 박사님의 업적은 그야말로 눈부십니다. 인격적으로도 신뢰하고 있었습니다. 그런데 예산을 이런 식으로 사용하다니요. 도대체 어디에 쓰신 겁니까. 아마 여자 문제겠지요. 나이도 지긋하신 분이 이게 무슨 꼴입니까."

담당관은 그렇게 상상했다. 소장에게 처자식이 없다는 점을 떠올렸기 때문이었다. 하지만 소장은 그것도 부정했다.

"유희라고 할 수 있지요. 하지만 여자와 관련된 유희는 아닙니다."

"그럼 도박이겠군요. 유희라고 말씀하시는 걸 보니 어쨌든 멀쩡한 일에 썼을 것 같지는 않습니다만."

"뭐, 저에게도 변명할 기회를 주십시오. 예산을 무단으로 사용하는 게 잘못이라는 것쯤은 잘 알고 있습니다. 하지만 저는 과학자로서, 아니, 인류의 한 사람으로서 지금 이 세상에 반드시 필요한 것으로 보이는 장치의 설계를 완성했습니다. 그걸 만들기 위해 비용을 쓴 겁니다."

생각지도 못한 소장의 설명에 담당관은 의아해하며 또다시 물었다. 당연히 떠오르는 의문이었다.

"그런 거였습니까. 그렇다면 예산을 신청하셨으면 됐을 텐데요. 박사님의 주장이라면 분명히 승인받을 수 있었을 겁니다. 그 다음에 시작하셔도…."

"아뇨, 긴급을 요하는 제작이었습니다. 여유롭게 기다릴 상황이 아니었어요. 그래서 저는 강경책을 쓸 수밖에 없었습니다."

"도무지 이해할 수 없군요. 대체 어떤 장치입니까?"

"직접 보시지요. 당신에겐 숨길 수 없으니까요."

소장은 담당관을 연구소 지하실로 안내했다.

단단히 잠긴 문을 열자 회색 콘크리트 벽에 둘러싸인 넓은 공간이 펼쳐졌다. 바닥과 선반 위에는 각종 부품들이 놓여 있었다. 전선, 전자 부품, 합금판 조각, 원자력 전지로 보이는 것, 톱니바퀴, 그리고 보는 것만으로는 알 수 없는 장치들….

"여기서 만드시는 겁니까?"

"그렇습니다. 아무도 들이지 않고 틈틈이 시간을 내서 이곳에 틀어박혀 조금씩 만들고 있습니다."

주위를 둘러보던 담당관이 이윽고 고개를 갸웃거리며 중얼거렸다.

"이상하군요."

"네, 그렇게 생각하시겠죠. 하지만 기계에 대한 지식이 없는 분께 구조를 설명하기는 쉽지 않습니다."

"아니, 제가 이상하다고 한 건 구조 때문이 아닙니다. 기계 쪽은 전혀 모르니까요. 제가 할 줄 아는 건 예산과 결산 조사뿐입니다."

"그쪽으로 뭔가 문제가…?"

"네. 정확히 판단할 수는 없지만 이 부품 더미를 둘러본 결과, 예산에 뚫린 구멍 이상의 금액이 들어간 것 같습니다. 보통 예산을 유용하는 경우, 제 경험으로는 횡령한 금액에 맞춰 대충 형식적으로 물건을 갖다놓는 경우가 많거든요. 그런데 지금은 그 반대라서 이상하다고 말씀드린 겁니다. 이런 경우는 처음이라서요."

담당관은 풀 수 없는 수수께끼에 그저 당황할 뿐이었다. 그러나 소장은 온화한 얼굴에 미소를 지으며 답했다.

"그 점이라면 딱히 이상할 것 없습니다. 제가 사재를 전부 털어 넣었으니까요."

담당관의 표정에 놀라움이 더해졌다.

"그러셨습니까. 그토록 열중하고 계신 줄은 전혀 몰랐습니다. 그런데 대체 무슨 장치입니까?"

"그건 아직 말씀드릴 수 없습니다. 도중에 발표하면 사람들이 괜히 소란만 피울 테니까요. 하지만 이것만큼은 책임지고 장담할 수 있습니다. 가장 인간적인 장치, 이 세상이 이대로 변하지 않는다면 반드시 필요한 장치입니다. 그래서 제가 학자로서 마지막 연구로 심혈을 기울이고 있는 겁니다."

나이 지긋한 소장의 말투에서는 조금도 거짓을 찾아볼 수 없었다. 담당관도 그것을 느끼고 고개를 끄덕이며 말했다.

"알겠습니다. 학자로서 신망이 두터운 박사님의 말씀이니 예산 유용에 대해서는 제가 알아서 보고하겠습니다. 아마도 유익한 연구겠지요. 게다가 사재까지 쏟아부을 만큼 열정적이시지 않습니까. 어떻습니까, 그토록 중요한 일이라면 예산을 늘리도록 힘써 볼까요?"

"그러면 정말 큰 도움이 될 것 같군요. 사실 외벽에 쓸 튼튼한 합금 연구에 애를 먹고 있습니다. 자금도 아직 더 필요할 것 같고. 사재를 털어 넣은 건 유산을 남겨줄 처자식이 없으니 아무렇지도 않습니다만⋯."

"하지만 한 가지 문제가 있습니다. 예산을 받는 이상 언제까지나 비밀로 할 수는 없습니다. 완성되면 공개하겠다고 약속해 주시겠습니까?"

"물론입니다. 완성되면 많은 사람들이 지나다니는 거리에 설치할 겁니다. 누구나 볼 수 있고 또 만질 수도 있게 할 겁니다."

담당관은 모두 납득했다. 뿐만 아니라 예산 증액도 이루어졌다. 그리하여 소장의 은밀한 연구는 계속 이어졌고 장치도 조금씩 완성에 가까워졌다.

하지만 예산을 받은 이상, 완전한 비밀이라고는 할 수 없게 된다. 마침 국제 정세가 극도로 긴장된 시대였다. 각국의 정보기관이 냄새를 맡지 못할 리 없다. 냄새를 맡은 이상, 내버려둘 수는 없는 노릇이다.

"정체불명의 연구가 예산을 받아 진행 중인 것 같다. 아마도 신형 무기가 틀림없다. 게다가 극비로 다루어지고 있으니 틀림없이 강력한 물건일 것이다. 관련 자료를 한시라도 빨리 입수하라."

이 같은 지령이 내려지고 우수한 정보요원들도 파

견되었다. 그러나 그 모든 시도는 실패로 끝났다. 지하 연구실은 복잡한 자물쇠가 채워져 있어 침입이 불가능했다. 자주 쓰이는 비인도적 수법, 즉 가족을 납치해 도면과 맞바꾸는 방법도 가족이 없는 소장에게는 소용없었다. 직접 소장을 협박하려 해도 거의 지하실에 틀어박혀 지내는 그를 상대로는 쉽지 않았다.

캐낼 수 없는 비밀은 결국 당사자가 입을 열도록 만드는 수밖에 없다. 각국의 정보기관은 이 전략을 택했다. 소문을 퍼뜨려 사람들이 호기심에 내버려두지 못하도록 만든 것이다.

작전은 어느 정도 성공을 거뒀다. 모두가 다음과 같이 수군거렸고 정부에도 민원을 넣었다.

"정체불명의 연구가 은밀하게 이뤄지고 있다더군. 대체 뭐지. 이대로는 불안해서 못 살겠어."

"불안한 것도 문제지만 우리 세금이 어디에 쓰이는지 알 수 없다는 게 더 용서가 안 돼."

"알 권리라는 게 있잖아."

소란이 커지자 정부에서도 더는 침묵을 지킬 수 없었다.

"비밀로 하려는 게 아닙니다. 언젠가 완성되면 소장

님께서 직접 발표하실 겁니다. 약속을 받고 예산을 지원한 것이니 조금만 기다려 주십시오."

이 말이 몇 번이나 되풀이되었다. 그리고 이 말로도 더는 버틸 수 없게 되었을 때, 장치는 마침내 완성되었다.

약속은 지켜졌다. 소장은 그 장치 옆에 서서 언론 관계자들을 맞이했다. TV, 카메라, 조명, 그리고 온갖 사람들의 호기심이 그곳에 집중됐다. 외관은 금속으로 만든 우체통 같았다. 원통형에 몸통 중앙쯤 버튼 하나가 달려 있었다. 바깥쪽에는 팔이 하나 붙어 있었다. 마치 인간의 팔 같은 생김새였다.

늙은 소장의 만족스러우면서도 진지하고 어딘가 우수 어린 표정 앞에서는 지금껏 쌓였던 불만도 함부로 터뜨리기 어려웠다. 하지만 그렇다고 장치에 대한 궁금증을 참을 수도 없었다. 누군가 질문했다.

"박사님, 드디어 완성하셨군요. 모두가 손꼽아 기다렸습니다. 축하드립니다."

소장은 대답했다.

"모두 여러분 덕분입니다."

"그런데 그 많은 비용을 들여 만든 이 장치는 어떤

물건입니까? 지금까지 비밀로 하셨던 것에 대해서는 더 이상 묻지 않습니다. 얼마나 훌륭한 장치인지 어서 알고 함께 기뻐하고 싶습니다."

"현대는 기계의 홍수, 범람의 시대라 해도 과언이 아닙니다. 온갖 용도의 기계가 존재하지요. 하지만 단 하나 맹점이 있습니다. 바로 이것입니다. 이것이야말로 가장 필요하고 가장 인간적인 장치라 할 수 있습니다."

"그렇군요. 부디 빨리 설명과 용도를 말씀해 주십시오."

질문자들의 눈은 반짝였다. 소장은 침착한 목소리로 답했다.

"이것은 아무것도 하지 않는 장치입니다."

그때까지의 소란스러움이 잠시 동안 잦아들었다. 하지만 정적은 이내 곧 웃음소리로 변했고 다음 질문으로 이어졌다.

"박사님이 이렇게 유머를 좋아하시는지는 몰랐습니다. 이렇게 진지한 얼굴로 농담을 하시다니. 확실히 아무것도 하지 않는 기계란 아무도 생각 못 한 맹점이었네요. 한 수 배웠습니다. 하지만 농담은 그쯤 하시고 이제 진짜로 말씀해 주시죠."

"진짜로 아무것도 하지 않는 장치입니다. 아무것도 하지 않는 게 좋은 겁니다."

소장은 여전히 진지한 어조로 거듭 말했다. 웃음소리는 점차 반신반의로, 그리고 분노의 목소리로 바뀌었다.

"그런데 왜 그렇게 서둘러 만드신 겁니까?"

"한시라도 빨리 장치를 완성해야 했기 때문입니다."

"쓸데도 없고 급하지도 않은 장치를 한시라도 빨리 만들어야 하다니 그런 어이없는 말이 어디 있습니까. 말도 안 되는 소릴 하시는군요. 실례지만 머리가 어떻게 되신 것 아닙니까."

"내 머리는 멀쩡합니다. 멀쩡하기 때문에 이 장치를 고안하고 실제로 만든 겁니다."

"믿을 수 없는 일이군요. 뭔가 숨기고 계시죠? 자세히 보여주십시오."

"물론이지요. 이제 이걸 시내 광장에 설치해서 모두가 보고 또 만져볼 수 있게 할 생각입니다."

의문이 풀리지 않은 채 발표회는 끝났다.

소장의 말대로 문제의 장치는 광장 중앙에 설치되

었다. 남은 예산을 전부 쏟아부어 큰 지진에도 끄떡없을 만큼 견고하게 고정시켰다. 튼튼해 보이는 차가운 금속제였지만 그 형태에서는 어딘가 유머러스한 느낌이 풍겼다.

주위를 둘러싼 사람들이 거리낌 없이 각자의 의견을 말했다.

"가만히 보고 있으면 왠지 사람을 닮은 것 같아요. '인간적인 장치'라는 소장님의 발표를 들어서 그런지."

"맞아요, 한쪽에 달린 건 꼭 팔 같아요. 당장이라도 뭔가 할 것 같은 느낌이에요. 그리고 몸통 한가운데를 보세요. 영락없는 참외 배꼽이네요."

"아니, 저건 배꼽이 아닙니다. 명백한 버튼이죠."

배꼽처럼 튀어나온 버튼. 모두의 관심이 그곳에 쏠렸다. 수수께끼 같은 유혹, 호기심을 채우고 싶은 충동. 바라보고 있으면 손을 뻗어 눌러보고 싶어서 견딜 수가 없어진다. 게다가 마치 그 장치 쪽에서도 누군가 누르기를 기대하고 있는 듯했다.

결국 더는 참지 못한 누군가가 실제로 실행에 옮겼다. 호기심과 불안이 뒤섞인 시선 속에서 버튼이 눌렸다. 별로 힘을 들이지 않아도 버튼은 쉽게 반쯤 안으로 들어갔다.

동시에 장치 안에서 기계가 움직이는 소리가 났다. 주변 사람들은 경계하듯 뒷걸음질쳤지만 곧 일어날 일에서 시선을 뗄 수는 없었다.

소리와 함께 몸통에 달린 팔처럼 생긴 부분이 움직이기 시작했다. 뭘 하려는 걸까. 하지만 그 팔은 방금 눌린 버튼으로 뻗어가서 버튼을 원래대로 끄집어냈다. 쓸데없는 짓 하지 말라고 말하는 듯한 동작이었다.

그리고 기계 팔은 천천히 원래 형태로 돌아갔다. 내부의 기계음도 점점 작아지다가 곧 움직임과 함께 완전히 사라졌다. 아무리 기다려도, 다음 동작으로 넘어가지는 않았다.

정신을 차린 사람들은 방금 본 장치에 대해 이런저런 감상을 나눴다.

"뭐야, 이게 끝인가 보네. 진짜 이게 다야?"

"그렇다면 확실히 아무것도 하지 않는 장치로군. 그래도 혹시 모르니 한 번 더 해봅시다."

한 번뿐 아니라 몇 번이나 시도해 봤다. 하지만 결과는 언제나 같았다. 버튼을 누르면 팔이 움직여 그걸 원상태로 돌려놓고 끝….

작동 방식이 확인되자 질문은 다시 소장을 향했다. 그 목소리에는 비난이 실려 있었다.

"박사님, 정말 너무하는군요. 쓸모없는 일만 하는 게 아니라 아무것도 안 하지 않습니까. 사람들을 바보로 아시는 겁니까?"

그러나 소장은 전혀 사죄할 기미를 보이지 않았다.

"아까 말씀드린 대로 정말 아무것도 하지 않습니다. 이걸 만드느라 참으로 많은 고생을 했지요."

"그렇게 자랑스럽게 말씀하시면 곤란하죠. 개인적인 취미로 만들었다면 몰라도 거액의 세금을 쏟아부어 이런 걸 만들다니요."

"그게 못마땅하십니까? 그렇다면, 핵미사일에 탑재하는 요격불능장치, 인체를 마비시키는 독가스, 살인광선, 막을 방법이 없는 세균폭탄 같은 걸 만드는 쪽이 여러분 마음에 드셨겠습니까?"

"그런 억지평계는 통하지 않습니다. 예산을 군비에 쓰는 데 반대한다면 당당히 주장하셔야죠. 사실상 마찬가지 아닙니까? 이런 쓸모없는 장난감을 취미 삼아 만드는 건 모두에게 민폐입니다."

"하지만 이미 만든 걸 어쩌겠습니까. 세상에 존재

하는 것들은 저마다 무언가 의미가 있는 법입니다. 이 장치 또한 분명 의미가 있습니다."

"말도 안 되는 소릴 하시는군요. 더는 그런 영문 모를 학설을 주장하셔도 믿을 수 없습니다. 저 장치에 의미가 있다니. 어차피 무의미함이란 의미가 있다고 말하고 싶은 거겠죠."

이제 아무도 소장에게 더 이상 묻지 않았다. 더 이상 물을 것도 없었다. 소장도 그 뒤로는 아무 설명도 하지 않았다.

남은 것은 책임 문제였다. 한동안 그 문제가 화제가 됐지만 이내 흐지부지되었다. 어쩔 수 없었기 때문이다.

손해를 배상하게 하려 해도 소장은 사재를 전부 이 장치에 쏟아부었다고 한다. 조사해 보니 그 말이 사실이었다. 배임죄를 물어 벌을 주자니 학계에 큰 업적을 남긴 성실한 노학자를 감옥에 보낼 수도 없는 노릇이었다. 게다가 범죄가 성립한다면 예산 통과에 관여한 이들도 묵인과 공범의 책임을 져야 한다.

골치 아픈 사건이었다. 결국 소장은 해임되고, 감독 관청에서도 소소한 인사이동이 있었다. 이 정도로는 납득할 수 없다는 논란도 물론 있었다.

궁여지책으로 소장은 정신병원에 보내지게 되었고 그걸로 모든 것이 마무리되었다. 이쯤 되면 누구도 더 이상 어쩔 방법이 없었다.

소장은 변명도 항의도 없이 병원에 가는 것을 받아들였다. 그리고 몇 년 후, 그는 아무 여한이 없는 듯이 여생을 보내다 조용히 세상을 떠났다. 유품 중에 장치의 설계도가 있지 않을까 찾아보려는 시도도 있었지만 헛수고로 끝났다. 아마 장치가 완성되자마자 불태워버린 모양이었다.

제작자는 세상을 떠났지만 장치만은 광장에 남아 아무것도 하지 않는 활동을 계속했다. 철거해야 한다는 의견도 있었지만 이걸 치우느라 또다시 돈을 들여 봤자 웃음거리만 될 뿐이다. 워낙 견고하게 설치되어 있고 그대로 놔둬도 해가 되는 물건은 아니다.

그 근처를 지나가면 누구나 어처구니없다고 생각하면서도 보다 보면 괜히 버튼을 눌러보고 싶어진다. 세금이 들어갔으니 안 쓰면 손해라는 심리가 조금은 작용하는지도 모른다. 그리고 혼잣말을 중얼거리게 된다.

"도대체 이게 무슨 가치가 있는 걸까. 몇 번을 해봐도, 누가 해봐도, 기계 팔이 움직여서 버튼을 원래대로 돌려놓고 끝이잖아."

이 말을 들은 누군가가 대화를 시작하면 논쟁은 끝도 없이 이어진다.

"저도 계속 신경이 쓰여요. 생각해 보면, 아무것도 하지 않는 존재가 이렇게까지 신경 쓰일 줄이야. 며칠째 머릿속에서 떠나질 않네요."

"그래서 뭔가 떠오른 거라고 있으신가요?"

"고민 끝에 이런 생각을 해봤답니다. 아마 이건 인간을 상징하는 새로운 형태의 동상이 아닐까 라고요. 이걸 비웃을 때마다, 그럼 인간이 하는 일에는 무슨 가치가 있느냐고 오히려 인간 쪽이 비웃음당하는 기분이 들어요. 아마 그 세상을 떠난 소장도 이런 메시지를 던져서 우리 모두 한 번쯤 반성해보길 바랐던 건 아닐까요…."

"글쎄요, 그렇게 깊은 의미가 있을까요? 이건 그냥 장난이에요. 아무 의미도 없어요. 사람들은 단물이 빠진 껌을 씹고, 시시한 TV 프로그램을 보고, 금방 잊어

버릴 거면서 전철 안에서 잡지를 읽죠. 이것도 마찬가지로 현대인의 배출구 중 하나예요. 현대에는 오히려 이런 무의미한 것들이 꼭 필요하죠. 그 소장은 이걸 계기로 무의미한 존재의 가치를 다시 생각해보게 하려고 했던 것 아닐까요."

"무의미하다고 하면서 계속 뭔가 의미를 갖다 붙이시네요."

대화는 이렇게 웃음 속에 마무리되곤 했다. 그렇게 장치는 한동안 사람들의 화젯거리가 되었다.

어떤 이들은 장치의 팔을 꽉 붙잡은 채 버튼을 누르면 어떻게 될까 궁금해하기도 했다. 그러나 그건 불가능했다. 팔의 힘이 상상 이상으로 강해서 아무리 붙잡아도 전부 뿌리치고 버튼을 원래대로 돌려놓았기 때문이다.

"이럴 수가, 엄청난 힘이야. 도저히 막을 수 없어."

그걸 웃음으로 넘기며 또다시 논쟁이 시작되었다.

"분개할 필요도 없어요. 우리도 무의미한 일에 엄청난 열정을 쏟을 때가 있잖아요. 꼽아보자면 끝도 없을 걸요…."

그리고 일상생활의 예를 하나씩 들며 화제는 끝없

이 확장된다. 취미는 어떤가. 연애는? 내기는? 허영심, 프로야구 등등. 이건 의미가 있다, 아니, 의미가 없다. 이야깃거리는 끝없이 쏟아졌다.

또 탐구심이 강해 분석해서 내부를 들여다보고 싶은 충동을 느끼는 사람도 있었다. 하지만 이 시도도 실패했다. 소장이 심혈을 기울여 완성한 합금은 어떤 힘도 약품도 전혀 통하지 않았다.

"도저히 부술 수가 없어. 하는 짓은 무의미한 주제에 비밀만은 기를 쓰고 지키려 드는군."

"그 점에선 우리도 마찬가지일지도 모르겠네요."

장치를 둘러싼 극단적인 소동은 한풀 꺾였지만, 사람들은 여전히 버튼의 유혹을 뿌리치지 못했다. 아무래도 본능에 가까운 감정인 모양이다. 누구나 한 번쯤은 자기 손으로 직접 눌러보고 싶어졌다.

그 증거로 누구한테 배운 적도 없는 어린아이조차 그 장치를 보면 손을 뻗어 버튼을 누르려 했다.

사람들 앞에서는 무심한 척하는 이들도 밤중에 혼자 그 앞을 지나갈 때면 슬쩍 버튼을 눌러보곤 했다.

슬롯머신일지도 모른다고 상상한 이도 있었다. 운좋게 자기 차례에 당첨되면 남들과는 다른 결과가 나올지도 모른다. 예를 들면 갑자기 장치가 열리면서 그 안에서 뭔가 멋진 물건이 튀어나온다거나….

하지만 누가 어떤 생각을 하며 눌러도, 또는 그냥 습관처럼 지나가며 눌러도 언제나 움직임은 똑같았다. 어느새 이 장치는 일종의 관광 명물이자 명소처럼 되어버렸고 그렇게 자리를 잡아갔다.

그리하여 아무것도 하지 않는 장치는 계속 작동했다. 버튼을 누르면 팔이 움직여 그것을 원래대로 돌려놓고 다시 멈추고….

한동안 평화로운 세월이 이어졌지만 장치의 움직임에는 변화가 없었다.

다시 전쟁의 위기가 고조되었을 때도 장치는 변함없이 똑같이 작동했다.

하지만 마침내 장치의 움직임조차 멈추는 날이 왔다. 그렇다고 이 장치가 고장을 일으킨 것은 아니었다. 버튼을 누를 사람이 아무도 남지 않게 된 것이다.

고조된 위기가 넘지 말아야 할 선을 넘고 말았다. 다른 나라의 무시무시한 장치. 절대 눌러서는 안 되는 그 버튼을 마침내 누르고 말았다. 미사일이 난무하고 순식간에 전쟁이 세상을 지배했다. 모든 사람, 아니 모든 생물이 사라졌다.

폭발과 열기, 화염. 그것들이 지상을 휩쓸고 지나간
뒤에는 이제 움직이는 것이라고는 그림자조차 없었
다. 쓸쓸히 남겨진 아무것도 하지 않는 장치도 가만히
움직이지 않은 채 시간의 흐름에 몸을 맡겼다.

하지만 강력한 합금으로 덮여 있어서 내부 구조는
망가지지 않았다. 어느 날, 강한 바람을 타고 어디선가
날아온 검게 탄 나무 조각 하나가 그 버튼에 명중했다.

장치는 즉시 반응을 보였다. 성가신 듯이 버튼을 원
래대로 돌려놓고 또다시 움직이지 않게 되었다. 그리
고 두 번 다시 움직이지 않았다. 나무 조각 같은 것들
도 모두 썩어 흙이 되어서 더 이상 아무것도 버튼을 누
르지 않게 된 것이다.

장치는 묵묵히 기다렸다. 혹시 누군가 다가와서 버
튼을 눌러주지 않을까 하고. 하지만 그런 상대는 끝내
나타나지 않았다.

장치 내부의 시계는 버튼이 눌리지 않게 된 뒤로
천 년의 세월이 흘렀음을 측정하고 그 사실을 알렸
다. 그것은 이제 인류가 완전히 멸망했다는 판단이기

도 했다.

장치는 비로소 본래의 기능을 발휘했다. 그것은 처음이자 또한 마지막이었다. 이 단 한 번의 움직임을 위해 이 장치는 만들어졌던 것이다.

장치 내부에 설치된 녹음 장치가 작동하며 말을 하기 시작했다. 물론 그 말을 듣는 이는 아무도 없었다. 하지만 그것으로 충분했다.

인류와 문명에 바치는 조의의 말. 또한 슬픔과 이별을 전하는 목소리이기도 했다. 말을 마치자 장송곡이 흘러나왔다. 음악은 엄숙하면서도 허무하게 폐허가 된 도시를 타고 멀리 지평선 너머로 사라졌다. 이윽고 녹음 장치도 멈췄다. 고요한 정적이 또다시 돌아왔다….

두텁고 검은 구름이 하늘을 가득 뒤덮고 석양마저 빛을 잃어 당장이라도 비가 쏟아질 듯한 어느 시간에 일어난 일이었다.

보물선

고층 아파트 12층에 있는 한 방. 그곳이 N씨의 집이었다. 하지만 그는 조만간 이곳을 떠날 생각이었다. 살기가 불편해서는 아니다. 남몰래 야반도주라도 해야 할 처지였기 때문이다.

집세가 밀렸을 뿐 아니라 여기저기서 잔뜩 빚까지 졌다. N씨는 멍하니 드러누운 채 중얼거렸다.

"이젠 더 이상 돈을 빌릴 곳도 없고 돈벌이가 될 만한 아이디어도 없어. 아아, 정말 보물선이라도 나타나면 좋을 텐데…."

N씨는 진심으로 그렇게 빌었다.

바로 그때. 창문에서 노크 소리가 들렸다. 그는 벌떡 일어났다. 지금은 한밤중. 게다가 여긴 12층이다. 밖에서 노크할 사람이 있을 리 없다.

기분 탓이겠지. 아니면 낙엽이나 뭔가가 바람에 날려 유리창에 부딪친 걸까. 그렇게 스스로를 타이르고 있을 때 또다시 소리가 들렸다. 아무래도 노크 소리가 분명했다.

N씨는 쭈뼛쭈뼛 일어서서 슬쩍 밖을 내다봤다. 그리고 기겁했다. 창 밖에 배 한 척이 딱 붙어 있는 것 아닌가. 순식간에 대홍수라도 일어난 걸까.

눈을 비비고 다시 보니 더욱 놀랍게도 그 배는 허공에 떠 있었다. 그렇다고 최신 과학기술의 산물도 아니었다. 그다지 현대적인 형태가 아니었기 때문이다. 배 위에 누군가가 있는 것을 발견한 N씨는 창문을 열고 말을 걸었다.

"이게 무슨 일입니까?"

그러자 낯선 복장을 한 인물이 대답했다.

"보면 아시잖습니까."

다시 배를 살펴보자 커다란 돛이 달린 범선으로 돛에는 보물이라는 글씨가 적혀 있었다.

"설마 보물선입니까."

"네, 그렇습니다. 그리고 우리는 복신이지요."

"그래서 뭘 하러 온 거죠?"

"당신이 불러서 왔습니다. 아까 진심으로 그렇게 기도하셨잖아요."

"아, 그러고 보니 그랬죠."

"저희는 그런 분들을 찾아갑니다. 물론 아무나 찾아가는 건 아닙니다. 당신은 사업에 실패하셨지만 지금껏 나쁜 짓은 하지 않았죠. 그런 동정할 만한 처지에 있는 분들만 찾아갑니다. 그리고 복을 나눠드리지요."

꿈만 같은 이야기에 N씨는 크게 기뻐했다.

"그건 참 고맙군요. 그런데 어떤 복을 받을 수 있습니까?"

"원하시는 대로 해드립니다. 말씀만 하세요. 단 한 가지만 가능합니다…."

"그럼…."

N씨는 빚의 총액을 말하려다 황급히 입을 다물었다. 다시는 오지 않을 기회다. 허투루 써버리면 손해다.

그는 생각을 바꿔 그 두 배의 금액을 말하려 했다. 하지만 그것도 입 밖에 내지 않았다. 나중에 후회할 거야. 지금 말하면 뭐든지 이룰 수 있잖아. 그는 그 숫자 뒤에 0을 두 개 붙였다. 그리고 고개를 갸웃거린 후 거기에 다시 두 개를 더 붙였다. 이 정도면 어떨까.

"결정하셨습니까."

복신이 재촉했다.

"자, 잠깐만요."

N씨는 신중을 기했다. 이런 소원을 빌 기회는 두 번 다시 없다. 금액은 그렇다 쳐도 나중에 문제가 되지는 않을까. 이 방 안에 가득 찰 만큼, 정신이 아득해질 정도로 많은 돈을 갖고 있다는 걸 누군가 알면 수상하게 여길 것이 뻔하다. 보물선을 타고 나타난 복신에게 받았다고 주장해도 믿어줄 사람은 없을 것이다. 상상력이 빈곤한 사람들이 훨씬 많은 세상이니까.

자칫하면 절도나 위조 혐의로 붙잡혀 몰수당할 수도 있다. 범행을 입증할 수 없으니 어떻게든 빠져나갈 수 있을지도 모르지만 세무서가 기다리고 있다. 대부분을 강제로 뜯어갈 게 뻔하다. 그뿐인가, 숨겨놓은 돈이 더 있을 거라며 그보다 더 많은 액수를 요구할지도 모른다. 세무서에는 이쪽에서 입증해야 한다. 하지만 받은 건 이것뿐이라고 믿게 만들기는 도저히 불가능할 것 같다.

생각해 보면 돈이란 참 덧없는 것이다. 설령 얼마간 남긴다 해도 언제 사고로 죽을지 모르는 세상 아닌가….

그 순간 N씨는 결심했다. 그래, 불로불사가 좋겠다. 목숨이 있어야 돈도 있는 법이다. 그는 그렇게 말했다.

"불로불사를 부탁하고 싶습니다."

하지만 복신은 얼굴을 찌푸렸다.

"아뇨, 그것만은 곤란합니다."

"왜입니까?"

"인간에게는 허락되지 않은 일이니까요. 돈이나 출세, 미인과의 결혼 같은 걸로 해주십시오."

"하지만 원하는 대로라고 하셨잖습니까."

"죄송합니다, 말씀드리는 걸 잊었습니다. 부디 다른 소원을 말씀해 주세요."

"싫어요. 저는 요구를 바꿀 생각이 없습니다. 다른 건 절대 안 돼요."

N씨는 화를 내며 완고하게 주장했다. 다른 복신들도 하나둘 모여들어 입을 모아 사과했지만 N씨는 고개를 저었다.

"안 돼요. 약속은 약속입니다. 자, 나를 불로불사로 만들어 주세요. 절대로 늙지도, 죽지도 않게…!"

완강하게 요구한 끝에 N씨는 마침내 그것을 손에 넣었다. 그리고 줄곧 그 상태로 지내고 있다. 하지만 기대와는 달리 그리 기쁜 일은 아니었다.

그는 창문 밖으로 끌려 나와 보물선의 선원이 되어 버린 것이다. 청소, 돛을 올렸다 내리기 같은 단조로운 작업의 연속. 월급도 없고 식사도 없다. 오락도, 휴일도, 상륙조차 허락되지 않는다. 이 생활이 언제까지 계속되는 걸까. 물론 죽을 때까지다.

은색 봄베

도시 외곽, 바닷가에 위치한 하얀 건물. 저녁 햇살이 청결하게 닦인 수많은 창문 위를 장난치듯 노닐고 있었다. 썰물 때의 해안에는 모래사장이 넓게 펼쳐져 있고 은빛 파도의 속삭임은 저만치 멀어져 있었다.

이 종합병원은 현대적인 시설과 최신 기술을 자랑하며 많은 환자들을 끌어모았다. 그러나 아무리 완벽한 수단을 갖추었다 해도 운명으로 정해진 죽음까지 막을 수는 없다.

지금 이 순간, 한 병실에서 한 노인이 그때를 맞이하고 있었다. 소식을 듣고 달려온 가족들이 지켜보는 가운데, 침대에 누워 있는 노인의 몸. 그에게 남아 있는 생명의 흔적이라고는 입 언저리 정도일까.

윤기를 잃고 주름진 피부. 성글게 자라난 희끗희끗한 수염. 오직 그 입술 주변만이 때때로 생각난 듯 천천히 움직였다. 금속제 장치, 즉 산소 흡입기에서 흘러나오는 기체를 들이마시는 것이다. 그 호흡은 생명의 끈질김이라기보다는 생물이 짊어진 의무를 다하고 있는 것처럼 보였다.

"할아버지 죽어?"

꽃병의 꽃을 만지작거리다 싫증난 어린 손주의 목소리가 천진하게 울렸다. 그러나 그 목소리는 곧 어머니에게 제지당했다. 정적 속에서 어른들은 모두 노인의 얼굴을 응시하고 있었다. 노인은 지금 무슨 생각을 하고 있을까….

평생을 교육 사업에 바치고 사회에도 많은 공헌을 해온 노인. 길었던 생애를 되돌아보고 있는 것일까. 하지만 동시에 아직 다 끝내지 못한 일에 대한 미련도 남아 있지 않을까.

더 이상 살아가는 것은 무리라 해도 자신의 이상을 이어받아, 자신을 대신해 그것을 이뤄줄 누군가의 출현. 그것이 지금 그의 가장 큰 소원 아닐까.

"강심제 주사를 놔드릴까요?"

노인의 손목을 잡고 맥을 짚던 의사가 말했다. 그러자 가족 중 한 사람이 거절했다.

"아니요, 나을 가망이 있다면 모를까, 그렇지 않다면 더 오래 끄는 건 본인에게도 안 좋을 것 같습니다."

주사는 놓지 않았고 흡입기의 단조로운 소리만 이어졌다. 숨을 쉬는 간격이 점점 길어지더니 마지막으로 긴 호흡을 내뱉었다.

의사가 스위치를 돌리며 선언했다.

"임종하셨습니다."

둑이 터지듯 긴장이 슬픔으로 변했다. 어리둥절해하던 아이도 덩달아 울음을 터뜨렸다. 멀리 창밖에서는 해가 바다로 잠기기 시작하고 있었다.

간호사에게 흡입기를 가져오라고 지시한 의사는 자신의 방에 혼자 남게 되자 그 장치에서 은색의 작은 봄베를 떼어냈다. 그 위에 라벨을 붙이고 번호를 적어 넣었다. 방구석에 있는 수납장을 열고 안에 집어넣었다. 그것은 산소를 채운 봄베가 아니었다.

어둑한 수납장 안에는 비슷한 것들이 몇 개나 늘어서 있었다. 죽은 이가 이 세상을 향해 남긴 마지막 숨결. 그것이 흡입기에 부착된, 그가 고안한 장치에 의해 재빨리 수집되어 각각 이 봄베에 담겨 있는 것이다.

실업가의 것도 있고 작가나 조각가의 것도 있었다. 그들은 모두 이 세상에서의 경험, 미련, 기대 등 모든 것을 이 봄베 안에 남기고 평화로운 죽음의 나라로 떠났다. 봄베들은 점점 어두워지는 창밖의 빛을 받아 희미하게 빛나며 서로 경쟁이라도 하듯 의사에게 말을 걸려는 듯했다.

그러나 그는 그런 것에 익숙해져 있는지 표정 하나 바꾸지 않고 사무적으로 문을 닫으며 혼잣말을 중얼거렸다.

"아, 조금 피곤하군. 잠깐 쉬어야겠어."

그리고 불도 켜지 않은 채 구석의 긴 소파로 가서 몸을 눕혔다. 어느새 밤이 병원을 감싸고 밀물 시간을 맞이한 파도가 별들의 반짝임을 싣고 다시금 살며시 밀려왔다.

전화벨 소리가 의사를 깨웠다. 간호사의 목소리가 수화기를 통해 흘러나왔다.

"슬슬 부탁드립니다."

"알았어. 곧 가지."

그는 흰 가운을 걸치고 구두 소리를 울리며 형광등 불빛이 하얀 벽을 비추는 복도를 걸어 방금 연락받은 방으로 향했다. 가는 도중 안절부절못하는 젊은 남자를 발견하고 말을 걸었다.

"곧 아버지가 되실 분이시죠?"

"네. 그런데 정말 괜찮을까요?"

남자는 걱정스럽게 물었다. 아내의 첫 출산을 앞두고 있는 만큼 무리도 아니다.

"심정은 충분히 이해합니다만 걱정 안 하셔도 됩니다."

"아들이라더군요."

"네. 의학이 발전해서 성별을 미리 알 수 있게 됐죠. 그건 그렇고 자녀가 앞으로 어떤 사람이 되었으면 하시는지요?"

"글쎄요. 아내와도 늘 얘기했는데 가능하면 과학자로 키우고 싶습니다. 정말로 그렇게 자라면 좋겠습니다만."

"걱정 마세요. 분명 장래 훌륭한 과학자의 아버지

가 되실 겁니다."

의사는 여전히 걱정스러운 표정을 짓고 있는 남자의 어깨를 토닥이며 격려의 말을 건넸다. 그리고 방에 들어서자마자 간호사에게 지시했다.

"위에서 두 번째 선반, 7번이라고 적혀 있는 봄베를 가져와 줘."

깊은 밤 복도를 서성이던 남자는 불현듯 발걸음을 멈췄다. 갓 태어난 아기의 울음소리를 들었기 때문이다. 이 세상에 태어난 새로운 생명의 첫 움직임. 몸 구석구석까지 퍼뜨리기 위해 공기를 한껏 들이마시는 소리….

원대한 계획

광고 메일을 무심코 열어본 F부부는 아름다운 카탈로그를 보고 눈이 휘둥그레졌다. 생전 처음 보는 모양의 장치가 컬러 사진으로 실려 있었고 아래에는 만능 육아기라고 쓰여 있었다. 꽤 복잡해 보이는 기계였다.

설명서를 읽어보니 이것 한 대만 있으면 육아부터 훈육까지 아무 걱정할 필요가 없다고 한다. 사용법도 꽤 간단해 보였다.

어디서 조사해서 이 집에 보낸 건지는 모르겠지만 F부부에게는 갓 태어난 아기가 있었다. F부인은 한숨을 쉬며 중얼거렸다.

"정말 편리해 보이네. 이게 있으면 얼마나 도움이 될까. 하지만 아마 엄청 비싸겠지?"

F씨가 카탈로그를 다시 읽어봤지만 가격은 적혀 있지 않았다. 그는 이렇게 제안했다.

"뭐, 일단 물어나 보자. 물어본다고 돈이 드는 것도 아니고 어쩌면 장기 할부 같은 게 있을지도 몰라."

"그래."

F부부는 자세한 내용을 알고 싶다는 뜻의 편지를 보냈다. 그러자 바로 답장이 왔다. 편지로 답장이 온 것이 아니라 실물이 배달된 것이다. 게다가 가격은 무료였다.

F부인은 기뻐하면서도 고개를 갸웃하지 않을 수 없었다.

"이렇게 정교한 물건이 공짜라니 믿어지지 않아. 이름 있는 큰 회사니까 싸구려도 아닐 텐데…. 도대체 어떻게 된 걸까."

"어쩌면 정부 보조금이라도 나오는 거 아닐까? 일단 한번 써 보자. 혹시 수상한 점이 있으면 반품하거나 부숴버리면 돼."

부부는 주의를 기울이며 사용해 보기로 했다. 하지

만 딱히 문제가 될 만한 점은 찾을 수 없었다. 그뿐인가, 모든 면에서 완벽했다. 아기 곁에 장치를 두면 적당한 온도의 우유를 자동으로 먹여줬다. 물론 기저귀도 갈아줬다. 아기가 울면 달래주고 잠들기 전에는 부드러운 목소리로 자장가까지 불러줬다.

아이가 자라면서는 장치가 말을 가르치고 동화도 들려줬다. 토끼와 거북이나 백설공주 같은 이야기들. 위험한 사상을 주입하는 일도 없었다. F부부는 완전히 안심하고 모든 걸 육아기에 맡기기로 했다. 다른 집들도 모두 그렇게 하고 있다는 걸 알게 됐고 그 편이 모든 면에서 더욱 좋아 보였기 때문이다.

만능 육아기는 훈육까지 책임졌다.

"이걸 하렴, 저건 해서는 안 된단다."

특유의 다정한 목소리로 예절을 가르쳤고 지시를 따르지 않으면 자동으로 기계손이 뻗어 나와 적당한 세기로 엉덩이를 때렸다. 확실히 이상적인 교육이었다. 물론 인간을 규격화한다는 비판도 없진 않았다. 하지만 개성 있는 악인보다는 틀에 박혔어도 선량한 사람이 당연히 더 나은 법이다. 그래서 아무도 반대하지 않았다. 이리하여 F부부의 아이는 순조롭게 성장했다.

또한 다른 집 아이들도….

20여 년이 지나 아이들은 훌륭한 성인이 되었다. 고분고분하고 다루기 쉬운 그들은 당연히 각 분야의 일터에서 환영받았다.

그 무렵 TV와 라디오 광고에 동시에 등장하기 시작한 문구가 있었다.

"이 제품을 사세요. 다른 마크가 찍힌 제품을 사면 안 됩니다."

문구 자체는 별 게 아니었지만 문제는 그 목소리였다. 육아기의 목소리와 똑같았던 것이다. 부모보다 설득력 있고 마음 깊이 새겨진, 어딘가 그리운 목소리였다.

누구나 무조건적으로 그 지시를 따른 것은 두말할 필요도 없었다.

도주

밤비는 어둠 속에서 끝없이 솟아나 앞 유리창에 사납게 들이닥쳤다. 그리고 한순간 가로등 불빛을 난반사하며 노랗게 번뜩인다. 하지만 와이퍼에 의해 곧 깨끗이 지워져버린다.

물방울이 세차게 부딪히는 것은 자동차의 속력 탓이다. 사슬을 끊어버린 짐승처럼 그는 전속력으로 달리고 있었다. 운전석에는 젊은 남자. 차 안에는 그밖에 아무도 없었다.

청년은 앞을 응시한 채 속도를 높이는 데만 전념하고 있었다. 그렇다고 스피드를 즐기는 것도, 목적지로 서두르는 것도 아니었다.

"아무래도 좋아. 멀어지기만 하면 돼. 도망치는 거야."

그가 중얼거리자 마음 깊은 곳에서 또 다른 목소리가 속삭였다.

"도망칠 수 있을까. 넌 뺑소니를 저질렀어."

"시끄러워."

청년은 고개를 저으며 소리쳤다. 하지만 취한 것은 아니었다. 지금은….

조금 전까지는 취해 있었다. 청년은 친구 집에서 늦게까지 술을 마시고 기분 좋게 집으로 돌아가던 길이었다.

그때 헤드라이트 불빛 속으로 갑자기 사람의 그림자가 튀어나왔다. 피할 틈도 없이 묵직한 충격이 전해졌다. 머릿속에서 플래시가 터지고 신경에는 서리가 내렸다. 취기는 얼어붙어 작은 결정이 되어 흩어졌다. 모든 사고가 멈췄다. 그 침묵 속에서 마음 깊은 곳이 비명을 질렀다.

"쳤다."

청년은 브레이크를 밟았다. 하지만 뒤를 돌아볼 수

가 없었다. 손이 덜덜 떨리며 차 문을 여는 것조차 거부했다. 아마도 길가에 쓰러져 있을 사람. 자신이 책임져야 할 상대. 그 뒤로 이어질 구호의 의무, 사과, 추궁, 교섭, 조사, 신문 기사, 배상, 형벌…. 모든 것이 앞다투어 덮쳐왔다.

청년은 귀를 기울였다. 하지만 들리는 것은 발소리도 차 소리도 아닌 희미한 빗소리뿐이었다. 신음은…. 그렇게 생각한 순간, 그는 반사적으로 시동을 걸었다. 그런 건 듣고 싶지 않았다.

"이봐. 뺑소니야, 뺑소니."

마음속 깊은 곳이 강렬한 말로 외쳤다. 그는 그 소리를 지우기 위해 스스로에게 변명을 중얼거렸다.

"아니야. 난 사람을 치지 않았어. 그렇게 느낀 것뿐이야. 일종의 착각이야."

"그렇다면 그 충격은 뭐지. 그것도 착각인가."

목소리가 심술궂게 물었다. 그는 잠시 말문이 막혔다가 대꾸했다.

"도로 때문이야. 그래, 도로에 움푹 파인 곳이 있었던 거야."

"없지는 않겠지. 하지만 그렇게 딱 맞아떨어지는 우

연이 있을까. 역시 사실이야."

"아니야, 착각이야. 도로가 움푹 파여서 그런 거야."

"그렇다면 차를 세우고 확인해 봐. 피가 묻어 있는지 아닌지."

"묻어 있을 리 없어."

청년은 오히려 더욱 속도를 높였다. 빗속으로 돌진해 피를 씻어내 버리고 싶었던 것이다. 일부러 물웅덩이를 골라 달렸다. 모든 증거와 양심을 진흙투성이로 만들고 산산조각 내어 묻어버리고 싶었다. 그래서 일부러 처음 가보는 길로 차를 몰았다.

"이상한 길이군. 하지만 너무 서두르면 오히려 수상해 보일걸."

마음속 목소리가 말했다. 청년은 조금 속도를 줄이며 대답했다.

"그것도 그렇군."

"지금이라도 돌아가서 도와주면 어쩌면 살릴 수 있을지도 몰라."

"안 돼. 길도, 방향도 모르겠어."

"알잖아. 모르는 척하지 마. 우선 친구 집으로 돌아가."

"안 돼. 이제 와서 그래봤자 이미 늦었어."

원망과 비난으로 일그러진 죽은 얼굴, 피, 살점, 장기, 뼈. 주변에 몰려든 사람들. 그런 곳으로는 도저히 돌아갈 수 없다.

"그만둬. 도망칠 수 없어."

"도망칠 거야. 목격자는 없었어."

청년은 다시 속도를 높였다. 달라붙는 모든 것을 떨쳐내기 위해서.

"하지만 무리야. 봐."

마음속 목소리가 날카롭게 말했다. 청년은 속도를 늦추지 않은 채 귀를 기울였다. 그러고 보니 어디선가 흐느껴 우는 듯한 비명 같은 소리가 희미하게 들려왔다. 그 소리를 떨쳐내기 위해 더욱 속도를 높여보았다. 하지만 그 소리는 사라지기는커녕 점점 커졌다. 뒤쫓아 오는 소리였다.

"순찰차로군."

"물어보면 뭐라고 대답할 거지. 집으로 가는 길도 아니고 아는 사람 집이 있는 방향도 아닌데 서둘러 달려가는 이유를."

"따돌릴 수만 있다면 그런 건 문제가 안 돼."

백미러만은 도저히 쳐다볼 수 없었다. 언제 그곳에 추격자의 모습이 나타나 점점 가까이 다가올지 모르기 때문이다. 유리창에 부딪치는 빗줄기가 한층 격렬해졌다. 길 양쪽에 늘어선 집들이 폭포처럼 뒤로 흘러갔다.

저 집 안에서 모두가 편안히 잠들어 있겠지. 문득 그런 생각이 스쳤다. 물론 그중에는 내일의 고민을 안고 악몽에 시달리는 사람도 있을 것이다. 어떤 고민인지는 모르지만 분명 사소한 것일 게 틀림없다. 원한다면 내 처지와 바꿔줘도 좋다. 이쪽은 뺑소니를 저지르고 지금 이 순간에도 실제로 순찰차에 쫓기고 있으니까.

하지만 사이렌 소리는 더 이상 커지지 않았다. 거리가 좁혀지지 않는 듯했다.

"왜 안 따라오지. 못 따라잡는 건가."

청년이 중얼거리자 마음속 목소리가 대답했다.

"아니, 일부러 안 따라오는 거야. 다른 순찰차와 무전으로 연락해서 앞뒤로 포위하려는 작전이지. 이제 그만 포기하고 멈추지 그래."

"싫어. 그런 수에는 안 넘어가."

"끝까지 도망칠 셈인가."

"그럴 거야."

"이제 난 몰라. 더는 충고하지 않을 테니까 마음대로 해."

"그렇게 하지."

청년은 옆으로 꺾어지는 길을 발견하고 그쪽으로 핸들을 틀었다. 한층 더 어두운 곳이었다. 마침 딱 좋다. 이 길만 빠져나가면 추격자를 따돌릴 수 있을 것이다. 그는 일단 안도의 한숨을….

내쉴 수 없었다. 그 순간, 헤드라이트 불빛 속을 가로질러 쳐진 쇠사슬이 보였던 것이다. 위험해. 여기도 틀렸구나. 그는 있는 힘껏 브레이크를 밟았다.

검은 그림자가 문을 열고 기력이 다해 축 늘어진 그를 제압했다.

이윽고 정신을 차렸을 때, 그는 작은 방 안에 있었다. 앞에는 낯선 인물이 서서 말없이 그를 바라보고 있었다. 그 시선을 견디지 못하고 그는 물었다.

"여기는 어디입니까."

"법정이다."

"왜죠. 왜 법정에 끌려온 겁니까."

"물론 네가 저지른 죄를 심판하기 위해서다."

"무슨 죄입니까. 도대체."

청년은 일단 모른 척하며 상대의 반응을 살폈다. 그러나 상대의 목소리에는 이미 모든 것을 알고 있는 듯한 기색이 배어 있었다.

"아무 짓도 하지 않았다고 주장할 셈인가."

조사는 이미 끝난 듯했다. 괜히 속이려 들면 오히려 역효과일 것이다. 그는 마지못해 인정했다.

"사고를 낸 것 같긴 합니다. 하지만 어디까지나 사고였습니다."

"사고라면 도망칠 필요 없었겠지."

"그건…."

청년이 대답을 못 하고 머뭇거리자 상대는 시선을 고정한 채 뜻밖의 말을 내뱉었다.

"사고로 위장한 살인이기 때문이겠지."

"말도 안 됩니다."

"그렇지 않다는 증거를 댈 수 있나."

"피해자에게 저를 알고 있는지 물어보시면…."

청년은 다시 입을 다물었다. 그때의 충격이 생생히 되살아났다. 곧바로 도왔더라면 몰라도 그대로 내버려 둔 이상 그는 죽었을 것이 틀림없다. 상대도 방금 '살인'이라고 했다. 죽은 자에게 증언을 시킬 수는 없다.

"반증을 제시하지 못하면 살인으로 인정된다."

"그런 말도 안 되는⋯."

"네가 한 짓은 말도 안 되는 짓이 아니었나."

청년은 잠시 침묵하다가 힘없이 반항했다.

"살인이라면 어떻게 됩니까."

"말할 것도 없이 사형이다."

"사형이라니 너무 가혹합니다. 게다가 변호사도 안 붙여주다니 이런 재판이 어디 있습니까. 이건 린치입니다. 이런 일이 허용돼도 되는 겁니까."

그는 큰 소리로 외쳤다. 그러나 상대는 차분한 목소리로 말했다.

"너는 이미 죄를 인정하고 있지 않나. 문제될 것은 없다. 법정은 결코 무고한 자를 처벌하지 않는다. 또 무턱대고 형 집행을 서두르지도 않는다. 할 말이 있으면 판결을 내리기 전까지 얼마든지 발언해도 된다."

"얼마든지⋯."

청년은 상대의 말을 되뇌듯 중얼거리며 멍하니 서

있었다. 하지만 무슨 말을 해야 한단 말인가. 상대는 이미 살인으로 단정하고 있다. 그리고 그것을 뒤집을 증거도 없다. 이제 와서 어떤 변명을 늘어놓아도 소용없다. 도망칠 길은 남아 있지 않은 걸까.

생각해 낼 수 있는 유일한 방법은 정신 이상이라고 주장하는 것뿐이었다. 그래, 시도해 볼 수밖에 없다. 청년은 입을 열었다.

"사실 저는 정신에 이상이 있습니다. 미치광이입니다…."

상대는 그 말에 귀를 기울이듯 계속해서 청년을 응시했다. 청년은 그 시선에 용기를 얻었다.

"그런 사람을 처벌할 수는 없을 겁니다…."

청년은 같은 주장을 되풀이하며 점점 자신감을 얻었다. 상대는 아까 얼마든지 발언해도 좋다고 약속했다. 계속 떠드는 한, 판결은 내려지지 않을 것이다. 안전이 보장된 셈이다.

그러나 곧 위기가 찾아왔다. 그렇다고 영원히 떠들어댈 수는 없는 법. 목이 마르고 혀가 꼬이기 시작했다. 머리도 지쳐서 멍해지고 똑같은 주장만 단조롭게 되풀이됐다. 하지만 멈추는 순간 판결이 내려진다. 사형. 모든 것과의 이별. 돌이킬 수 없는 종지부. 그는 남은 기력을 쥐어짰다.

얼마나 떠들어댔을까. 목소리는 잔뜩 쉬고 더 이상 자신이 무슨 말을 하고 있는지조차 알 수 없었다. 이제는 정말 끝일지도 모른다. 포기할까 하고 상대의 얼굴을 바라본 순간, 상대는 여전히 그를 응시한 채 말했다.

"오늘은 이쯤 하지."

"그 말씀은….."

"내일까지 휴정이다. 나머지는 내일 이어서 발언하도록 해라."

그 말을 듣고 청년은 크게 한숨을 쉬며 몸을 눕혔다. 하루는 확실히 연장되었다. 내일은 다시 기력을 짜내서 말하자. 그리고 모레까지 끌고 가는 것이다. 결코 쉬운 일은 아니지만 이러면 영원히 도망칠 수 있을지도 모른다. 어쩌면 그사이 상대가 지쳐 포기할지도 모른다. 그러면 석방이다. 그때까지는 끝까지 주장해야 한다. '나는 미쳤다'라고.

"자신이 미쳤다고 주장하고 있습니다만 대체 어떻게 된 겁니까, 저 청년은."

방문객이 의아해하며 묻자 의사가 대답했다.

"모르겠습니다. 매우 드문 사례입니다. 매일 일정한 시간 동안 필사적으로 자신이 미쳤음을 주장하고 그 외의 시간에는 죽은 사람처럼 축 늘어져 있습니다."

"자신이 미쳤다고 주장하는 미치광이라니 확실히 희귀한 사례로군요. 그런데 어디서 데려오신 겁니까."

"공원 안 자동차에서 발견됐습니다. 운전석에서 백미러에 비친 자기 자신을 향해 떠들고 있더군요. 큰 고민이 있어서 저렇게 됐을 수도 있고 급정거하면서 머리 어딘가를 부딪쳤을 수도 있습니다. 매일 하루도 거르지 않고 거울을 향해 저 발작을 일으킵니다. 벌써 몇 달째인데 증상은 전혀 나아지지 않고 있습니다."

"정말 딱하군요. 뭔가 단서 같은 것은….'

"없습니다. 다만 그 자동차가 어디선가 가로수에 스쳤는지 차체에 살짝 흔적이 남아 있습니다. 뭐, 이건 아무 관계없는 일이겠지만….'

훌륭한 행성

우주선은 조용히 날고 있었다. 안에는 별들을 조사하는 학자들이 타고 있다.

"전방에 작은 행성을 발견했습니다."

한 대원이 말했다. 그러나 대장의 표정은 그리 기대에 차 있지 않았다.

"어차피 별거 없을 거다. 지금까지 갔던 별들 중에서 제대로 된 별은 하나도 없었어. 바위투성이에 황량하기만 한 별, 얼음에 갇힌 별. 가끔 괜찮아 보이는 별이 있다 싶으면 질 나쁜 주민들이 우글우글하고. 아마이번에도…."

"하지만 이번에는 다릅니다. 망원경으로 관찰해 봤는데 작은 별이지만 바다도 있고 육지도 있습니다. 게다가 아름다운 꽃과 식물도 있고 주민은 보이지 않습니다."

"그래? 일단 착륙해보자."

우주선은 그 행성에 접근하여 이윽고 산 근처 초원에 착륙했다. 대장은 모두를 제지하며 말했다.

"확실히 기분 좋은 별이군. 그런데 주민이 없다니 이상한걸. 혹시 병원균이 있을지 몰라."

대기의 검사가 이루어졌고 곧 결과가 나왔다.

"괜찮습니다. 완전히 깨끗해요."

"좋아, 나가보자. 하지만 만일을 위해 무기는 꼭 챙겨라."

우주선의 문이 열렸다. 일행은 오랜만에 푸른 풀을 밟고 신선한 공기를 한껏 들이마셨다.

"이루 말할 수 없는 좋은 향기네요. 아, 저 꽃향기군요. 표본으로 가져갑시다."

한 대원은 커다란 오색 꽃을 피운 풀꽃으로 달려갔다. 털이 복슬복슬한 다람쥐 비슷한 동물을 잡은 대원도 있었다. 지구의 어떤 동물보다도 귀여웠다. 애완용으로 더할 나위 없었다.

고고학을 전공한 대원은 산기슭에서 오래된 유적을 발견하고 환호성을 질렀다. 대리석으로 지어진 폐허 곳곳에 황금으로 만든 조각품이 늘어서 있었다. 고고학 자료로도 훌륭하지만 미술품으로서도 대단한 가치를 지닌 것임을 한눈에 알 수 있었다.

산속 동굴 안으로 조심스럽게 들어간 대원은 그곳에서 방사성 광물을 발견했다. 그 상태 그대로 추진 연료로 쓸 수 있을 만큼 순도가 높았다. 이걸 보충하면 지구로의 귀환을 한층 앞당길 수 있다.

하늘에는 목소리 고운 작은 새들이 지저귀고 밤이 되면 풀숲의 벌레들이 은방울을 흔드는 소리로 울었다. 지구의 사계절 중 좋은 점만 모아놓은 듯한 풍경이었다. 나무에는 맛 좋은 과일이 열리고 맑은 시냇물에는 수많은 물고기가 떼 지어 있었다. 게다가 강바닥에는 지구에서는 나지 않는 큼직한 보석들이 반짝이며 흩어져 있었다.

대원들의 보고를 듣고, 대장이 한숨을 내쉬었다.

"믿을 수 없군. 모든 것이 갖춰져 있는데 주민이 아무도 없다니. 게다가 꿈이나 환각이 아니라 전부 진짜라니."

다들 우주선 안에 온갖 것들을 실어 날랐다. 실을 수 있는 만큼 실은 후 대장이 출발 명령을 내리려던 순간이었다.

푸른 하늘의 구름 사이에서 지금껏 본 적 없는 형태의 작은 우주정이 빠른 속도로 내려왔다. 그리고 지구인의 우주선에 말을 건넸다.

"잠깐 기다려 주십시오."

그 말을 듣고 모두가 깜짝 놀랐다. 하지만 응답하지 않을 수 없었다. 대장은 조심스럽게 되물었다.

"지구의 우주정이 아닌 것 같은데 어떻게 우리 말을 아는 겁니까?"

우주정에서 들려오는 목소리가 이유를 설명했다.

"고성능 장비로 상공에서 여러분의 말을 듣고 그걸 분석했습니다. 우리의 과학력은 매우 뛰어납니다. 마음만 먹으면 여러분의 우주선 정도는 순식간에 재로 만들 수도 있습니다."

"그래서, 대체 무슨 일로 오신 겁니까."

"우주선 안을 조사하게 해주십시오."

거절했다가는 무슨 일을 당할지 모른다. 대장이 허

락하자 우주정은 경쾌하게 착륙했다. 두 명의 외계인이 우주선 안으로 들어왔다. 강력한 과학 무기를 가진 존재치고는 의외로 정중한 태도였다.

그들은 우주선 내부를 조사한 뒤 대장에게 말했다.

"그럼 대금을 지불해 주십시오."

"대금? 우리가 이 무인 행성에서 채집한 겁니다. 그런 걸 요구받을 이유가 없잖소."

대장은 고개를 저었지만 외계인들은 어이없다는 듯이 대답했다.

"그런 순진한 말씀을 하시면 곤란하죠. 이런 별이 그냥 굴러다닐 리가 없잖습니까. 이 별은 저희가 만든 셀프서비스 마켓입니다. 고객님 중심의 쾌적하고 청결한 분위기를 모토로 하고 있지요."

"그런 줄은 몰랐습니다."

모두가 저도 모르게 서로의 얼굴을 바라보았다.

"그보다 챙겨 오신 물건들 말입니다만, 구매하시겠습니까, 아니면 돌려놓으시겠습니까?"

사정은 알았지만 도저히 다시 돌려놓고 싶지 않은 물건들뿐이었다. 대장은 조심스럽게 말했다.

"물론 다 사고 싶습니다. 하지만 대금이 준비되지

않았습니다."

"원래 현금 거래가 원칙이지만 여러분은 이번이 첫 방문이니까요. 이번만은 차용증으로 처리해드리죠."

결국 대장은 차용증을 쓰게 되었다.

"이러면 되겠소?"

"예, 아주 좋습니다. 머지않아 여러분의 지구라는 별에도 상품을 납품하겠습니다. 풍부한 상품을 아무렇지 않게 진열해 두고, 집어가지 않고는 못 배기게 만드는 것이 저희 판매의 비결이지요. 덕분에 앞으로 더욱 번창할 것 같습니다. …감사합니다, 또 찾아주세요."

외계인의 배웅을 받으며 대원들은 복잡한 표정으로 우주선을 이륙시켰다. 그리고 지구를 향해 귀로에 올랐다.

지점

    사업가 M씨는 신형 스포츠카를 몰고 교외로 나섰다. 그렇다고 차의 승차감을 즐기려는 것도 아니고 번잡한 도심의 일상에서 잠시 벗어나 머리를 식히려는 것도 아니었다. 오래전에 구입하고 그대로 방치해둔 건물을 보러 가는 것이 목적이었다.

    예전 의리 때문에 친구에게서 억지로 떠맡다시피 한 작고 낡은 공장이다. 수지가 맞는 사업이 떠오르지 않아 줄곧 방치해둔 상태였다. 경비도 두지 않았다. 경비를 고용하면 돈이 들고 안에는 기계는커녕 도둑맞으면 곤란할 물건 따윈 하나도 없기 때문이다.

"차라리 불이라도 나서 다 타버리면 좋을 텐데. 그러면 새로 짓기 전에 철거하는 수고를 덜 수 있을 테니까."

M씨는 그렇게 중얼거리며 차를 몰았다. 이윽고 숲속에 오래된 건물이 보였다. 아쉽게도 불에 탄 흔적은 없었다. 그는 좁은 길로 접어들어 건물 옆에 차를 세웠다. 오랫동안 관리하지 않은 채 풍우에 시달린 목조 건물은 지저분하고 당장이라도 무너질 것 같았다.

M씨는 어떻게 신축하면 좋을지 설계도를 이리저리 머릿속에 그리며 잡초가 무성한 부지 안을 돌아다녔다.

그리고 갑자기 발걸음을 멈췄다. 아무도 없어야 할 건물 안에서 한 인물이 나타난 것이다. 그 인물은 두 손을 높이 쳐들고 심호흡 같은 동작을 하기 시작했다. M씨는 의아해하며 소리쳤다.

"이봐."

"뭡니까."

상대가 뒤를 돌아보았다. 붉은 얼굴에 중절모를 쓰고 망토를 걸치고 있었다. 그 차림새로 보아 노숙자가 멋대로 들어와 눌러앉은 것 같지는 않았다. 하지만 정체를 짐작하기도 어려웠다. 굳이 상상하자면 몰래 연습 중인 알코올 중독의 마술사쯤으로 보일 법한 차림새였지만 술 냄새는 나지 않았다. M씨가 물었다.

"이 건물에서 뭘 하는 거지?"

"뭘 하든 무슨 상관입니까."

상대는 무뚝뚝한 말투로 대답했다. M씨는 조금 화가 났다.

"상관있지. 이 건물은 내 소유야. 다 허물어져 가긴 하지만 무단으로 드나드는 것도 모자라서 그딴 식으로 당당하게 나오면 곤란하지."

"그건 몰랐습니다. 비어 있길래 잠깐 사용한 것뿐입니다. 주인께서 사용하실 거라면 바로 나가겠습니다. 용서해 주십시오."

상대의 말투가 한층 공손해졌다. 하지만 M씨는 계속 트집을 잡았다.

"용서해달라는 건 좋은데 인사할 땐 모자 정도는 벗는 게 예의지. 망토를 두른 채 사과하는 것도 예의에 어긋나지 않나?"

"하지만 이건 좀…."

상대는 뭔가 난처한 듯이 보였다. M씨는 더욱 기

세등등해졌다.

"자, 모자와 망토를 벗어봐."

"네….."

상대는 마지못해 지시를 따랐다. 그 모습을 본 M씨는 비명을 질렀다. 상대의 머리엔 두 개의 뿔이 돋아 있고 불그스름한 몸에는 호랑이 가죽으로 만든 팬티한 장만 달랑 걸치고 있었다.

"이런 곳에서 가장행렬을 마주칠 줄이야. 대체 무슨 장난이지."

"장난이 아닙니다. 진짜입니다. 진짜 도깨비입니다."

유심히 살펴본 M씨는 그 말이 거짓이 아님을 깨달았다.

"과연, 소문으로 듣던 도깨비가 맞는 것 같군. 근데 왜 이런 곳에 있는 거지? 아, 혹시 절분(節分. 일본의 전통 명절. 입춘 전날. 이날 밤에는 악귀를 쫓기 위해 "귀신은 밖으로, 복은 안으로"를 외치며 콩을 뿌리는 풍습이 있다) 때 콩에 쫓겨서 이곳에 몸을 숨겼나?"

"아뇨, 아닙니다. 저는 그런 이승을 떠도는 도깨비가 아닙니다. 안심하십시오."

"그럼 어떤 도깨비지?"

"지옥의 도깨비입니다."

"지옥의 도깨비라고? 더 위험하잖아. 그런데 지금 여기 있으면서 이승을 떠돌지 않는다고 하고, 지옥의 도깨비라면서 안심하라니 앞뒤가 안 맞잖아. 변덕쟁이 도깨비인가. 아니면 스파이?"

M씨는 공포와 혼란, 불안이 뒤섞인 목소리로 말했다. 이런 상황이면 누구라도 그럴 법하다. 그러나 도깨비는 예의 바르게 해설을 덧붙였다.

"지옥의 도깨비는 살아 있는 사람에게는 손을 쓸 수 없습니다. 그래서 안심하라고 말씀드린 겁니다. 그래도 무단으로 건물을 썼으니 집세에 해당하는 것을 지불하고 즉시 장소를 옮기겠습니다."

고개를 숙이는 도깨비를 보고 M씨는 다소 안심했다. 그러자 억눌려 있던 호기심이 다시 솟구쳤다.

"어차피 쓰지도 않는 건물인데 집세는 필요 없습니다. 대신 여기서 뭘 하고 있었는지 말해주십시오."

"그건 좀…"

"하지만 남의 건물을 무단으로 사용한 거잖습니까. 그 정도는 주인에게 보고하는 게 당연하지 않습니까?"

상대가 얌전하게 나오자 M씨는 또다시 기세등등해서 강하게 요구했다. 그러자 도깨비가 말했다.

"그렇다면 당신에게만 말씀드리죠. 비밀로 해주셔야 합니다."

"약속은 지키죠. 어기면 내 혀를 뽑아도 좋습니다."

"혀는 필요 없습니다. 게다가 다른 사람한테 떠들어 봤자 누가 믿겠습니까."

"쓸데없이 뜸 들이지 말고 어서 말해보세요."

도깨비는 목소리를 낮추어 말했다.

"실은 요즘 지옥으로 보내야 하는 망자들이 급격히 늘고 있습니다. 지금 있는 장소와 시설로는 도저히 감당이 안 될 정도입니다. 그래서 이승의 일부를 빌려 그들을 처리를 하고 있습니다. 말하자면 지점이라고 할 수 있죠."

"어떻게 운영하는 겁니까? 안을 보여주시죠."

"그건 좀…."

도깨비는 또다시 곤란한 표정을 지었다. 하지만 M씨는 단념할 생각이 없었다.

"뭐 어때. 게다가 이건 내 건물입니다. 내가 못 들어갈 이유는 없습니다."

"알겠습니다. 설마 건물주가 나타날 줄이야. 주의가 부족했던 모양입니다…."

도깨비는 할 수 없이 앞장서서 건물 안으로 들어갔다. M씨도 그 뒤를 따랐다. 그리고 눈앞에 펼쳐진 기이한 광경에 순간 걸음을 멈췄다. 그곳에는 도깨비의 부하인 듯한 도깨비들 몇몇이 망자들을 감독하고 있었다. 부하 도깨비라고 판단한 이유는 뿔이 하나였기 때문이고 망자라고 판단한 이유는 세상에서 가장 처량한 표정을 짓고 있었기 때문이다. 아마도 틀린 판단은 아닐 것이다.

"이 남자들은 뭘 하는 겁니까?"

M씨가 가까이에 있는 무리를 가리키며 물었다. 인감 하나만 덩그러니 놓인 책상이 둥글게 나열되어 있었다. 망자들은 손에 종이를 들고 그 책상들을 차례차례 돌며 도장을 받았다. 자세히 보니 그들은 손에 든 종이에 책상의 도장을 찍고 다음 책상으로 가서 또 같은 작업을 끝없이 반복하고 있었다.

종이에 도장이 가득 차면 그걸 감독하는 도깨비에게 건넨다. 도깨비가 고개를 끄덕이며 받는 것을 보고 M씨도 덩달아 안도했지만 그것으로 끝이 아니었다.

도깨비는 도장이 가득한 종이를 찢어버리고 다시 새 백지를 건넨다. 망자는 다시 줄로 돌아가 끝없이 무리를 따라 돌기 시작한다.

이 무의미하기 짝이 없는 작업은 오래전부터 계속되어 왔는지 망자들은 모두 지쳐 있었다. 뿔이 두 개 달린 도깨비는 딱히 동정하지 않는 말투로 설명했다.

"생전에 공무원이었던 자들입니다. 그 벌을 받고 있는 거죠. 민간인들에게 저쪽 부서로 가라, 이쪽에서 도장 받아와라 하고 뺑뺑이를 돌린 업보입니다."

"장난 아니군. 언제까지 계속해야 합니까?"

"물론 생전에 저지른 횟수만큼이죠."

"그렇군요. 그래도 도장이라 그나마 다행이네요. 사인이었으면 더 괴로웠을 텐데…."

M씨는 묘한 부분에서 감탄하며 이번엔 다른 무리를 살펴보았다. 이번에는 여성들이 많았다. 뭔가 호소하는 것 같았지만 목소리가 쉬어서 잘 들리지 않았다. 겨우 "물 좀 주세요"라는 말임을 알아차리고 M씨는 도깨비에게 항의했다.

"저들은 왜 저러는 거죠? 다들 물을 달라고 괴로워하는데. 갈증으로 괴롭히는 건 너무 잔인하잖습니까.

그야말로 지옥이군…. 아, 그러고 보니 여기는 지옥의
일부였지."

"지옥은 결코 잔인한 곳이 아닙니다. 잔인한 건 오
히려 저 자들이죠."

"저 여자들은 대체 무슨 악행을 저지른 겁니까? 남
자도 조금 섞여 있는 것 같은데."

"대부분 레스토랑에서 일하던 웨이트리스입니다.
손님이 물을 달라고 부탁해도 못 들은 척하고 질질 끌
다가 뒤늦게 가져다줬죠. 그 지체된 시간의 총합에 해
당하는 기간 동안 여기서도 물을 주지 않는 겁니다."

"듣고 보니 합리적인 것 같기도 하군요."

"그렇습니다. 이승이 좀 더 합리적으로 돌아간다면
저희도 편할 텐데 말이죠. 그 여파는 전부 도깨비들의
노동에 전가됩니다. 생전에 저지른 죄를 모두 탕감하
고 망자들을 극락으로 보내기 위해 이렇게 뒤치다꺼
리를 하는 도깨비 입장도 좀 생각해 주세요."

도깨비는 조금 슬픈 목소리로 말했다. M씨는 동정
심을 느꼈다.

"'도깨비 눈에도 눈물'이란 속담이 있는데 이런 식
으로 들어맞을 줄은 몰랐네."

"정말 울고 싶어질 때도 있습니다. 저기 끼어 있는 남자들도 보십시오. 저들은 수 관련 공무원이었습니다. 저들을 성불시키는 데 얼마나 시간이 걸릴 것 같습니까?"

M씨는 고개를 끄덕이며 망자들과 도깨비 양쪽 모두에서 시선을 돌렸다. 그러자 또 다른 무리가 눈에 들어왔다. 그들은 의자에 앉아 수신기를 귀에 대고 있었다. 무선 기술자 같은 모습이었지만 음악을 듣고 있는 것 같지는 않았다.

"저 사람들은 뭐 하는 사람들이지? 수신기를 억지로 귀에 대고 있는데. 표정이 아주 안 좋아 보여."

"아, 저들 말입니까. 각자 듣고 있는 게 다릅니다. 첫 번째 줄 남자들은 젊었을 때 오토바이 마니아로 엄청난 폭음을 뿌리고 다녔던 사람들이죠. 그 소리를 녹음한 것을 지금 듣고 있는 겁니다."

"정말 괴롭겠네."

"음량을 두 배로 키우고 들으면 기간을 절반으로 줄여줄 수 있는데 다들 싫다더군요."

"다음 줄은…."

"보험 판매원, 그다음은 신문 권유원. 그 옆은 건축

업자. 실력 없는 음악가도 있습니다."

"선거철에 이름을 연호하던 인간들은 없습니까?"

문득 생각난 M씨가 도깨비에게 물었다. 그 인간들의 얼굴도 꼭 보고 싶었지만 그 소원은 이뤄지지 않았다.

"연호만 한 사람들은 여기 오긴 하는데 보통 정치 관련 인사들은 따로 모아서 특수한 방법으로 처리합니다. 너무 복잡하고 강렬해서 저처럼 단순하고 착한 도깨비는 감당할 수가…."

도깨비는 몸을 부르르 떨며 말로 형언할 수 없는 표정을 지었다. M씨는 저도 모르게 눈을 감았다. 괜히 묻지 않는 게 낫겠다. 괜히 설명이라도 들었다가는 자신도 기절할지 모른다.

M씨는 질문을 그만두고 주변의 다른 무리들을 둘러보았다. 어떤 망자는 받침대 위에 올라가서 이리저리 흔들리고 있었다. 잠깐이라면 몰라도 오래 지속되면 정말 견디기 힘들 것 같았다. 혹시 도로공사 책임자였던 걸까.

플라스틱 상자에 갇혀 연기 고문을 당하는 망자도 있었다. 금연 구역에서 담배라도 피운 모양이다. 또 어떤 장치인지는 모르지만 바닥의 담배꽁초를 계속 주워야 하는 사람도 있었다. 그 꽁초들은 버섯처럼 주워도 주워도 끊임없이 솟아났다.

머리를 계속 꾸벅꾸벅 숙이는 남자도 있었다. 생전에 꽤나 거드름을 피우던 놈들이 분명하다. 옆의 계기판은 그가 고개를 숙일 때마다 숫자가 올라가고 있었다. 숫자는 이미 여덟 자리를 헤아리고 있었지만 남자는 앞길이 까마득한 듯한 표정이었다.

"정말 힘들겠군요."

M씨가 한숨을 내쉬자 그를 안내하던 단순한 도깨비는 그 말을 자신에게 향하는 위로인 줄 알고 대답했다.

"정말 힘들어 죽겠습니다. 선생님은 어떻습니까. 제발 저희 일거리를 늘리지 말아주세요."

M씨는 슬쩍 스스로를 돌아봤다. 관료가 아니라 사업가라서 다행이다. 게다가 딱히 거드름을 피우는 성격도 아니다. 에티켓도 잘 지키는 편이고 남에게 피해 준 적도 없다. 스포츠카도 조용히 운전한다. 아까 도깨비에게 따지긴 했지만 무단 사용을 지적한 거니까 뭐 괜찮겠지.

"괜찮은 것 같습니다."

"앞으로도 그러시길 바랍니다. 그럼 저희는 이 장소에서 철수하겠습니다. 지금까지 사용하게 해주셔서 정말 감사했습니다. 어디 폐광이라도 찾아서 거기로 옮기도록 하죠."

도깨비는 다시 한번 정중히 인사했다. M씨는 잠시 생각하다가 그들을 붙잡았다.

"아니, 굳이 서두르실 필요 없습니다. 당분간 이대로 쓰셔도 괜찮습니다."

"그래주시면 고맙죠. 설마 저희에게 협력해주실 줄은 몰랐습니다. 워낙 지옥이 넘쳐나서 새 장소를 찾는 것도 정말 힘든 일이거든요."

뜻밖의 제안에 도깨비들은 매우 기뻐했다. 하지만 M씨는,

"아니, 협력하겠다는 뜻은 아닙니다. 그저 이 건물을 사용할 계획을 다시 검토해 보려는 것뿐입니다…."

하고 말끝을 흐렸다.

도깨비들과 헤어져 낡은 건물을 뒤로하고 도시를 향해 차를 몰며 M씨는 혼잣말을 중얼거렸다.

"계획은 중지하는 게 좋겠군. 저곳에 TV 광고 제작

전용 스튜디오를 지으려고 했는데. 그랬다가는 죽은
뒤 성불하려면…."

기분 보장 보험

아침. 침대에서 일어난 N씨는 미간을 찌푸리며 잠시 고개를 갸웃거렸다. 뭔가를 떠올리려는 듯했다.

이윽고 가볍게 고개를 끄덕였다. 드디어 무언가 생각난 모양이다. 그는 전화기를 끌어당겨 어떤 번호로 전화를 걸었다.

수화기 너머 예의 바르고 정확한 어조의 응답이 들려왔다.

"네, 안녕하세요. 만능생활보험회사입니다. 먼저 보험증서 번호를 말씀해 주십시오. 그리고 용건을 말씀해 주세요."

N씨는 이미 외워두었던 자신의 증서 번호를 빠르게 말했다. 이어서 불만스러운 목소리로 불평을 쏟아냈다.

"어젯밤에는 제대로 잠을 잘 수가 없었어. 이것저것 생각해봤는데 원인을 알 것 같더군. 이게 다 길고양이가 밤새 이 근처를 어슬렁거리며 울어댔기 때문인 것 같아. 정말 짜증나."

"정말 그러셨겠네요. 많이 짜증나셨죠. 진심으로 위로의 말씀 드립니다."

"어떻게 해줄 거지?"

"네, 그 고양이의 위치를 알려주시면 바로 포획 담당자를 보내드리겠습니다. 그리고 다시는 그런 문제가 없도록 조치하겠습니다만…."

"그 고양이가 어디 갔는지 이제 와서 어떻게 알아. 게다가 지금 잡아봤자 이미 늦었어. 불쾌한 감정은 지울 수 없으니까."

"그렇다면 그 불쾌함에 상응하는 금액을 지급해 드리겠습니다. 그것으로 용서해주시겠습니까?"

"좋아, 봐주지."

"감사합니다. 즉시 고객님의 은행 계좌로 송금해 드

리겠습니다. 5분 뒤에 은행에 전화해 확인해보십시오."

"아니, 그 점은 믿고 있어. 지금까지 송금이 틀리거나 늦은 적은 없으니까."

"신뢰해 주셔서 감사합니다. 저희 회사는 신속, 정확, 그리고 봉사를 신조로 삼고 있습니다. 생활에 불만이 생기시면 언제든 바로 연락 주세요…."

"그래."

N씨는 개운한 표정으로 전화를 끊었다. 그는 기분좋게 간단한 아침을 먹으며 벽에 걸린 달력을 바라보다 혼잣말을 중얼거렸다.

"만능생활보험에 가입한 지 벌써 두 달이 됐군. 처음 권유받았을 때는 꽤나 망설였는데 그래도 가입하길 잘한 것 같아. 생활의 자잘한 불만이 즉시 해결되잖아? 하룻밤은커녕 5분도 참을 필요 없지."

N씨는 커피에 설탕을 넣어 젓다가 다시 얼굴을 찌푸렸다. 도자기 설탕 그릇에 그려진 무늬가 아주 조금 벗겨진 것을 발견한 것이다.

그는 즉시 전화기를 들었다.

"네, 만능생활보험회사입니다…."

익숙한 목소리가 정중하게 응답했다. N씨는 증서

번호를 말한 뒤,

"반년쯤 전에 산 설탕 그릇 말인데…"

"알겠습니다. 원인이 가입 이전의 일이라도 저희는 거절하지 않습니다. 무슨 일이 있으셨습니까?"

"벌써 무늬가 벗겨지기 시작했어. 마음에 안 들어. 이렇게 조악한 물건을 만들어 팔다니 상도덕에 어긋나는 일이야. 정말 괘씸해."

"그러게 말입니다. 구매하신 날짜와 가게를 알려주시면 저희가 대신 관련자에게 엄중히 항의하겠습니다."

"반년 전이라 기억이 안 나."

"그렇다면 그 제품에 해당하는 금액을 저희가 대신 지급해 드리겠습니다. 그러면 되겠습니까?"

"좋아. 뭐, 그 정도로 참아주지."

N씨는 상쾌한 기분으로 출근했다.

출근 도중 N씨는 공중전화에 뛰어들었다.

"네, 만능생활보험……"

"지금 출근길인데, 실은 전철 안에서 옆에 미인이 앉았거든. 몇 번이나 윙크를 했는데 전혀 반응이 없었어."

"그러셨군요. 많이 속상하셨겠네요. 그 여성의 주소나 성함을 알려주시면 의사를 전달해드리겠습니다. 다만 연애에 관해서는 상대방에게 강요할 수는 없습니다. 이는 계약 시 약관에 명시된 부분입니다만…."

"알아. 하지만 정신적으로 상처를 받았어."

"그렇다면 저희가 그에 해당하는 위자료를 지급해 드리겠습니다. 어떠신지요?"

"그래, 좋아."

하루 일을 마치고 회사에서 돌아오는 길에 , N씨는 또다시 공중전화 박스에 들어갔다.

"네, 만능…."

"회사에서 나오려는데 상사가 불러 세워서 혼났어. 업무 효율이 나쁘다더군. 나도 내가 별로 유능한 사원이 아니라는 건 알아. 그래도 상사한테 혼나는 건 일종의 정신적 고통 아니겠어?"

"물론이지요. 위로의 의미로 보험금을 지급해 드리겠습니다. 부디 그 돈으로 바에라도 들러 기분을 푸시기 바랍니다."

"좋아, 그러지."

하지만 전화를 끊은 N씨는 결국 바에 들르지 않았다.

은행 계좌에 속속 입금되는 돈을 술이나 여자 따위에 낭비할 생각이 들지 않았던 것이다.

N씨는 집에 돌아와 다시 전화기를 들었다. 이토록 성실하고 의지가 되는 말동무는 없다. 그가 마침 독신이기 때문이기도 했지만 설령 독신이 아니었어도 마찬가지였을 것이다.

길가에 떨어진 누군가가 버린 담배꽁초, 가게 간판에서 발견한 오탈자. 그는 이 두 가지 문제를 지적하며 정신적으로 얼마나 불쾌했는지 마음껏 하소연했다. 상대는 진심으로 공감해주고 보험금 지급에도 동의해주었다.

N씨는 신문을 보며 저녁 식사를 시작했다. 그리고 중간에 얼굴을 찡그리며 고민하다가 이대로는 소화에 안 좋을 것 같아 전화를 들었다.

"여보세요. 저녁 신문 봤어?"

"네, 무슨 일인가요? 뭔가 기분 상하는 일이 있으셨습니까?"

"아, 내가 응원하는 야구팀이 져버렸어."

"안타깝군요. 내일은 반드시 이길 수 있도록 함께 기도하겠습니다. 하지만 오늘 일은…."

"그리고 사회면 말인데, 교통사고가 두 건 정도 있었다고 하더군."

"네, 그런 것 같더군요."

"이것도 다 정부가 대처를 제대로 안 해서 그래. 왜 안전시설에 만전을 기하지 않느냐 말이야. 정치적인 문제 때문에 국민들을 위험에 빠뜨리다니 도저히 용서할 수 없어."

"지당하신 말씀입니다. 분노하시는 게 당연하죠."

"짜증나."

"그에 상응하는 금액을 즉시 지급해 드리겠습니다. 부디 그걸로 마음을 가라앉히시기 바랍니다."

"좋아."

N씨는 기분을 고쳐먹고 기분 좋게 식사를 계속했다. 만약 이 보험에 들지 않았다면 짜증을 내며 저녁 식사를 했을 것이다. 그런 일들이 쌓이다 보면 소화기 질환이 생겨서 수명이 줄었을지도 모른다. 정말 훌륭한 보험이다.

N씨는 저녁 식사를 마치고 잠시 TV를 시청했다.

그리고 그동안 두 번 정도 전화를 걸었다. 한 번은 드라마에서 사람이 너무 많이 죽는다고, 한 번은 사람이 너무 안 죽는다고 각각 불만을 털어놓았다.

깊은 밤 침대에 눕기 전, N씨는 하루의 마지막 전화를 걸었다.

"이제 자려던 참이야. 요즘 문득 생각해 보면 몇 년 전보다 젊음이 좀 줄어든 것 같아."

"그 슬픔에는 무조건 공감합니다. 나이를 먹는 것은 예전부터 인생에서 가장 괴로운 일 중 하나로 손꼽혔지요."

"어쩔 수 없는 일이지만 생각날 때마다 너무 슬퍼."

"돈으로 환산할 수 있는 문제는 아니지만 일단 저희 회사의 규정에 따라 정해진 금액으로 위로를."

"참을게."

N씨는 전화를 끊으려고 했지만 상대방은 말을 멈추지 않았다.

"주무시기 전에 혹시 말씀 못 하신 불만이 남아 있지 않은지, 번거로우시겠지만 한 번 더 확인해주시겠습니까? 저희 회사는 어떤 불만도 접수해드리고 있습니다. 어떤 대상이라도 상관없이…."

"글쎄…. 아, 없진 않아. 만능생활보험은 정말 서비스가 철저하군. 왜 좀 더 일찍 권유하러 오지 않았는지 불평하고 싶네."

"죄송합니다. 저희 회사에 대한 불만도 처리하고 있습니다. 그럼, 방금 말씀하신 불만에 대해서도…."

N씨의 하루는 이렇게 끝난다. 다음 날도, 그 다음 날도….

그리고 월말. N씨는 은행에 들러 그동안 쌓인 금액을 흐뭇하게 바라본다. 그 다음 그 금액을 전부 인출하고 자신의 월급 중 상당한 액수를 보태서 보험료를 납부했다. 이제는 그의 삶의 보람이 된 이 지출을 위해….

말할 것도 없이 그것은 바로 만능생활보험회사에 내는 보험료였다.

책 임 자

"무슨 일이 있어도 공사를 서두르라는 본사의 명령이다. 좀 더 속도를 내라. 만약 늦어지기라도 하면 내가 책임을 져야.하니까."

S씨가 초조한 말투로 말했다. 이곳은 깊은 산속. 하지만 지금은 도로 건설이 진행 중이다. 그는 다이너마이트와 불도저 소리가 메아리치는 그 현장의 책임자였다. 요즘 들어 공사 진행이 자꾸 예정보다 늦어지고 있었다.

"실은 그게….."

부하 중 한 명이 머뭇머뭇 입을 열었다. S씨는 몸을

앞으로 내밀었다.

"뭐야. 철거를 반대하는 사람이라도 나타났나?"

"비슷하긴 한데 상대가 좀 골치 아픕니다."

"누군데."

"요 앞 산중턱에 동굴이 있습니다. 괴물이 산다는 전설이 있어서 모두가 꺼려하며 일하기를 주저하고 있습니다."

"터무니없는 소리군. 아래 계곡물로 머리 좀 식히고 오라고 해."

"저도 처음에는 그렇게 생각했습니다만….."

"무슨 할 말이라도 있나?"

"동굴 안쪽에서 실제로 정체를 알 수 없는 소리가 들려옵니다. 저도 들었습니다. 허연 형체를 본 사람도 있습니다. 어떻게 할까요."

"어쩌긴 뭘 어째. 다 기분 탓이지. 좋아, 그래도 다들 무섭다니 스님이라도 불러서 성대하게 제사를 올리도록 하지. 쓸데없는 짓 같긴 하지만 잘하면 경비로 처리할 수 있을 거야."

즉시 준비가 갖추어졌다. 동굴 앞에 꽃과 제물을 바치고 S씨를 비롯한 공사 관계자, 그리고 마을 사람들이 줄지어 참석했다.

가까운 절에서 모셔온 나이 지긋한 주지스님이 엄숙하게 경을 읊었다. 향에서 피어오른 연기가 동굴 안으로 흘러 들어갔다. 떠도는 영혼이라면 이걸로 만족하고 성불할 것이다.

하지만 기대대로 흘러가지는 않았다. 그때 동굴 안에서 그것이 나타난 것이다. 머리를 풀어헤치고, 다리는 없고, 색은 투명할 정도로 하얗고, 얼굴은 추악하기 그지없다. 묘사하자면 정말로 이 세상 것이 아니라고 할 수밖에 없는 모습이었다. 물론 유령이니까 당연하지만….

공포에 질린 누군가가 반사적으로 돌을 던졌다. 돌은 명중했지만 아무런 영향도 주지 못했다. 투명할 만큼 하얀 몸을 말 그대로 통과해버린 것이다. 아무래도 유령이 틀림없었다.

대부분은 저도 모르게 눈을 감았지만 그것만으로는 공포를 지울 수 없었다. 유령이 소리를 낸 것이다. 그것도 커다란 웃음소리를.

모두가 기겁했다. "원통하다"라고 한다면 차라리 각오는 되어 있을 텐데. 저렇게 끝도 없이 웃어대다니

원칙에 어긋난다.

주지스님은 귀가 어두운데다 직업상 도망칠 수도 없었다. 향을 마구 피우고 목탁을 두드리며 더욱 큰 소리로 독경을 읊었다. S씨를 비롯해 모두가 염불이며 주문이며 생각나는 모든 기도문을 외쳤다. 기묘하고도 장엄한 대합창이었다.

하지만 유령의 웃음소리는 더욱 커져만 갔다. 공포는 이윽고 분노로 바뀌었다. 다들 이렇게 열심히 성불을 시켜주려 하고 있는데 고마워하기는커녕 큰 소리로 비웃다니. 무례하기 짝이 없다.

책임자인 S씨는 용기를 내서 말을 걸어보았다.

"무슨 미련이 남아 유령이 된 겁니까? 뭐든 원하는 대로 해드릴 테니 말씀해보십시오."

하지만 대답은 돌아오지 않았다. 상대는 아무런 대답도 없이 그저 계속 웃기만 했다. 한밤중에 나타나는 구슬픈 유령이 오히려 그립게 느껴질 지경이었다.

대낮부터 나타나서 웃기만 하는 유령이라니 지금껏 들어본 적도 없다. 게다가 왜 웃는지 이유조차 알수 없다. 인간에게 이만큼 불쾌한 일은 없다.

상대는 전혀 사라질 기미를 보이지 않았다. 결국 모

두가 도망치듯 현장을 떠날 수밖에 없었다.

S씨는 머리를 싸맸다.

"이 비상사태를 본사에 알렸지만 전혀 믿어주질 않아. 귀신놀음 그만하고 빨리 공사나 하라더군. 본사에서도 비웃고 유령도 비웃고. 중간에 끼어서 울고 싶은 심정이야. 어떻게든 저걸 성불시킬 방법은 없나."

부하 중 한 명이 아이디어를 냈다.

"보아하니 혹시 살아생전 실컷 웃지 못한 게 한이 된 것 아닐까요. 풍악을 울리면서 신나는 축제라도 벌이는 건 어떨까요. 어쩌면 만족하고 떠날지도 모릅니다."

"음, 일리 있는 생각이군."

S씨는 그 제안을 실행에 옮겼다.

때 아닌 축제였지만 피리 소리와 북 소리가 흥겹게 울려 퍼졌다. 마을 사람들은 갖가지 탈을 쓰고 급조한 무대 위에서 춤을 췄다. S씨 일행도 함께 어울려 춤을 췄다.

하지만 그것도 오래 가지 못했다. 또다시 유령이 나타난 것이다. 공포란 익숙해지면 의외로 쉽게 극복할 수 있다. 하지만 아무 이유도 없이 깔깔대며 비웃음을 당하는 건 도저히 참기 힘들었다. 웃게 만드는 것이 목적이라 해도 기분이 언짢았다. 도무지 효과는 없고 지치기만 했기에 결국 이 계획은 중단되었다.

"글렀군."

S씨는 한숨을 내쉬었다. 다른 부하들도 저마다 의견을 내놓았다.

"어쩌면 귀가 먼 유령일지도 모릅니다."

"아니, 아마 종파가 다르겠죠. 특정 종교만 통하는 것 아닐까요."

온갖 의견이 나왔지만 일일이 검토할 여유는 없었다. 어쨌든 서둘러 공사를 진행해야했기 때문이다.

떠오른 아이디어는 모조리 시도해봤다. 수화로 축문을 올릴 수 있다는 신관을 가까운 마을에서 모셔오기도 하고 조금 떨어진 동네에서 교회 목사님을 초빙하기도 했다.

유령 퇴치 주술을 안다는 수상쩍은 기도사들도 소문을 듣고 찾아왔다. 또 통신강좌로 최면술을 공부했다는 청년도 유령 앞에서 이상한 손짓을 해댔다. 아마도 보수가 목적일 것이다.

마냥 저자세로 나갈 필요는 없다는 주장도 나왔다. 철골 용접용 화염 발생기나 소화기로 공격해보기도

했다. 공격은 각각 따로, 혹은 동시에 시도되었다. 전자석도 동원됐다. 아무런 이론적 근거는 없지만 살충제까지 뿌려댔다.

하지만 어느 것도 효과가 없었다. 유령은 여전히 조롱하듯 웃음을 멈추지 않았다. 성불할 기색도 전혀 없었다. 뭐가 그렇게 재미있는지는 모르겠지만 비웃음당하는 쪽은 불쾌하기 짝이 없었다.

불쾌한 것뿐이라면 모르겠지만 S씨는 책임자다. 본사의 거센 독촉과 현장 사이에 끼어 그의 고민은 점점 깊어져만 갔다. 마침내 그는 다음과 같은 명령을 내렸다.

"누구라도 좋다. 동굴 안에 들어가서 안쪽을 탐색하고 와라. 비밀을 알 수 있을지도 모른다. 상금은 얼마든지 주겠다."

용기 있는 지원자들이 몇 명 나타났다. 상금에 눈이 멀어 목숨 아까운 줄 모르는 자들은 아니었다. 불쾌한 유령이지만 지금까지의 태도를 볼 때 사람을 해치지는 않는다고 판단했기 때문이었다.

그들은 한 기술자의 인솔 하에 각자 무기를 들고 동굴 안으로 들어갔다. 사실 무기 같은 건 아무 의미도 없지만 맨손으로 가기는 허전했던 모양이다.

그리고 그들은 돌아와서 보고했다. 기술자가 말했다.

"아무래도 저건 그냥 유령이 아닌 것 같습니다."

"그냥 유령이 아니라면 뭐란 말인가."

S씨가 묻자 기술자는 녹슨 금속 조각 같은 것을 보여줬다. 해독은 불가능하지만 그림 같기도 하고 기호 같기도 하고 글자 같기도 한 것이 적혀 있었다.

"안쪽에서 이런 걸 발견했습니다. 망가져서 거의 형체를 알아볼 수 없지만 우주선의 잔해로 보입니다. 아마도 오래전 어느 별에서 온 우주선이 이곳에 추락했고 그로 인해 동굴이 생긴 거겠지요."

"그럼 저건 외계인의 유령이란 말인가?"

"그럴 겁니다. 저 유령 입장에선, 머나먼 별에서 사고를 당해 죽었으니 죽어서도 미련이 남을 수밖에 없죠. 말이 통하지 않는 것도 무리가 아닙니다. 그 와중에 뭔지도 모를 의식을 치러대니 웃음이 나올 만도 하죠."

"그럼 성불시키려면 어떻게 해야 하지?"

"글쎄요, 그 별에서 믿는 종교로 기도해주면 되겠지만…."

"그걸 알아낼 방법이 없잖아."

S씨는 크게 낙담했다. 한편 본사에서는 더 이상 한 순간의 지체도 용납할 수 없다며 빗발치듯 지령을 보냈다.

그러나 상대는 성불시킬 방법조차 알 수 없는 유령. 그는 책임자로서 이러지도 저러지도 못하는 처지에 빠졌다.

며칠간 잠도 못 자고 고민을 거듭했지만 끝내 묘안은 떠오르지 않았다.

어느 날 밤, S씨는 비틀비틀 걸으며 밤길을 헤매다 발을 헛디뎠다. 하필이면 그곳은 깊은 계곡이었고 아래에는 바위가 있었다. 부딪힌 곳도 좋지 않았다. 결국 그는 그 자리에서 죽고 말았다.

고민에 정신이 팔려 일어난 사고사였을까, 아니면 책임감을 견디다 못해 택한 자살이었을까. 한동안 공사 관계자들의 관심은 이 사건에 쏠렸다.

정신을 차리고 보니 문제의 유령은 그때를 기점으로 더 이상 나타나지 않게 되었다. 불쾌한 웃음소리도 끊겼다.

하지만 안심할 수는 없었다. 그 대신 S씨의 유령이 나타나기 시작한 것이다. 이렇게 말하면서.

"어떠냐, 내가 퇴치했다. 유령을 퇴치할 수 있는 건 유령밖에 없어…."

이어지는 높은 웃음소리. 다시 모든 방법이 동원되었다. 이번에는 지구인 유령이다. 그리 어려운 일도 아닐 텐데 효과는 하나도 없었다.

책임자의 자리에서 고민하다 미쳐버린 사람의 유령. 그런 광기에 찬 유령을 성불시키려면 과연 어떤 묘안이 있을까.

유품

우주선 내부의 스크린에 비친 지구가 점점 커지고 있다. 나는 그것을 바라보며 말했다.

"영화의 피날레라면 여기서 끝이라는 글자가 뜨겠지."

"아아, 그리운 지구다."

동료가 응답했다. 긴장감은 고도가 내려갈수록 서서히 풀려갔다.

갑자기 스크린이 붉게 깜빡이고 경보음이 울렸다. 사고 경보였다. 돌아보니 각종 계기판의 바늘이 죽어가는 곤충의 더듬이처럼 격렬하게 괴로운 듯이 흔들리고 있었다. 나는 소리쳤다.

"뭐지, 이건."

"분사 밸런스가 이상해."

말이 끝나기도 전에 우주선은 나선형으로 추락하기 시작했다

"탈출할까?"

"아니, 어떻게든 될지도 몰라!"

벽면의 파이프를 붙잡고 서로 소리치며 우리는 고장을 수리하기 위해 애썼다. 하지만 그 노력도 무색하게 우주선은 불규칙하게 불을 뿜는 미친 용처럼 몸부림치고 떨며 지상으로 추락했다.

우리가 5개월간의 혜성 조사를 마치고 드디어 착륙하려던 그 순간이었다. 나도, 동료도 둘 다 젊은 학자였다. 단, 차이점이 하나 있었다.

동료에게는 리라라는 연인이 있었고 나에게는 그렇게 부를 만한 존재가 없었다.

나는 리라를 만난 적이 없다. 하지만 그녀에 대해서는 그 어떤 여자보다 자세히 알고 있었다.

좁은 우주선 안에서 둘만의 생활. 조사 틈틈이 그는 늘 리라 이야기만 했고 종종 그녀의 사진을 보여줬

다. 우주에서 보낸 이 5개월 동안 리라는 나의 연인이기도 했다. 지상에 있을 때 사귀었던 몇몇 여자친구들의 모습은 반짝이는 별들에 둘러싸인 시간의 손에 의해 점차 내 머릿속에서 지워졌다.

그리고 잠자리에 들 때, 또 문득 여성에 대해 생각할 때 떠오르는 이미지는 이제 온통 리라의 모습뿐이었다. 갸름한 얼굴, 긴 머리카락, 흰 피부. 나는 리라의 향기조차 알고 있는 듯한 기분이 들었다.

동료는 항상 "어때, 멋진 여자지?" 라는 말과 "내 여자한테 손대면 가만 안 둬" 라는 두 가지 모순된 말을 섞어가며 리라 이야기를 되풀이했다.

나도 "작작 좀 해"와 "설마 네 여자친구한테 그러겠냐" 라는 두 가지 반응을 섞어가며 그 얘기를 들었다. 이 조금 복잡한 기분에 빠지는 것만이 자극 없는 우주선 안에서 유일한 오락거리였다.

"안 되겠다. 이제 그만 탈출하자."

동료가 크게 외쳤다.

"자료는 어떻게 하고."

"이제 틀렸어. 서둘러."

스크린 위에서는 지평선, 구름, 땅, 바다가 정신없

이 뒤엉켜 회전하고 있었다. 이대로 가면 우주선은 구조 신호 전파를 흩뿌리는 불꽃놀이가 되어 곧 바다 속에 처박힐 것이다.

"먼저 간다."

그가 탈출 장치에 들어가서 버튼을 눌렀다. 나도 벽에 부딪히며 다른 탈출 장치로 기어들어갔다. 한쪽 눈으로 확인한 고도계 바늘은 거의 0에 가까웠다. 나는 회전으로 인한 현기증 속에서 겨우 버튼을 눌렀다.

"늦지 않게 탈출할 수 있을까…."

탈출 장치는 나를 격렬하게 외부로 발사했다. 나는 그 충격에 정신을 잃었다.

나는 혜성에 감싸여 있었다. 혜성의 중심 가까이에서 분홍빛 안개가 조용히 일렁였다. 태양은 언제나처럼 타오르듯 눈부시게 빛나는 대신 안개 너머에서 부드럽게 고동쳤다.

그는 어떻게 됐을까. 나는 주위를 둘러보았다. 그리고 안개 속을 헤엄치는 리라를 발견했다. 왜 이런 곳에….

"이봐요."

말을 걸자 리라는 나를 알아보고 대답했다.

"어머."

어떻게 나를 알고 있는 걸까. 가까이 다가올 수록 리라의 모습은 점차 또렷해졌다. 정말 리라일까. 나는 눈을 감았다가 다시 떴다.

밝은 빛이 몰려왔다. 하지만 리라의 얼굴은 분명 그곳에 있었다. 근심을 머금고는 있지만 분명 그녀였다.

"정신이 드셨군요."

옆에서 남자의 목소리가 들렸다. 낯선 목소리였다.

"여기는…."

나는 중얼거리며 마지막으로 버튼을 누른 기억과 이 실내의 모습을 연결했다. 옆에 있는 흰 가운을 입은 남자. 인공적인 정적. 그리고 이 특유의 냄새. 병원으로 실려 왔음을 깨달았다.

"그런데 그 친구는…."

즉각 대답이 돌아오지 않은 것과 리라의 표정이 답을 가르쳐줬다. 나는 한숨과 함께 말했다.

"…나보다 먼저 탈출했는데."

흰 가운을 입은 의사가 설명해줬다.

"그분의 낙하산이 펴지지 않았습니다. 바다에 떨어

졌는데 구조대가 건져올렸을 때는 이미…."

리라는 고개를 숙였다. 하얀 목덜미가 경련하듯 떨렸다. 위로의 말을 쉽게 찾을 수 없어 슬픔 어린 침묵만이 감돌았다. 나는 손을 뻗으려다 오른쪽 어깨의 통증을 깨달았다.

"아, 어깨가…."

"움직이지 마십시오."

의사가 나를 제지하고 왼팔에 주사를 놓았다. 진정제일 것이다. 곧 통증이 가시고 졸음이 밀려와 나와 바깥세상 사이에 불투명한 유리벽을 세우기 시작했다. 그 너머로 멀어져가는 희미한 발소리를 들으며 나는 그것이 리라의 발소리임을 마음에 새겼다.

그 후로 리라는 매일 병문안을 왔다. 슬픔을 달래기 위해서, 또 연인의 추억을 떠올리기 위해서였다.

나도 리라를 기쁘게 맞이했다. 우주에서의 생활을 누구보다 진지하게 들어주었기 때문이다. 다섯 달이나 우주에 있다가 돌아오면 누구나 그 이야기를 하고 싶어 안달이 나기 마련이다. 하지만 그것은 표면적인 이유. 리라는 오래전부터 이미 나의 연인이기도 했다. 이 반성과 우정이 뒤섞인 감정에도 조금씩 익숙해져 갔다.

어느 날, 그녀는 장미꽃을 한 아름 안고 왔다. 머리
맡의 꽃병에 꽃을 꽂는 모습을 보며 나는 말했다.

"이게 그 고심해서 키운 변종이군요."

나는 리라의 장미 취향에 대해서도 너무 많은 것
을 알고 있었다. 다섯 달 동안 온갖 이야기를 들었기
때문이다.

"네. 그렇게 크지는 않지만 색이 예쁘죠? 게다가 향
기가 독특해요."

그녀 또한 초보적인 설명은 생략했고 그것을 이상
하게 생각하지도 않았다. 하지만 내가,

"퇴원하면, 호숫가 근처에서 당분간 요양이나 할
까 봐요."

라고 말하자 리라는,

"그래요. 그게 좋겠어요. 그리고 낚시도 해요, 저번
처럼…."

라고 대답하다가 아차 하고 얼굴을 붉혔다. 사람을
착각한 게 부끄러워서가 아니라 나에 대한 감정이 그
만큼 가까워졌기 때문일 거라고 나는 생각했다.

나는 담당의사에게 오래 전부터 궁금했던 것을 물었다.

"오른팔의 부상은 어떻게 된 겁니까."

"실은 탈출 직후 우주선 본체가 부딪혀 팔이 떨어져 나갔습니다."

그 대답에 나는 내 오른팔을 바라보았다. 붕대로 감겨 있지만 그래도 분명 팔의 형태로 보였다.

"그럼, 의수를 단 겁니까."

"의수가 아닙니다…."

의사는 말하기 난처한 듯했다. 그러나 입을 연 후로는 냉정하게 설명을 이어갔다.

"…생체 접합 연구는 눈부신 발전을 이뤘습니다. 하지만 인간에게는 거의 시도되지 않았죠. 사지를 잃은 사람과 이식해줄 수 있는 사람이 시간상 맞아떨어질 일은 드물기 때문이죠. 하지만 당신은 운이 좋았습니다…."

"그럼 그 친구의…."

"그렇습니다. 하지만 생각해 보세요. 앞으로 불완전한 의수로 살아가는 것과 남에게 받은 것이긴 해도 진짜 팔을 쓸 수 있는 것은 천지차이입니다. 게다가 모르는 사람이거나 싫어하는 사람의 팔도 아니고 함께 우주여행을 했던 친구의 팔 아닙니까. 물론 싫으시다면 언제든 의수로 바꿔드릴 수 있습니다만….”

당장은 대답할 수 없었다.

이 사실을 알게 된 뒤 나는 팔을 바라보다가, 눈길을 돌렸다가, 다시 바라보았다. 이 오른팔은 리라를 안았던 기억을 간직하고 있을까. 간직하고 있다면 어떤 형태로 남아 있을까. 리라를 향해 점점 커지는 내 감정은 이 오른팔이 부추기고 있는 걸까.

육체적으로뿐 아니라 정신적으로도 무언가 덧붙여진 듯한 기분이었다.

붕대를 푼 날. 나는 오랫동안 두 손을 번갈아 바라보았다. 처음 보는 내 손이자 지겹도록 봐온 동료의 손이기도 했다.

감각은 아직 완전하지 않았다. 움직이려 하면 몹시 어색했다.

왼손의 손가락과 깍지를 껴보려 했지만 오른손의 손가락은 마치 저항이라도 하는 것 같았다. 신경 접합이 아직 완전하지 않아서일 것이다.

오른팔 마사지가 시작됐다. 리라는 여전히 병문안을 왔고 회복을 앞당기려는 듯 직접 마사지를 거들기도 했다. 그럴 때면 나는 무심코 시선을 돌리곤 했다.

각종 요법을 계속하면서 오른팔의 움직임도 조금씩 좋아졌다. 급격히 좋아지지는 않았다. 지루한 생활이 단조롭게 반복됐다. 리라와 함께 보내는 시간은 좋았지만 그 밖의 시간은 무료했다. 다른 환자들과 잡담을 나누는 것 말고는 달리 할 일이 없었다.

어느 환자가 말을 걸어왔다.

"손금이라도 봐줄까?"

나는 반쯤 장난으로 오른손을 내밀었다. 상대는 아무 말 없이 쳐다보기만 할 뿐. 나는 대답을 재촉했다.

"어떻습니까."

"음, 모르겠군. 이런 손은 처음이야. 최근에 큰 사건을 겪었지?"

"아, 네. 우주선 사고를. 하마터면 목숨을 잃을 뻔했죠."

"그 정도가 아닐 텐데."

"그럼 장래는 어떻습니까."

"조심하는 게 좋겠어. 여자관계로 문제가 생길지도 몰라. 그럼 왼손도 한번…."

나는 선뜻 왼손을 내밀 수가 없었다.

퇴원을 하루 앞둔 밤, 담당 의사가 병실로 찾아와 말했다.

"지금까지 잊고 있었는데 당신 동료의 유품이 있었습니다. 혹시 유가족을 만날 일이 있으면 전해 주십시오."

"무슨 물건입니까?"

"이겁니다. 아직 쓸 수 있을 겁니다."

그가 건넨 것은 권총이었다. 그는 만일의 경우, 예를 들면 우주선이 끝없는 우주를 표류하게 됐을 때 스스로를 처리할 목적으로 그것을 지니고 있었던 것이다. 나는 굳이 그런 걸 쓰지 않아도 우주복 없이 밖으로 나가면 되지 않느냐고 그를 놀렸던 기억이 떠올랐다.

의사가 떠난 뒤, 오른팔이 권총으로 뻗어갔다. 한때 자신의 것이었던 물건을 그리워하듯 총을 손에 쥐었다. 역시 의수보다는 편리하군. 나는 미소 지었다. 그러나 그 미소는 곧 얼어붙었다.

오른손 손가락이 안전장치를 풀고 방아쇠에 닿아 있었다. 그리고 내 눈은 총구 안쪽을 들여다보고 있었다.

봄의 우화

연초록빛이 사방을 가득 채운 이른 봄의 산. L씨는 홀로 숲길을 천천히 걷고 있었다.

가끔은 복잡한 도시의 공기에서 벗어나 고요함으로 몸과 마음을 씻어내는 것도 좋은 일이다.

귀를 기울이면 풀이 자라는 소리마저 들릴 것 같았다. 그리고 눈 녹은 물을 머금은 멀리 계곡의 물소리, 작은 새들의 지저귐까지. 마치 꿈나라에 와 있는 기분이었다. L씨는 무심코 봄노래를 흥얼거렸다. 그 순간, 어디선가 그를 부르는 목소리가 들려왔다.

"저어, 부탁이 있어요."

아름다운 목소리. 청아한 여성의 목소리였다. 주위를 둘러보았지만 아무도 없었다.

"신선한 공기를 너무 많이 마셔서 착각한 걸까. 아니면 봄의 여신일까."

그렇게 중얼거리자 다시 목소리가 들려왔다.

"기분 탓도, 여신도 아니에요."

L씨는 보이지 않는 상대에게 말했다.

"어디에 있습니까. 숨어 있다면 나와 주세요."

"숨은 게 아니에요. 당신 머리 위, 나뭇가지에 있어요."

올려다보니 그곳에는 새 한 마리가 앉아 있었다. 오색 깃털을 지닌, 목소리만큼이나 아름다운 새였다. L씨는 조류에 대해 잘 알지는 못했지만 앵무새도, 구관조도 아니라는 것만은 알 수 있었다.

"이런 새가 있는 줄은 몰랐군."

"아니에요, 저는 새가 아니에요."

"그럼 뭐지? 아무리 봐도 새잖아. 박쥐도, 날치도, 신형 라디오도 아닌 것 같은데…."

"그런 게 아니에요."

L씨는 눈을 비비며 또다시 말했다.

273

"뭐가 뭔지 정말 모르겠네. 얘기를 처음으로 되돌려볼까. 아까 부탁이 있다고 했지. 먼저 그게 뭔지 말해줘."

"그럼 말씀드릴게요. 사실 저는 이 지역 성주의 딸이었어요…."

새는 자신의 신세를 이야기하기 시작했다. 그 이야기에 따르면 그녀는 너무나도 아름다웠다고 한다. 열일곱 살 되던 해, 그것을 질투한 언니가 몰래 마법사에게 부탁해서 그녀를 새로 변하게 만들었다는 것이었다.

"그렇군요. 외국 동화에나 나올 법한 이야기네요."

좀 더 들어보니 무려 300년 전의 일이었다고 한다. 그리고 마법사의 저주 기한인 300년이 드디어 끝났다는 것이다.

"그렇다면 인간의 모습으로 돌아가면 되잖습니까?"

"그렇게 간단하지가…."

새로 변한 공주는 설명을 덧붙였다. 원래의 열일곱 살 모습으로 돌아가려면 향나무와 수정 가루 등 몇 가지 재료가 필요하다고 한다. 누군가의 도움이 반드시 필요한 셈이다.

L씨는 고개를 끄덕이며 이야기를 들었다. 하지만 마지막에는 고개를 저을 수밖에 없었다.

"안타깝지만 저는 도와드릴 수 없을 것 같군요. 물론 가능하면 어떻게든 해드리고 싶습니다만 그런 재료를 사 모을 돈이 제게는 없습니다."

"아니에요, 그 점은 신경 쓰지 않으셔도 된답니다…."

새는 필요한 비용에 상당하는 옛 금화가 묻혀 있는 곳을 알고 있으니 안내해주겠다고 말했다.

"아, 그렇다면 저도 도와드릴 수 있겠네요. 그런데 굳이 저한테 부탁하지 않아도 될 것 같습니다만."

"금화를 넘겨줬는데 그냥 가버리면 곤란하니까요. 하지만 당신이라면 그러지 않을 것 같아서…."

마치 자신을 신뢰하는 것 같아서 L씨도 기분이 나쁘지는 않았다. 그는 부탁을 받아들였다.

"좋아요, 제가 도와드리겠습니다. 하지만, 완전히 무보수로 돕기는 좀 그렇군요."

"어떻게 사례 드리면 될까요?"

아름다운 목소리로 되묻자 L씨는 곧장 대답했다. 생각할 틈도 없이 머릿속에 떠오른 말이었다. 그는 아직 독신이었고, 마침 계절도 봄이었다.

"어떻습니까. 인간으로 돌아오면 저와 결혼해주시겠습니까? 이 조건을 받아주신다면 기꺼이 도와드리겠습니다."

그는 즉흥적으로 떠오른 자신의 생각에 새삼 감탄했다. 요즘 여자들은 정숙함이라고는 눈곱만큼도 없다. 교활하고 따지기 좋아하고 시끄럽다. 그에 비해 고풍스럽고 아름답고 온순한 젊은 공주라니. 답답한 도시와 이 초봄의 산만큼이나 차이가 크다.

그러자 새는 이렇게 대답했다.

"저라도 괜찮으시다면 평생 모시겠습니다."

L씨는 전율했다. 요즘 세상에 이런 말로 청혼을 받아주는 여성은 영화나 TV 사극에서나 볼 수 있을 것이다.

그리하여 L씨와 새는 그녀를 인간으로 되돌리고 결혼하기로 굳게 약속했다.

새는 춤추듯 날아올라 그를 안내했다. 따라가 보니 이끼 낀 돌담터가 나타났다. 마른 가지를 주워서 새가 가리킨 곳을 파보자 단지 하나가 나왔고 그 안에 몇 개의 금화가 숨겨져 있었다.

L씨는 새를 어깨에 앉힌 채 금화를 주머니에 넣고

도시의 집으로 돌아왔다.

금화를 처분하고 새를 애완동물로 팔아버리면 이득을 볼 수 있다는 것은 알고 있었지만, 그는 그렇게까지 악질적인 남자는 아니었다.

그렇다고 바보처럼 착하기만 한 남자도 아니었기 때문에 우선 일종의 시험을 해보기로 했다. 의사친구에게 부탁해 자백제를 조금 받아와서 새 모이에 섞어본 것이다.

그리고 여러 번 질문을 반복했다. 상대가 거짓말을 하고 있다면 이쪽도 그 말을 따를 필요는 없으니까. 하지만 새의 대답은 변함이 없었다. 자신은 명문가 성주의 아름다운 딸이고 저주로 인해 새가 된 것이다. 저주가 풀리면 열일곱 살의 모습으로 돌아갈 수 있다. 역시 좋은 집안에서 자란 덕분인지 거짓말은 하지 않는 것 같았다. L씨는 자신이 의심했던 것을 조금 부끄럽게 느꼈다.

겸사겸사 결혼 의사도 확인해 보았다. 공주를 원래 모습으로 돌려놓았더니 다른 남자와 맺어지기라도 하면 곤란하니까. 하지만 그 점 또한 다시 한번 안심할 수 있었다.

L씨는 본격적으로 분주하게 뛰어다니며 귀금속점에 금화를 팔고 새가 지시하는 재료들을 사 모으는 데 열중했다. 모든 재료를 갖춘 뒤 계산해보니 돈이 조금 남았지만 그런 건 아무래도 상관없었다. 아름다운 공주를 자신의 것으로 만들 수 있다면 그걸로 충분하지 않은가. 요즘 세상에서는 돈을 뿌린다 해서 반드시 이상적인 여성을 얻을 수 있는 것은 아니었다.

그는 길일을 골라 작업에 착수했다. 하얀 비단을 깔고 수정 가루를 뿌렸다. 방을 밀폐하고, 정화한 불을 밝히고, 복잡하게 배합한 향을 피웠다. 골동품 가게에서 어렵게 구한 피리를 꺼내 들고 미리 배워둔 곡을 계속 연주했다. 이윽고 자욱한 연기 속에서 목소리가 들려왔다.

"마침내 인간으로 돌아왔습니다. 이 은혜는 평생 잊지 않겠습니다. 당신을 모시겠습니다."

새일 때와 다름없는 맑고 정숙한 목소리였지만 억누를 수 없는 감격에 떨리고 있었다. 그 말을 듣고 L씨도 외쳤다.

"성공했습니까? 다행이군요. 저는 약속을 지켰습니다. 이제는 당신이 약속을 지킬 차례입니다. 도망치지 말아요."

그는 일어서서 창문을 열고 연기를 쫓아냈다. 더는 새가 아닌 공주의 모습이 드러났다.

조금 고풍스럽지만 아름다운 오색 전통복을 입은 젊은 공주가 예의바르게 머리를 숙이고 있었다.

"감사합니다. 저도 명망 있는 성주의 딸입니다. 약속을 어기지는…."

L씨는 안심했다. 동시에 조금 쑥스러운 기분이 들었다.

"뭐, 그렇게 딱딱하게 말씀하지 않으셔도 됩니다. 자, 이리 오세요."

"그럼…."

공주가 얼굴을 들었다. 그 모습을 본 L씨는 얼굴을 찌푸렸다. 아무리 봐도 앞서 말했던 것처럼 아름답지 않았다. 이 정도 여자는 주변에서 얼마든지 볼 수 있다

어떻게 된 걸까. L씨는 고개를 갸웃거렸다. 새에게는 자백제가 듣지 않는 걸까. 옛날과 지금은 미인의 기준이 달라서 그런가. 아니면 저주를 풀기 위한 재료의 질이 나빴던 걸까.

그는 그 수수께끼를 해명하고 싶었지만 그럴 여유

가 없었다. 공주가 달라붙어 떨어지지 않았기 때문이다. 아무리 심술을 부리고 거친 말로 고함쳐도 화내지도, 나가지도 않았다.

이게 바로 옛 도덕의 곤란한 점이다. 여자는 한 번 마음에 정한 남자에게 복종해야 한다고 굳게 믿고 있다. 게다가 저주를 풀어준 은혜까지 있어서 그 집착은 더욱 강했다. L씨는 이 깊은 애정에 진저리를 쳤다.

하지만 여기는 현대. 문명의 진보는 예전에는 없던 편리한 것들을 가져다주었다.

L씨는 남은 돈을 보태 공주를 정신병원에 입원시켰다. 공주의 주장을 꼼꼼히 검토한 의사가,

"봄이 되면 이런 분들이 많아지죠."

라고 말하며 받아준 것은 말할 것도 없다.

교훈. 여자는 누구나 자신이 아름답다고 믿는다. 또한 남자의 결혼 약속은 정치인의 공약과도 같다.

수송 중

그것은 갑자기, 그리고 조용히 출현했다. 아무런 이유도, 예고도 없었다.

어느 휴일 오후, F씨는 멍하니 정원을 바라보고 있었다. 책이나 읽을까 하고 한 권을 들고 돌아왔을 때, 그것이 눈앞에 나타나 있었다.

은빛 타원형 물체가 마당 한복판에 있었다. 크기는 도로를 달리는 버스와 비슷한 정도. 초특대형 달걀 같은 느낌이었다.

F씨는 주위를 둘러보았다. 누가 던져 넣었나 싶었지만, 그러기에는 너무 컸다. 아무리 여러 사람이 모

여도 도저히 담장 너머로 던질 수 있는 크기가 아니었다. 땅속에서 솟아난 것처럼 보이기도 했다. 하지만 잔디는 조금도 흐트러지지 않았고 그 물체에도 흙이 묻어 있지 않았다.

어쩌면 인공위성의 일종일지도 모른다. 하늘에서 떨어진 거겠지. F씨는 결국 그렇게 판단했다. 하지만 그렇다면 땅이 울릴 법도 한데 아무런 진동도 없었다. 가까이 다가가 조심스럽게 손가락으로 건드려보았다. 환각이 아닐까 싶었던 것이다. 하지만 그것은 분명 실재하는 물체였다.

귀를 대보니 안에서 희미하게 소리가 났다. 기계음 같았다. 또, 사람 목소리 같은 것도 들렸다. F씨의 호기심은 점점 커졌지만 어쩔 방법이 없었다. 어디가 출입구인지도 알 수 없어서 그저 그 주위를 빙빙 돌 뿐이었다.

하지만 곧 그 기대는 이루어졌다. 한 부분에 네모난 구멍이 생기더니 한 사람이 나왔다. 역시나 은색으로 빛나는 옷을 말쑥하게 차려입은 남자였다. 그는 F씨는 아랑곳하지 않고 물체를 가볍게 두드리거나 어루만지기 시작했다. 점검을 하고 있는 듯했다.

남의 마당에 갑자기 이상한 걸 가져다 놓고, 게다가 주인을 무시하고 자기 할 일만 하다니, 무례하기 짝이 없었지만 F씨는 화가 나지 않았다. 호기심이 훨씬 더 컸기 때문이다. 그는 저도 모르게 입을 열었다.

"이게 뭐죠?"

그러나 상대는 들은 척도 안 하고 점검 작업을 계속했다. 뭔가 대단히 중요한 물건인 모양이다. 혹시 비밀병기일지도 모른다. 괜히 관심을 보이고 질문을 했다가 나중에 벌이라도 받으면 억울하지 않을까. 그래도 도대체 뭘까….

F씨는 머릿속으로 열심히 생각했다. 그러자 머릿속에 답이 떠올랐다.

"시끄럽군. 뭐든 무슨 상관이야."

F씨는 놀랐지만 곧 '아하, 전에 어디선가 읽었던, 말을 하지 않고 의사를 전달하는 텔레파시라는 방법이구나' 하고 고개를 끄덕였다. 그래서 다시 한번 속으로 물었다.

"이게 도대체 뭐죠?"

그러자 머릿속에 또다시 답이 전해졌다.

"지금 그쪽과 이야기나 하면서 꾸물거릴 때가 아니

야. 서둘러 돌아가야 해. 하지만 대답을 안 해주면 질문을 멈추지 않을 테니 알려주지. 이건 타임머신이다."

F씨는 어리둥절해하면서도 새삼 감탄했다. 그렇다면 갑작스러운 출현도 이해가 간다. 그는 머릿속으로 중얼거렸다.

"그렇군. 하지만 이런 걸 완성하다니 과학의 힘이란 대단하네."

"무슨 소리야. 당신들 시대의 문명으로는 이걸 만들 수 없어."

그 말을 듣고 F씨는 또다시 고개를 끄덕였다. 타임머신이라면 시간을 자유롭게 이동할 수 있다. 굳이 현대의 산물일 필요는 없는 것이다. 그는 네모난 입구를 통해 안을 들여다보았다. 어차피 구조를 이해할 수는 없겠지만 무엇을 싣고 있는지는 알고 싶었다.

그 순간 F씨는 깜짝 놀라 눈을 세차게 깜빡였다. 안에는 벌거벗은 남자 몇 명이 타고 있었다. 물론 완전히 알몸은 아니고 너덜너덜한 짐승 가죽 같은 것을 걸치고 있었다. 밖에 있는 은빛 옷의 남자와는 너무도 대조적이었다.

게다가 자세히 보니 벌거벗은 남자들은 수갑 같은

것을 차고 있었다. 얼굴에는 슬픔과 공포가 가득했다. 오지에서 발견되어 트럭에 실려 가는 원시인 같은 모습이었다.

F씨는 입구에서 물러나 은빛 옷의 남자에게 다가가서 질문했다. 질문이라기보다는 추궁에 가까웠다.

"뭡니까, 저 안에 있는 사람들은."

"아, 수송 중이다. 도중에 고장이 나서 지금 수리 중이지."

"수송이라니요. 마치 물건 취급이군요."

"아니, 정확히 말하면 물건은 아니다. 노예다."

"노예라고⋯."

F씨는 순간 분노가 치밀었다. 이 얼마나 끔찍한 짓인가. 아무리 과학이 발달한 미래인이라 해도 원시인을 데려다 노예로 부려먹다니. 너무도 가혹하다. 그는 따지듯 말을 이었다.

"당신은 자신이 하고 있는 짓이 어떤 의미인지 알고 있습니까."

"물론 알고 있지. 그래서 이렇게 운반하고 있는 거다."

상대는 딱히 죄책감을 느끼는 기색도 없이 처음 보는 기구로 수리를 서두르고 있었다. F씨는 더욱 흥분했다.

"안에 있는 사람들이 야만적일 수도 있습니다. 하지만 그렇다고 그들을 납치하는 건 비인도적입니다. 도대체 당신에게는 피도 눈물도 없는 겁니까…. 아, 설마 로봇인가. 그렇죠?"

"아니, 로봇이 아니다. 로봇이 있다면 굳이 노예를 수송할 필요가 없지."

그러나 F씨는 이 일을 어떻게든 반드시 막아야 한다고 판단했다.

"타임머신을 함부로 사용하면 어떤 결과를 초래하는지 알고 있습니까? 과거를 바꾸면 미래에 영향을 미칩니다. 저 원시인들 중에 당신의 조상이 있을지도 모르지 않습니까."

"이런 곳에서 설교를 들을 줄은 몰랐군…."

은빛 옷의 남자는 F씨를 돌아보며 히죽 웃었다. F씨는 움찔하며 얼굴을 붉혔다. 상대 입장에서는 자동차를 본 적도 없고, 타본 적은 더더욱 없는 사람이 교통규칙을 가르치는 꼴이겠지.

상대는 실제로 타임머신을 소유하고 있다. 패러독스 따위는 이미 잘 알고 있을 것이다.

원시인을 납치하기 전에 미리 조사해서 미래와 무관한 인물만 골라냈다거나…. 하지만 그렇다 해도 비난을 거둘 수는 없었다.

"아무리 생각해도 올바른 행동으로 보이지 않습니다. 자기만 좋으면 다른 시대의 사람들은 어떻게 되든 상관없다는 겁니까?"

"뭐 좀 봐줘. 하여간 골치 아픈 시대에서 고장이 나버렸군. 이 시대 사람들은 자기만 좋으면 그만이다…라는 생각을 아무도 안 하나?"

F씨는 또다시 얼굴을 붉혔다.

"그건 아닙니다만…."

"어쨌든 노예가 필요해. 정 그렇다면 안에 있는 녀석들을 원래대로 돌려보내고 이 시대에서 노예를 사냥해도 상관없다."

"말도 안 돼. 그건 더 곤란합니다. 사정이 뭔지는 모르겠지만, 노예 수송에는 절대로 찬성할 수 없습니다."

"특별한 사정이 있어. 발등에 불이 떨어진 상황이지. 비상사태란 말이다."

"비상사태?"

F씨는 몸을 앞으로 내밀었다. 은빛 옷의 남자가 대

답했다.

"인류 문명에 위기가 닥쳐오고 있어. 통계를 내고, 조사하고, 온갖 검토를 시도한 결과, 이 지구에서 이 대로 살아가서는 안 된다는 결론이 나왔지. 인류는 점점 타락의 길을 걷게 될 거야. 그래서 어렵게 일궈놓은 문명을 버리고 좀 더 환경이 좋은 다른 별로 대거 이주해야 한다."

"그렇군요⋯."

F씨는 얼굴을 찌푸렸다. 그 통계라는 것에는 이 시대도 포함되어 있을 것이다. 지금껏 번드르르한 말만 늘어놓던 자신이 부끄러워졌다.

"그래, 그 때문에 인력이 필요해. 어마어마한 수의 우주선을 만들어야 하거든. 더는 여유를 부릴 시간이 없어."

"그런 사정이 있었군요. 정말 큰일이네요. 생각해 보면 저도 인류가 타락해서 멸망하는 건 바라지 않습니다. 다른 별에서라도 영원히 번영했으면 좋겠습니다. 그걸 위해 노예가 필요하다면 끌려간 원시인들도 언젠가는 체념하겠죠."

"내 입장을 이해해줘서 고맙군."

"하지만 전원 이주하려면 정말 보통 일이 아니겠
군요."

"물론이지. 하지만 전원이라고 해도 갱생의 여지가
없는 인간들은 남겨두고 갈 거다. 그런 이들까지 데리
고 가는 것보다는 문명의 성과를 모두 가져가는 게 더
중요하니까."

"인도적으로는 안타깝지만 비상 상황이니 어쩔 수
없는 일이겠죠."

"알아줘서 고맙군."

은빛 옷의 남자는 수리를 마쳤는지 입구 쪽으로 돌
아왔다. F씨는 작별 인사를 건넸다.

"성공을 기원합니다. 시간 여행도 무사히 마치시
길…. 앞으로 어느 정도의 시간을 이동하실지는 모르
겠습니다만."

"앞으로 십만 년 정도."

"십만 년이라, 우리에게는 꿈 같은 미래군요…."

조금 멍한 얼굴의 F씨에게 손을 흔들며 은빛 옷의
남자는 타임머신 안으로 들어갔다. 그리고 마지막 인
사를 건넸다.

"작별이다. 그런데 한 가지 마음에 걸리는 게 있군.

당신은 한 가지 오해를 하고 있어. 자꾸 캐물을까봐 귀찮아서 말하지 않았지만 나는 미래인이 아니다. 미래에서 노예를 모아 과거로 돌아가는 중이다…"

네모난 문은 닫혀버렸다. F씨가 달려들려 했지만 그보다 먼저 타원형 은빛 타임머신은 순식간에 사라져버렸다.

행운을 향한 작전

그리 크지 않은 건물이었다. 옷차림도 단정하고 스타일도 좋은 청년이 그 앞에서 걸음을 멈췄다. 그는 간판의 글자를 바라보며 중얼거렸다.

"여기인 것 같군. 하지만 '개발'이라는 문구는 별로 마음에 안 들어. 요즘은 뭐든지 개발이란 단어를 갖다 붙인다니까…."

간판에는 '행운개발계획 연구소'라고 적혀 있었다.

"…그래도 여기까지 와서 돌아갈 수는 없지. 일단 분위기를 보고, 도저히 납득이 안 가면 그때 돌아가도 늦지 않아."

문을 열고 안으로 들어선 순간, 청년은 자기 귀를, 이어서 눈을 의심했다.

안은 무수한 고양이 울음소리로 가득했다. 자세히 보니 마치 창고에 쌓아둔 상자처럼 수많은 작은 우리가 놓여 있고 그 안에 고양이가 한 마리씩 들어 있었다. 안으로 발을 들이기는 조금 꺼림칙했다. 그렇다고 도망칠 만큼 무섭지도 않았다.

청년이 멈춰 서 있을 때 우리 뒤편에서 중년 남자가 나타나 친절하게 인사를 건넸다.

"어서 오십시오. 제가 이곳 소장입니다. 자, 저쪽 의자에 앉으시죠."

목소리도 마치 고양이를 쓰다듬는 듯 부드러웠다. 이렇게 많은 고양이들에 둘러싸여 있다 보니 동화되어버린 걸까. 하지만 청년은 결코 이성을 잃지 않겠다는 태도로 말을 꺼냈다.

"저는 구경하러 온 손님이 아닙니다. 하지만 일단 설명은 해주십시오. 거래는 그 다음입니다."

"네, 알겠습니다."

"대체 뭡니까, 이 많은 고양이들은…."

청년은 아까부터 품고 있던 의문을 물었다. 소장은

몸을 비비 꼬며 고개를 숙이고 말했다.

"전부 저희 상품입니다."

"상품이요? 행운의 비결을 전수해준다는 소문을 들었는데…. 이건 그냥 펫샵 아닙니까?"

"아닙니다, 간판 그대로 영업하고 있습니다. 하지만 인간은 오랜 세월 이치를 따지는 데만 열중한 나머지 행운을 순수하게 감지하는 능력을 잃어버렸죠. 그래서 인간 자체를 아무리 건드려봐야 도저히 행운을 불러올 수가…."

"그래서 고양이를 이용하게 된 거군요. 흠, 행운을 부르는 고양이라, 괜찮은 아이디어네요…."

청년은 고개를 끄덕이며 다시 한번 주위를 둘러보았다. 고양이들은 연신 앞발을 들며 뭔가 의미심장한 모습을 하고 있었다. 소장이 설명을 계속했다.

"고양이에게 일종의 신비한 힘이 있다는 건 아시죠? 난파하는 배, 불이 나는 집. 고양이는 그걸 미리 감지하고 도망칩니다."

"네, 그런 현상을 책에서 읽은 적은 있습니다만…."

청년은 감탄하려다 말고 도중에 말을 멈췄다. 이렇게 쉽게 믿어서는 안 된다. 납득이 갈 때까지 캐물어야 한다. 소장은 눈을 가늘게 뜨며 말했다.

"뭔가 의심스러운 점이라도…."

"고양이의 그런 능력을 어떻게 개발하신 겁니까?"

"타당한 질문입니다. 저는 어릴 때부터 고양이에 관심이 많아서 수많은 고양이들을 조사하고 통계를 냈습니다. 하지만 결코 쉬운 일은 아니었습니다. 먼저 고양이의 경계심을 없애는 훈련부터 시작했죠. 얼마나 고생했는지…."

잠시 곁길로 새려던 이야기를 청년이 다시 본론으로 되돌렸다.

"정말 고생이 많으셨겠네요. 그래서요…?"

"고양이를 세 종류로 분류할 수 있다는 걸 알게 됐습니다. 아무 능력 없는 고양이, 불운을 부르는 고양이, 행운을 부르는 고양이입니다. 가장 수가 적은 건 불운의 고양이입니다. 괴담에 자주 등장하지만 그렇게 걱정할 만큼 많지는 않아요. 압도적으로 많은 건 아무 능력 없는 고양이입니다. 느긋하게 키우다 보면 다 그렇게 됩니다. 인간도 마찬가지 아닙니까. 나태하게 살면…."

"일리 있는 말씀이군요. 그래서요…?"

"저는 행운을 부르는 고양이만 모아서 기른 겁니다. 단순히 숫자만 늘린 게 아니라 전문별로도 길렀죠."

"전문별로…?"

"고유의 능력을 더욱 강화한 겁니다. 행운이라 해도 종류가 다양하거든요. 경마장에 어린이 손님을 끌어들이는 건 별로 바람직하지 않죠."

"대충 알 것 같습니다. 하지만 정말 확실한가요?"

이해는 했지만 아직 결심이 서지 않았다. 소장은 청년의 어깨를 가볍게 두드리며 말했다.

"믿어주십시오. 왜 그런지 모르겠지만 손님이 끊이지 않는 가게들이 있잖습니까? 또 어떻게 당선됐는지 본인도 모르는 국회의원도 있죠. 모두 저희 고양이를 구입한 분들이랍니다."

"그래도 제 눈으로 직접 증거를 보고 싶군요."

"고객님 자신이 바로 증거입니다. 저희는 딱히 광고를 하지 않습니다. 그런데도 손님들은 스스로 돈을 챙겨서 찾아오시지요."

청년은 다시 경계심을 되찾고 긴장한 손길로 안주머니 위를 눌렀다.

"물론 돈은 가져왔지만…. 이 행운의 고양이의 마력

인지 뭔지에 홀려서 돈을 뜯길 수는 없지. 돌아가자."

소장이 청년 곁으로 다가와서 속삭이듯 말했다.

"자자, 진정하세요. 고객님은 지금 고양이의 힘을 인정하셨잖습니까. 결코 엉터리가 아닙니다. 효과가 없으면 항의가 빗발쳐서 벌써 문을 닫았을 겁니다."

"그것도 그렇군요."

청년은 잠시 생각한 끝에 고개를 끄덕였다. 그러자 소장은 다음 질문으로 넘어갔다.

"그런데, 어떤 종류의 행운을 원하시는지…."

"이렇게 된 이상, 솔직히 털어놓죠. 저는 독신입니다. 결혼을 하고 싶은데 가능하면 재산이 있는 여성과 결혼하고 싶습니다. 오늘 돈을 가져온 것도 사실 그런 투자의 의미가…. 별로 칭찬받을 만한 마음가짐은 아닙니다만."

청년은 다소 양심의 가책을 느끼는 듯한 말투였다. 하지만 소장은 손을 내저으며 말했다.

"아닙니다, 저희는 고객 우선입니다. 게다가 그런 생각이 요즘 유행이기도 하지요. 그래서 저희도 그런 용도의 고양이를 다수 준비해두고 있습니다."

"잘됐군요. 꼭 부탁드립니다."

청년은 기쁜 듯이 말했다. 소장은 우리 중 하나로 다가가 고양이 한 마리를 꺼내왔다.

"그 목적에 딱 맞는 고양이가 바로 이 녀석입니다. 그런데 어떠신지요. 조금 더 비싸긴 하지만 재산도 있고 머리도 좋은 여성을 끌어오는 고양이도 있습니다. 그보다 더 비싸지만 재산도 많고 똑똑하고 게다가 미인인 여성을 끌어오는 고양이도 있습니다만…."

하지만 청년이 준비해온 돈으로는 부족했다. 결국 그는 소장이 가져온 고양이로 만족하기로 했다. 청년은 돈을 건넨 후 그 고양이를 안고 집으로 돌아왔다.

청년은 고양이와 함께 집에서 기다렸다. 과연 효과가 있을까. 의구심이 들기도 했지만 그 때문에 불안해할 필요는 없었다. 곧 한 여성이 찾아왔기 때문이다.

특별히 미인은 아니었지만 그건 어쩔 수 없었다. 청년은 '고양이의 능력은 상대를 불러들이는 것까지고 그 다음은 내가 직접 유혹해야 하나' 라고 생각했다. 하지만 그 걱정도 할 필요가 없었다. 상대 여성이 그에게 적극적이었던 것이다. 됐다, 모든 것이 순조로운 것 같다.

그 뒤의 전개는 평범한 연애소설을 한껏 압축한 느

낌이었다. 즉 두 사람은 순식간에 결혼해버렸다.

결혼은 했지만 청년에게는 도무지 이해할 수 없는 점이 하나 있었다. 그녀에게는 재산이라 할 만한 것이 전혀 없었던 것이다. 아니, 엄밀히 말하면 전혀 없는 것은 아니었다. 그녀의 재산은 개 한 마리뿐이었다.

"도대체 우리는 왜 결혼하게 된 걸까….."

그의 중얼거림을 들은 그녀가 대답했다.

"이제 설명해줘도 되겠지. 개 덕분이야."

"개…?"

"사실은 나, 스타일이 좋은 남자와 결혼하고 싶었거든. 그래서 돈을 모아 개를 산 거야."

"도대체 무슨 개지?"

"사냥개가 신비한 능력을 가졌다는 건 알지? 사냥 감을 찾아내서 알려주는 능력 말이야. 그 능력을 특별히 키워서 행운이 어디 있는지 정확히 알려주는 개로 만든 거야. 내가 산 건 스타일이 좋은 남자를 찾아주는 개였어. 꽤 비싸긴 했지만 쓸만하더라."

"별 이상한 개를 파는 가게도 다 있군. 어디서 샀는데?"

"행운점령계획 연구소인지 뭔가 하는 곳에서."

"아, 그런 연구소도 있구나⋯."

청년은 체념할 수밖에 없었다. 이름부터가 심상치 않다. 게다가 어쨌든 고양이의 신통력인지 뭔지도 상대가 개인 이상 통하지 않는 게 당연하다.

친구

이곳은 도심에 있는 빌딩의 한 방. 방음 시설이 되어 있어서 내부는 비교적 조용했다. 홀로 책상에 앉아 있던 나이 지긋한 정신 분석의가 문 두드리는 소리를 듣고 대답했다.

"들어오세요."

그리고 읽고 있던 문헌을 정리하며 방문객을 맞았다. 안으로 들어와서 머리를 숙인 것은 서른이 조금 넘어 보이는 남자였다. 옷차림도 단정하고 예의도 바르지만 어딘가 심각한 표정을 짓고 있었다. 의사는 의자를 권하며 말을 건넸다.

"어떤 상담이십니까?"

"사실 이곳 간판을 보고 찾아왔습니다만….."

남자는 말을 꺼내기 어려운 듯했다. 하지만 처음엔 누구나 그런 법이기에 의사는 익숙한 어조로 주소, 이름, 나이 등을 물으며 평소처럼 이야기를 이어갔다.

"뭔가 고민이 있으신가보군요."

"네….."

"걱정 말고 솔직히 말씀해 주십시오. 지금까지 뭔가 병을 앓으신 적은….."

의사는 연필과 메모지를 들고 상대방의 대답을 기다렸다. 남자는 잠시 망설이다 눈을 깜박이며 말했다.

"아뇨, 문제는 제 자신에 관한 게 아닙니다."

"실례했습니다. 그렇다면 부인 문제입니까."

"아내도 같은 일로 고민하고 있습니다만 부부 문제는 아닙니다. 실은 우리 아이, 다섯 살 난 딸아이 때문입니다."

"그렇군요. 그래, 따님께 무슨 문제가 있습니까?"

"음, 그게….."

남자가 다시 우물쭈물하자 의사가 재촉했다.

"말씀해 보십시오. 의사라는 입장상, 들은 내용은

절대 발설하지 않습니다. 그 점은 걱정 마십시오."

"하지만 과연 믿어주실지…. 너무 터무니없는 일이라서요."

"그런 건 신경 쓰지 마세요. 터무니없는 일인지 어떤지는 이야기를 들은 뒤에 판단할 문제입니다. 또 터무니없는 일이라 해도 그 대책을 제시해 드리는 게 직업입니다. 소극적으로 굴어서는 해결할 수 없어요. 따님에게 무슨 문제가 있는 겁니까."

"그게, 같이 노는 친구가…."

"아, 나쁜 친구가 생겨서 영향을 받았나보군요."

"좋은지 나쁜지는 모르겠습니다. 그게, 저어, 요정이거든요."

남자는 살짝 몸을 앞으로 내밀며 말했다. 의사는 침착하게 대답했다.

"그렇군요. 하지만 어린아이일수록 상상력이 풍부하니까 별로 걱정할 일은 아닌 것 같습니다. 인형도 풀꽃도 아이에겐 모두 자신과 동등한 놀이상대죠."

"네, 그 정도는 저도 압니다. 하지만 이건 달라요. 실제로 존재하는 요정입니다. 그게 아니라면 이렇게 되지는 않았을 겁니다."

"아버님까지 믿고 계시나보군요."

의사의 지적에 남자는 손을 내저었다.

"아뇨, 저는 믿지 않습니다. 하지만 아이가 요정과 놀고 있다는 걸 도저히 믿지 않을 수가 없습니다. 물론 상상으로 만들어낸 겁니다만."

"그 사정을 좀 더 자세히 순서대로 이야기해주시겠습니까."

"요즘 아이가 자기 방에 얌전히 틀어박혀 있을 때가 많아서 아내가 무슨 일이냐고 물었죠. 뭘 하고 있었니, 라고요. 그랬더니 요정이랑 놀고 있었다고 대답하더군요. 물론 아내도 저도 바로 타일렀습니다. 그런 건 없다고."

"전에도 그런 일이 있었습니까."

"없었습니다. 말 잘 듣고 이상한 상상 같은 것도 안 하던 아이였습니다. 아니, 지금도 그렇습니다. 하지만 요정에 관해서만큼은 절대 인정하지 않고 계속 진짜로 있다고 주장합니다. 그래서 아내와 상의해 선생님을 찾아온 겁니다."

"그렇군요. 그런데 어떤 요정입니까?"

"아이가 하도 우기길래 그럼 여기로 데려와 보라고

했습니다. 하지만 아이 혼자 있을 때가 아니면 나타나지 않는다고 하더군요. 이래서는 말이 안 통하죠. 아이 말로는 작고 투명한 날개가 달리고 긴 지팡이를 들고 있다더군요. …어쩌면 좋을지 모르겠습니다. 요정이 실제로 있을 리는 없으니 혹시 아이의 머리가 이상해진 건 아닐까요….”

남자는 다소 흥분하며 설명했지만 의사는 차분하게 말을 이었다.

“결론을 서두를 필요는 없습니다. 무작정 아이를 윽박지르기보다는 논리적으로 타일러야 합니다. 예를 들어 어디서 왔느냐고 물어보거나….”

“그건 물어봤습니다. 어느 날 책을 펼쳤더니, 페이지 사이에서 나타났다고 합니다. 그리고 다시 그곳으로 돌아간다더군요. 그래서 그 책을 가져오라고 해서 살펴봤죠. 하지만 종이 한 장 끼워져 있지 않고 요정 그림이 있는 책도 아니었습니다.”

“그렇군요. 어렵겠지만 지금은 과학의 시대라는 점을 이해시키려고 노력해 보시는 건….”

“그것도 해봤습니다. 하지만 그 책은 아주 오래전에 만들어졌고 요정은 그 시절부터 존재했다고 하더군요. 물론 이 대답은 아이가 그 요정인지 뭔지한테 직접 물어서 들은 거라고 합니다. 요즘은 잘 쓰지 않는 단어도 섞여 있고 무엇보다 아이 머리로 생각해낸 것 같지 않게 묘하게 앞뒤가 맞습니다."

의사는 고개를 끄덕이며 화제를 조금 바꾸었다.

"아이는 그 요정과 무엇을 하며 놉니까?"

"그냥 같이 책을 읽는다고 합니다. 요정이 들고 있는 긴 지팡이로 글자나 삽화를 가리켜 준다더군요. 아이의 설명이 묘하게 생생해서 도저히 부모를 놀리려고 연극을 하는 것 같진 않습니다."

의사는 다시 고개를 끄덕이며 질문을 이어갔다.

"지금까지 아이에게 책은 어떻게 읽어주셨습니까?"

"평범한 가정과 별로 다르지 않습니다. 그림책을 사주고 글자를 가르치며 읽어주다가 계속 그럴 수는 없어서 혼자 읽으라고 했지요. 요정이 나타난 건 그 직후였습니다."

"아하…. 그렇다면 그 요정이란 어쩌면 두 분일지도 모르겠군요. 책을 읽어주지 않게 되자 상상으로 엄마아빠를 대신할 존재를 만들어낸 겁니다. 긴 지팡이는 부모를 상징하는 것 같습니다."

"그것도 일리는 있지만 아무래도 석연치 않습니다. 옆방에서 아이가 말을 거는 소리를 들은 적이 있거든요. 물론 요정의 대답은 들리지 않았습니다만…. 어떻게 해야 할까요. 이대로 요정에게 홀린 채 어른이 될까 봐 걱정돼서 견딜 수 없습니다. 제가 알고 싶은 건 설명이 아니라 요정을 쫓아내는 방법입니다. 선생님, 어떻게 좀 부탁드립니다."

남자의 목소리가 커졌다. 그러나 의사는 잠시 아무런 대답 없이 침묵한 채 연필로 메모지를 두드리며 생각에 잠겼다. 이윽고 의사가 방 한쪽에 놓인 긴 의자를 가리키며 남자에게 말했다.

"잠시 저기에 누워 주시겠습니까? 좀 더 자세히 조사해보고 싶군요."

"하지만 이상한 건 제가 아니라 우리 아이인데요. …아, 설마 지금 이야기한 게 전부 제 망상이라고 생각하시는 겁니까?"

남자는 당황한 표정을 지었다.

"그럴 리가요. 다만 아이는 부모의 영향을 받기 쉬우니까 관련성을 알고 싶어서 그렇습니다. 시간은 조금 걸리겠지만 편안한 마음으로 질문에 답해 주십시오."

남자는 시키는 대로 몸을 눕히며 물었다.

"뭘 물어보시려는 겁니까?"

"당신이 어렸을 적 이야기입니다."

"그건 어렵겠는데요. 저는 추억에 잠기는 성격도 아니고 도저히 기억이 날 것 같지 않습니다. 안개 긴 숲속을 뒤돌아보는 것처럼 너무 막막하군요."

그러자 의사가 제안했다.

"그럼, 최면술을 써볼까요?"

"처음이라 좀 걱정되긴 하지만 아이를 위해서라면 어쩔 수 없죠. 부탁드립니다."

남자가 협조적으로 나온 덕분에 그는 곧 최면 상태에 들어갔다. 약물의 도움도 필요 없었다. 의사는 남자의 기억을 유년 시절로 거슬러 올라가게 했다.

"자, 당신은 점점 어려집니다. 다섯 살이 되었습니다. 혼자서 책을 읽고 있습니다."

최면 상태의 남자가 대답했다.

"네, 책을 읽고 있어요."

"옆에 요정이 있습니까?"

"없어요. 이제는…."

"이제는, 이라면 예전에는 있었나요?"

"네. 얼마 전까지는 있었어요."

"요정이 뭘 했고 어째서 사라졌는지 말해주세요."

"같이 책을 읽어줬어요. 열흘 정도 그렇게 지냈어요. 그러고 나서 이제 혼자 읽으라며 작별인사를 하고 페이지 사이로 돌아가서 두 번 다시 나오지 않았어요."

의사는 크게 고개를 끄덕이고 남자를 현재로 되돌린 후 손뼉을 쳐서 최면을 풀었다. 남자는 눈을 뜨고 주위를 둘러보며 물었다.

"끝났나요? 어떻습니까? 뭔가 알아내셨나요?"

그러나 의사는 방금 있었던 일은 언급하지 않고 대답했다.

"별 소득은 없었습니다. 다만 따님의 증상은 그렇게 걱정하실 필요 없는 것 같습니다."

"하지만 있지도 않은 요정을 믿고 있다니까요."

불만스러운 표정의 남자에게 의사는 되물었다.

"그래서 뭔가 실질적인 피해라도 입으셨나요?"

"글쎄요…. 생각해보면 딱히 없는 것 같습니다. 하지만 이대로 가다가는 나중에…."

"성급하게 해결하려 들지 마세요. 당분간 경과를 지

켜봅시다. 일주일 후에도 변화가 없으면 다시 대책을 생각하죠. 그때까진 아이의 기분을 너무 거스르지 않도록 하십시오."

"그럴까요…. 하지만 선생님 말씀이라면….."

남자는 어딘가 아쉬운 표정으로 돌아갔다.

나흘쯤 지나 남자가 다시 찾아왔다. 의사는 담담하게 물었다.

"어떻게 됐습니까?"

"선생님 덕분인지는 모르겠지만 요정은 사라진 것 같습니다. 아이 말로는 페이지 사이로 사라져버렸다고 하더군요…."

"잘 됐네요."

"하지만 아무래도 신경이 쓰입니다. 정말로 요정이 있었던 걸까요?"

"글쎄요, 뭐라 단정하긴 어렵군요."

의사의 대답에 남자는 곧바로 되물었다.

"그 말씀은 어쩌면 있을 수도 있다는 뜻입니까…?"

"요정이란 아마도 인간이 만들어낸 망상일 겁니다. 하지만 인간만이 할 수 있는 좋은 망상이라면 굳이 쫓아내거나 없앨 필요는 없죠."

"좋은 망상…?"

"우리는 책을 읽으며 거기서 무한한 지식과 상상력을 얻습니다. 하지만 그 즐거움을 스스로 누릴 수 있는 방법을 어린 시절 처음 가르쳐 준 게 누구였는지 생각해본 적 있으십니까?"

"생각해본 적은 없지만 말씀을 듣고 보니 부모님이 더 이상 읽어주지 않아서 스스로 읽기 시작했을 무렵 누군가 곁에 있었던 것 같기도…."

"사실 저도 그런 기분이 듭니다."

"하지만 설마 그게 책에 깃든 요정이라니… 선생님은 그렇게 말씀하고 싶으신 겁니까?"

남자가 의사를 바라봤다. 의사는 중얼거리듯 말했다.

"아뇨, 그건 아무도 모르는 일이지요."

호화로운 생활

"정말 살기 팍팍한 세상이네. 돈을 써도 도무지 쓴 것 같질 않아."

S씨는 침울한 목소리로 중얼거렸다. 얼마 안 되는 보너스 역시 평소 진 빚을 갚고 필요한 물건들을 사다 보니 순식간에 다 써버렸다. 아니, 정확히는 지폐 한 장만 남았다.

번듯한 물건을 사기에도, 호화롭게 놀기에도 턱없이 부족한 금액이다. 차라리 복권이나 사볼까…. 하지만 그보다 더 기발한 생각이 떠올랐다.

근처에 있는 신사가 생각난 것이다. 영험하다는 소

문도 들어본 적 있다. 그는 그곳에 가서 고개를 숙이고 기도했다. 그러자 어디선가 목소리가 들려왔다.

"오냐. 소원을 들어주마."

주위를 둘러봤지만 사람은 없었다. 그렇다면 방금 그것은 신의 계시였을까. 그러고 보니 엄숙한 목소리였다. S씨는 저도 모르게 헌금함에 지폐 한 장을 넣었다. 그리고 조심스럽게 말했다.

"잘 부탁드립니다. 부디 호화로운 생활을 할 수 있게 해주세요. 하지만 이렇게 곧바로 기도가 통할 줄이야…."

"요즘은 신심 없는 자들이 많아서 헌금도 줄었지. 그래서 가끔은 신의 힘을 보여줘야 한다."

"그렇다면 저는 운이 좋은 거군요. 헌금은 바쳤습니다. 하지만 정말이겠죠?"

"의심하지 마라. 신의 말에 거짓은 없다. 안심하고 기다리거라."

S씨는 발걸음도 가볍게 아파트로 돌아왔다. 그리고 혼자 썰렁한 방에 누워 생각했다.

"정말 잘됐다. 하지만 과연 소원이 이루어질까. 참, 언제까지 기다려야 하는지 미리 물어볼 걸 그랬네. 거짓은 없더라도 몇십 년 뒤에 이루어진다면….”

그때 손님이 찾아온 기척이 났다. 문을 열어보니 낯선 남자가 서 있었다.

“누구십니까. 무슨 일이신지….”

“배달입니다.”

짚이는 곳이 없어 고개를 갸웃거리고 있을 때 물건들이 차례차례 방 안으로 들어왔다. 융단, 응접세트, 대리석 장식품, 액자에 넣은 그림… 값비싸 보이는 양주까지 섞여 있었다. 남자가 돌아간 뒤 S씨는 물건들을 슬쩍 만져봤다. 혹시 환상은 아닐까 걱정됐던 것이다. 하지만 모두 진짜였고 게다가 새것이었다.

도대체 누가 보낸 걸까. 생각나는 것은 단 한 사람. 아까 그 신밖에 없다. 신의 위력에 그는 새삼 감탄했다.

물건들을 방 안에 정돈하자 지금까지 썰렁했던 분위기는 단번에 사라지고 극도의 호화로움이 느껴졌다. 그는 소파에 앉아 마음껏 그 풍요로움을 만끽했다. 하지만 뭔가 부족한 느낌도 들었다. S씨는 아직 미혼이었고, 그 부족한 것이 무엇인지 자신도 금방 알 수 있었다.

"불평할 처지는 아니지만 어차피 소원을 들어주실 거라면 완벽하게 해주셨으면 좋겠는데…."

그렇게 중얼거린 순간 또다시 노크 소리가 들렸다. 문을 열어본 그는 깜짝 놀랐다. 젊고 아름다운 여성이 환하게 웃으며 서 있었다.

"안녕하세요, 기다리고 있었습니다. 어서 안으로 들어오세요."

S씨는 흥분한 어조로 여자를 맞이했다. 또다시 꿈 같은 일이 벌어진 것이다. 손을 뻗어 그녀를 만져보고 싶었지만 아직은 너무 이르고 서두를 필요도 없었다. 대신 자기 팔을 꼬집어봤다. 확실히 아팠다. 현실이 분명했다. 의자에 앉아 머뭇거리고 있는 그녀에게 무슨 말부터 해야 할지 알 수 없었다.

"그렇게 부끄러워하실 것 없습니다. 지금 무슨 일을 하시나요."

"저어, 백화점에서 일하고 있어요…."

그녀는 유명 백화점의 이름을 말했다. 직원 교육이 잘 되어 있기로 소문난 곳이다. 결혼상대로도 더할 나위 없이 훌륭했다. S씨는 만족스러웠다.

"그렇군요. 뭐 편히 계십시오. 무슨 일 때문에 오셨

는지는 잘 알고 있으니까요….".

그 말에 그녀도 안심한 표정을 지었다.

"그렇다면 말씀드리기 쉽겠네요. 사실 연말이라 너무 바쁜 나머지 그만 전표를 잘못 써버렸답니다. 그래서 원래 다른 곳에 배달해야 할 물건을 이 집에 배달해버렸죠….".

"뭐라고요?"

S씨가 멍하니 있는 사이, 문으로 들어온 배달원이 물건들을 차례차례 옮긴 후 그녀와 함께 돌아가 버렸다. 방 안은 다시 원래의 초라한 모습으로 돌아왔다. S씨는 신사로 가서 불만을 털어놓았다.

"이건 너무하지 않습니까, 신령님."

"욕심 부리지 말아라. 그게 지폐 한 장의 몫이다. 더 오래 누리고 싶으면 더 많은 돈을 내야 하느니라."

그 엄숙한 목소리를 듣고 S씨는 투덜거리며 말했다.

"정말 살기 팍팍한 세상이네. 돈을 써도 도무지 쓴 것 같질 않아."

우주 검문소

그 검문 위성은 우수한 대원들을 태우고 지구 주위를 계속 돌고 있었다. 크기도 매우 거대하여 암흑 속에서 차가운 은빛으로 빛나며 위압감을 뿜어냈다. 내부에는 각종 설비가 완비되어 있었다. 이 위성은 아주 중요한 임무를 수행하고 있다. 바로 '우주 검문소'라는 역할이다.

이것은 인류의 우주 진출과 함께 필연적으로 생겨난 것이었다. 즉 위험물, 혹은 어떤 의미로 유해한 것들이 지구로 들어오는 것을 막기 위해서다. 수수께끼로 가득한 우주로부터 청결한 지구를 지켜야만 한다.

예를 들어 치료법이 밝혀지지 않은 병원균이 지구로 유입된다면 끔찍한 일이 벌어진다. 또 어느 행성에서 채집한 특이한 식물이 반입되어도 곤란하다. 예를 들어 토양 속의 미량의 금을 뿌리로 흡수해 열매를 맺는 식물, 즉 황금열매가 열리는 나무 같은 것이 밀수입된다면 인체에 해를 끼치지는 않더라도 세계 경제는 대혼란에 빠질 수 있다.

다른 행성에서 가져온 모든 물품은 반드시 이 검문소에서 철저하게 다시 점검된다. 그 안전성이 확인되지 않으면 지구 착륙은 허용되지 않는다.

그 때문에 우주 검문소의 소장은 막강한 권한을 지니고 있다. 다행히 아직 별다른 사건이 일어난 적은 없지만 그렇다고 해서 긴장을 늦출 수는 없었다.

소장실은 모든 상황을 즉시 파악할 수 있게 되어 있었다. 레이더망이 촘촘히 펼쳐져 있어 지구로 접근하는 물체의 움직임을 빠짐없이 포착한다. 또 검문소 소속 소형 우주선들이 끊임없이 경계를 유지하며 무단 레이더망 돌파에도 눈을 번뜩이고 있었다.

소장은 날카로운 표정으로 벽에 켜진 램프의 변화를 보고 무전으로 명령을 내렸다.

"순찰 103호, 응답하라."

즉시 응답이 돌아왔다.

"네, 소장님. 여기는 순찰 103호입니다."

"레이더가 뭔가를 포착했다. 그쪽과 가까운 위치다. 운석일 수도 있지만 만일의 경우도 있으니 정체를 확인한 후 보고해라."

잠시 후 보고가 들어왔다.

"운석이 아닙니다. 태양계 밖에서 돌아온 탐사대 우주선입니다."

"좋다. 그럼 검문소에 들르도록 통보해라. 만약 따르지 않으면 즉시 공격해서 격파하라."

소장의 권한은 막강했다.

"알겠습니다."

우주선은 지시에 따라 정지했고 순찰선의 안내를 받아 공간에 떠 있는 검문소로 끌려왔다.

먼저 우주선 내부를 완벽하게 소독한 뒤, 소장은 그 승무원들을 맞이했다.

"긴 탐험 여행, 정말 수고 많으셨습니다. 이것도 업무이니 양해해 주시기 바랍니다."

탐험대 대장은 온화하게 답했다.

"네, 그 점은 잘 알고 있습니다. 방침에 기꺼이 협조하겠습니다."

"그런데 탐험 성과는 어땠습니까?"

"그럭저럭입니다. 지금까지 미지였던 몇몇 행성을 조사했습니다. 그중 하나는 문명을 가진 주민이 살고 있었습니다. 그 문명이 지구보다 높은지 낮은지는 아직 잘 모르겠습니다. 얼른 지구로 돌아가서 자료를 제대로 검토해보고 싶습니다. …그럼 소독도 끝난 것 같으니 이제 지구로 출발해도 될까요?"

검문소장은 급히 제지했다.

"잠깐 기다려 주십시오. 세균 말고도 뭔가 위험한 것이 있을지 모릅니다. 그게 이 경계망을 뚫고 들어온다면 큰일일 뿐만 아니라 제 책임이 됩니다. 바로 그때문에 신중하게 조사할 권한이 저에게 주어져 있는 겁니다."

"네, 그 말씀 맞습니다. 충분히 조사하시죠…."

검문소 직원들은 온갖 각도에서 조사하고 광석 한 조각까지 샅샅이 연구했다. 식물 종자도 있었으나 지구의 대기에서는 자랄 수 없는 종류로 밝혀졌다. 큰 소동을 일으킬 물건은 아니었다.

모든 면에서 엄중한 점검이 끝나고 안전성도 확인되었다. 탐험대장이 나섰다.

"이제 괜찮겠습니까?"

"아니요, 잠시만 더 기다려 주십시오."

신중한 검문소장은 그 말을 가로막았다. 서류상으론 아무 문제없지만 뭔가 찜찜한 느낌이 들었던 것이다. 그것은 탐험대원들의 눈빛. 마치 뭔가에 홀린 듯한 눈빛이었다.

긴 여행으로 인한 우주 피로 같은 것일까, 아니면 자신의 기분 탓일까.

아니면… 하고 소장은 생각했다. 인간의 몸 안에 들어가 정신을 지배하는 생물이 광대한 우주 어딘가에 없으리란 보장이 없다. 이 대원들이 만약 그런 것에 씌었다면? 그런 것이 지구에 침투하기라도 하면 큰일이다. 미리 확인하는 것이 상책이다.

소장은 의료팀에 명령해 정밀한 건강 진단과 치료를 실시했다. 매일 병실을 찾아가 경과를 관찰했다. 하지만 탐험대원들의 증상, 즉 이상한 눈빛은 얼마 안 가 완전히 사라졌다. 이제 모든 면에서 아무 문제없는 상태였다. 소장은 서류에 서명하고 통과를 허가했다. 탐험대 우주선은 그리운 지구를 향해 출발했다.

이처럼 우주 검문소의 일은 쉴 틈 없이 신경을 곤두세워야 하는 긴장의 연속이었다.

순찰정으로부터 무선 연락이 와서 소장실에 지령을 요청했다.

"소장님. 지구를 출발한 우주선이 통과를 요청하고 있습니다. 허가해도 될까요?"

지구 주변의 모든 정보는 일단 소장실에 보고된다. 소장은 이렇게 답했다.

"기다려. 여기 들러 검사를 받으라고 전해라."

"네, 알겠습니다."

하지만 잠시 후 순찰정이 다시 지령을 청했다.

"상대에게 전했습니다만 그런 규칙은 없다, 검사는 지구로 돌아올 때만 받는 것이다, 라고 대답했습니다."

소장은 강경한 어조로 말했다.

"명령이라고 전해라. 모든 권한을 위임받은 검문소장의 명령이다. 거부하면 공격한다고 해라."

"네."

얼마 지나지 않아 그 우주선은 순찰정의 안내를 받아 검문소에 들렀다. 대장은 어딘가 불만스러운 표정이었다.

"어떻게 된 겁니까? 출발 도중에 정지를 요구하다니. 우리는 백조자리 방면으로 향하는 탐험대입니다. 이곳에도 이미 연락을 넣었을 텐데요."

"알고 있습니다. 하지만 소장으로서 필요하다고 판단되면 뭐든 할 수 있는 권한이 있습니다. 반항하시는 겁니까?"

"아니, 그럴 생각은 없습니다. 다만 빨리 끝내 주셨으면 합니다."

소장은 우주선 내부 소독을 명령하고 장비 목록을 제출하라고 했다. 대장은 마지못해 응하면서도 못마땅한 어조로 말했다.

"대체 무슨 필요가 있어서…."

"돌아오셨을 때의 점검을 간단히 하기 위해서입니다…. 아, 소형 핵미사일을 싣고 있군요."

"안 됩니까? 미지의 우주로 떠나는 길입니다. 어떤 적을 만날지 알 수 없지 않습니까?"

"안 됩니다. 핵미사일, 화염방사기, 독가스 분사기.

모든 무기는 저희가 보관하겠습니다."

"그런 억지가 어디 있습니까."

"제 명령입니다. 따를 수 없다면 지구로 돌아가십시오. 무기를 맡기지 않으면 통과는 허가할 수 없습니다. 어느 쪽을 선택하시겠습니까?"

"만약 적을 만나면 어쩌란 말입니까?"

"도망치면 됩니다. 그게 최선의 방어법입니다."

"참나, 알겠습니다. 어쩔 수 없군요."

우주선은 검문소에 무기를 모두 맡기고 태양계 밖으로 떠나는 탐험 여행길에 올랐다.

"정말 책임이 무겁군. 마음 편히 쉴 틈도 없어. 하지만 이것이 우리의 의무."

소장은 우주선을 배웅하며 중얼거렸다. 그 눈빛에는 무언가에 홀린 듯한 이상한 빛이 감돌고 있었다.

"네, 맞습니다."

고개를 끄덕이는 부하들의 눈빛도 마찬가지였다.

이와 같이 위험물이나 혹은 어떤 의미로든 유해한 것들은 모두 이 검문소에서 차단된다. 수수께끼로 가득 찬 지구로부터 청결한 우주를 지키기 위해서….

구인난

S씨는 고개를 숙인 채 홀로 밤길을 걷고 있었다.

그 모습에서 짐작할 수 있듯이 그는 그다지 활력이 넘치는 상태는 아니었다. 그렇다고 꼼짝달싹 못 할 만큼 궁지에 몰린 극단적인 상태는 아니었지만….

S씨는 작은 공장의 경영자였다. 요즘 그는 일 문제로 골머리를 앓고 있었다. 지금까지는 순조롭게 회사를 꾸려왔지만 최근 구인난 때문에 운영 전망이 점점 불투명해진 것이다. 지인을 통해 어떻게든 직원을 보충했지만 겨우 쓸만해졌다 싶으면 금세 더 조건이 좋은 대기업으로 옮겨가버렸다.

앞날을 생각하면 도무지 기운이 나지 않았다. 기분이라도 달래보려 술집에 갔지만 술기운으로도 이 고민은 사라지지 않았다. 고개를 숙인 채 밤길을 걷고 있던 것도 그 때문이었다.

하지만 고개를 숙인 채 걷고 있었기에 우연히 뭔가를 발견할 수 있었다. 길가에 지갑이 떨어져 있었던 것이다. S씨는 그것을 주워 가로등 불빛 아래서 살펴보았다. 조금 고풍스러운 형태지만 입구에 금속 장식이 달린 지갑이었다.

그는 주위를 둘러봤다. 주인이 근처에 있으면 알려줄 생각이었다. 하지만 인기척도 없고 발소리도 들리지 않았다. S씨는 딸깍 소리를 울리며 금속 장식을 열고 안을 들여다보았다. 지폐 한 장. 내용물은 그뿐이었다. 인감이나 명함 같은 것은 들어 있지 않았다.

S씨는 파출소를 찾으려다 이내 그만뒀다. 신고하면 주소, 이름, 직업을 묻고 주운 장소도 물어볼 것이다. 시간만 낭비할 것이 뻔하다. 혹시 돈을 일부 빼돌린 건 아니냐고 의심받을 수도 있다.

요즘은 구인난이니 미숙한 경찰도 있지 않을까. 하필 그런 경찰을 만나 똑같은 말을 몇 번이나 반복해야할지도 모른다. 생각만 해도 지긋지긋하다. 큰돈이라면 모를까 이 정도 금액으로 그런 일을 겪기는 억울했다.

그렇다고 지갑을 다시 그 자리에 놓아두고 떠날 수도 없었다. 이리저리 고민한 끝에 그는 지갑을 주머니에 넣었다. 그리고 지나가던 택시를 잡아 그 지폐로 요금을 내고 집으로 돌아왔다. 안주머니에서 지갑을 꺼내기가 귀찮았던 것이다.

다음 날, S씨는 무심코 어젯밤에 주운 지갑을 꺼내서 열었다가 자신도 모르게 중얼거렸다.

"이게 어떻게 된 거지? 내가 어제 취해서 그런가…"

그가 고개를 갸웃거리는 것도 무리가 아니었다. 지갑 안에 지폐가 들어 있었다. 분명히 택시비로 써버렸을 텐데….

S씨는 그 지폐를 집어 들고 한참이나 신기해하며 바라보았다. 마침 그때 신문 수금원이 찾아왔고 S씨는 그 돈을 내주었다.

하지만 생각하면 할수록 이상했다. 자신의 지갑을 확인해 봐도 돈은 줄어들지 않았다. 도대체 그 지폐는 어디서 나온 걸까? 설마….

설마 싶었지만 시험해볼 가치는 있었다. S씨는 지갑의 금속 장식을 닫았다가 다시 열어보았다. 방금 수금원에게 돈을 줬는데도, 여전히 지폐가 남아 있었다.

"믿을 수 없군. 환각일지도 몰라."

환각인지 시험하기 위해 S씨는 성냥불을 가까이 대보았다. 환각이 아니라는 것을 보여주기라도 하듯 불꽃이 번지기 시작했다. 그는 황급히 불을 껐다. 화상을 입었는지 손가락 끝에 통증이 느껴졌다. 덕분에 꿈이 아니라는 것도 증명할 수 있었다.

그는 지갑을 닫았다가 다시 열어보았다. 이번에도 지폐가 들어 있었다.

아무래도, 이 지갑은 닫았다가 다시 열면 지폐가 나오는 모양이었다. 어째서 그런지는 알 수 없지만 사용법만 알면 그걸로 충분했다. 전기 스위치를 켜서 제대로 작동만 하면 내부 구조까지 신경 쓰는 사람은 많지 않다. 섣부른 호기심은 좋지 않은 결과를 초래한다는 것은 황금알을 낳는 거위를 죽인 옛날이야기만 봐도 알 수 있다.

하지만 S씨에게는 한 가지 마음에 걸리는 점이 있었다. 과연 이 지폐가 통용되는 지폐일까. 그는 그 지폐를 들고 근처 은행에 가서 창구 직원에게 물어봤다.

"입금된 돈 중에 있던 건데 혹시 위조지폐가 아닌가 해서요."

"잠시만 기다려주세요."

직원은 그 지폐를 받아들고 여기저기 책상을 돌아다니며 확인했다. 손끝으로 만져본 것만으로 위조지폐를 구별하는 사람도 있다지만 구인난이 심한 요즘 은행에는 그런 인재가 많지 않은 모양이다.

은행원들은 돌아가며 조명을 비추거나, 지폐를 비춰보거나, 확대경으로 들여다봤다. 이윽고 답이 나왔다.

"진짜입니다. 모든 면에서 진짜와 다른 점을 발견할 수 없습니다. 그러니 진짜라고 해도 무방할 것 같습니다."

에두른 설명이었지만 통용된다면 그걸로 충분하다. S씨는 인사를 건넸다.

"감사합니다."

"그럼 이 돈은 어떻게 하시겠습니까? 혹시 예금을…."

"아뇨, 잔돈으로 바꿔주십시오."

S씨는 교환받은 동전을 손에 쥐고 은행을 나섰다.

이 돈을 써도 나중에 문제가 생길 걱정은 없다는 것이 확실해졌다. 이걸로 일단 안심이다.

그는 그 안도감을 놓치지 않기 위해 동전으로 튼튼한 끈을 샀다. 그 한쪽 끝을 지갑에 매고 한쪽 끝을 고리로 만들어 목에 걸었다. 썩 보기 좋지는 않았지만 소매치기를 생각하면 대수롭지 않은 문제다. 이 지갑을 잃어버리면 큰일이다.

잃어버리면 큰일이라는 것은 바꿔 말하면 잃어버리지 않으면 만사 오케이라는 뜻이기도 하다. 그렇다. 구인난에 시달리던 작은 공장 따윈 이제 아무래도 상관없었다. 지갑에서 돈이 얼마든지 쏟아져 나오니까.

S씨는 잔꾀를 부려 이런 실험도 해보았다. 지갑을 연 채로 거꾸로 매달아 두면 수도꼭지에서 물이 흐르듯 돈이 쏟아져 나오지 않을까 생각한 것이다. 하지만 그런 일은 일어나지 않았다. 거기까지 바라는 것은 욕심이 지나쳤다.

실험은 실패했지만 딱히 불만은 없었다. S씨는 지갑을 열었다 닫는 것이 이내 버릇이 되어버렸다. 세상에는 손가락을 딱딱거리거나, 머리를 긁적이거나, 수첩을 만지작거리는 버릇을 가진 사람이 많다. 그것

과 마찬가지일 뿐인데 그럴 때마다 지폐가 나오는 것
이다.

그는 집에 틀어박혀 그 행위에 열중했다. 어쩌면 세
상에는 더 손쉽게, 더 빠르게, 더 큰돈을 버는 사람도
있을지 모른다. 하지만 이 지갑에서 나오는 돈은 세금
이 붙지 않는다.

아니, 정확히 말하면 과세 대상이겠지만 입 다물
고 있으면 알 턱이 없다. 거래처를 통해 탈세가 드러
나는 성질의 수입이 아니니까. 세무서도 구인난으로
인력이 부족할 테니 거기까지 조사할 여유는 분명 없
을 것이다.

S씨가 계속 집에만 틀어박혀 있었던 건 아니다. 돈
은 쓰라고 있는 것임을 그는 잘 알고 있었다. 부지런
히 지폐를 꺼내 그 돈을 저금하는 것은 무의미하다.
이 지갑 자체가 편리하기 짝이 없는 예금통장 아닌가.

S씨는 마음껏 놀러 다녔다. 여행, 술과 음식, 아름
다운 여자, 옷…. 놀다 지치면 멍하니 앉아서 지갑 입
구를 딸깍거리기만 하면 된다. 더 바랄 것이 없는 생
활이었다.

단 하나 곤란한 점이 있다면 손가락 끝에 굳은살

이 생긴 것이었다. 하지만 사람을 고용해서 대신 시킬 생각은 들지 않았다. 구인난의 시대다. 이런 중대한 비밀을 믿고 맡길 만한 사람이 지금 이 사회에 있을 리가 없다.

S씨의 생활은 이상적일 만큼 순조로웠다.

그러던 어느 날. S씨는 늘 하던 대로 지폐를 꺼내려 했다. 그런데 이번에는 평소처럼 매끄럽게 나오지 않았다.

"이상하군. 고장 났나?"

손가락에 힘을 주어 잡아당겼지만 좀처럼 나오지 않았다. 그는 지갑에 묶은 끈을 기둥에 감고 본격적으로 힘을 줬다. 그 순간 반대로 S씨 쪽이 끌려갔다. 지갑이 순간적으로 커진 것인지, S씨가 작아진 것인지는 알 수 없었다. 어쨌든 그는 순식간에 지갑 안으로 끌려가 버렸다.

잠시 놀라서 멍하니 서 있던 S씨는 이내 정신을 차리고 주위를 둘러보았다. 어둑한 공간 속에 낯선 풍경이 펼쳐져 있었다. 몇 번인가 눈을 꿈뻑거리고 있을 때 역시나 낯선 인물이 앞으로 다가왔다.

"어서 오십시오."

상대의 말에 S씨는 되물었다.

"누구죠, 당신은."

"지옥의 지배자입니다."

"그렇다면 나는 죽은 거군요. 하지만 지옥이라니, 너무 가혹하지 않습니까. 그렇게까지 나쁜 짓을 한 것 같진 않은데. 아니, 솔직히 털어놓자면 낡은 지갑 하나를 주워서 신고하지 않았습니다. 아주 편리한 지갑이긴 했지만, 그건 지갑 쪽 문제지 내 책임은 아니잖습니까. 지옥으로 보내는 건 아무리 생각해도 부당합니다."

S씨는 당황해서 논리적인지 비논리적인지 알 수 없는 논리를 펼치며 자신을 변호하는 데 전념했다.

"뭐, 너무 성급하게 결론을 내리지는 마시죠. 당신은 아직 죽지 않았습니다."

지옥의 지배자는 지배자답지 않게 정중한 어조로 말하며 종이 한 장을 내밀었다. 들여다보니 숫자가 적혀 있었다.

"뭡니까, 이 숫자는."

"지금까지 대신 내드린 금액입니다. 상환해 주실 수 있습니까? 아니면…."

"말도 안 돼. 돈은 다 써버렸습니다. 갚으라고 해도 그럴 수 없습니다. 만약 못 갚으면 어쩔 겁니까. 지옥에서 괴롭히기라도 할 겁니까."

그러나 지옥의 지배자는 고개를 저으며 여전히 예의 바르게 말했다.

"아뇨, 당신을 지옥에서 괴롭힐 생각은 전혀 없습니다. 제 일을 도와서 망자들을 관리해주시면 됩니다."

"좋은 일자리는 아니군요. 도대체 언제까지 해야 하는 겁니까."

"대신 지불해드린 금액에 해당하는 기간 동안만 일하시면 됩니다. 그쯤이면 다음 사람이 오겠지요. 사실 이런 방법은 쓰고 싶지 않았지만 지옥도 요즘 구인난이라서요…."

버튼 행성에서 온 선물

N전기회사는 바야흐로 도산 직전의 상태였다.

그 원인은 여러 가지를 꼽을 수 있다. 자금사정도 넉넉지 않고 뚜렷한 개성도 없었으며 새로운 분야에 대한 의욕도 부족했다. 게다가 세상의 전반적인 경기 불황까지….

하지만 이제 와서 반성해봐야 이미 때는 늦었다. 임원 회의가 계속 이어졌지만 묘안은 떠오르지 않았다. 그 자리에서 한 사람이 이런 제안을 했다.

"어떻습니까, 차라리 하늘의 별에 소원이라도 빌어볼까요."

자포자기 끝에 나온 농담이었지만 이에 동의하는 사람이 나왔다.

"좋습니다. 사람이 할 수 있는 건 다 했으니 이제는 하늘에 맡길 수밖에요."

"이대로 망하는 것보다는 뭐라도 해보는 게 낫겠죠. 그게 관계자들에 대한 도리 아니겠습니까."

어딘지 모르게 논리가 뒤틀린 터무니없는 결론에 도달했다. 하지만 생각해보면, 차라리 양심적이라고 할 수 있을 것이다. 망하기 직전의 기업이 사기를 치고 도망치는 흔한 사례에 비하면 훨씬 낫다.

그리하여 남은 자금과 자재를 모두 투입하여 공장 안에 기묘한 형태의 안테나가 설치됐다. 그곳에서 우주로 전파가 송출되었다.

『하늘의 별이여, 우리의 소원을 들어주십시오. 도와주세요.』

과학적이면서도 소녀 취향적이고 어딘가 신흥 종교 같은 분위기도 느껴졌다. 다소 기이한 광경이었지만 인간이란 궁지에 몰리면 누구나 엉뚱한 짓을 하게 마련이다.

하지만 시도해 본 보람은 있었다. 잠시 후 답신이

들어온 것이다.

『좋아, 도와주겠다』

뜻밖의 결과에 모두가 환성을 질렀다. 역시 뭐든 해 보는 게 상책이다. 어차피 안 될 거라며 포기했다면 이 런 일은 일어나지 않았을 것이다.

『부탁드립니다. 정말 간절히 청합니다.』

이제는 이 방법에 매달려 발전시키는 수밖에는 방 법이 없었다. 그러자 또다시 답신이 왔다.

『도와주겠다고는 했지만 구체적으로 어떻게 해야 할지 감이 오지 않는다. 우선 그쪽 사정을 자세히 알 려다오….』

지당한 말이었다. 지구의 생활을 대강 설명하고 더 나아가 N전기회사의 어려움을 호소했다. 상당히 번거 로운 일이었지만 이제는 확실한 희망이 보이는 단계 다. 기대와 긴장 속에 통신이 이어졌다. 상대에게도 그 마음이 통했던 모양이다.

『대충 알겠다. 너희 별은 우리 별과 거의 비슷한 것 같군. 하지만 우리 과학이 조금 더 앞서 있다. 그 일부 를 전수해 주마. 제품으로 만들어 팔아보아라.』

『이렇게 친절하실 수가. 그걸로 충분합니다. 부디….』

이윽고 별에서 온 통신은 어떤 장치의 제작법을 알려줬다. 그 지시대로 물건을 만들자 '과일, 채소 껍질 벗기기 기계'라고 부를 만한 제품이 완성되었다. 과일을 올려놓고 버튼 하나만 누르면 단번에 껍질이 말끔하게 벗겨진다. 편리하기 짝이 없었다.

N전기회사는 곧바로 이 제품을 대량 생산하여 판매에 나섰다. 반응도 좋고 판매 실적도 좋아 일단 도산의 위기에서는 벗어날 수 있었다. 하지만 아직 회사가 완전히 번창했다고는 할 수 없었다. 그러기 위해서는 또다시 별의 힘을 빌려야 했다.

『정말 감사합니다. 덕분에 살았습니다. 염치없지만 조금만 더 지혜를 빌리고 싶습니다.』

조심스럽게 부탁하자 별에서는 또다시 친절한 답신과 함께 새로운 발명품이 전해졌다. 이번에는 자동 넥타이 매듭기였다. 버튼 하나만 누르면 깔끔하게 넥타이를 맬 수 있다. 이 또한 판매 실적은 양호했다.

별에서의 지도는 이것으로 끝나지 않았다. 버튼만 누르면 통조림을 따고 병뚜껑을 열어주는 장치. 버튼만 누르면 생선 가시를 발라주는 장치. 버튼만 누르면 음식을 입에 넣어주는 장치까지 나왔다. 심지어 버튼만 누르면 옷의 단추를 채우거나 푸는 장치까지 전수받았다.

세상에는 귀찮은 걸 싫어하는 사람이 많다. N전기 회사가 잇달아 내놓는 신제품들은 모두 압도적인 환영을 받았다. 그에 따라 회사도 계속 성장해 나갔다.

이렇게 편한 장사가 또 있을까. 다른 회사처럼 연구원을 많이 둘 필요도 없다. 바로 특허 등록만 하면 된다. 산업 스파이가 끼어들 여유조차 없다.

게다가 만들기만 하면 반드시 팔리고 그 판매량은 경이적이었다. 너무 많이 만들어서 재고가 쌓일 걱정도 없었다. 만드는 족족 다 팔렸기 때문이다.

공장을 확장했지만 그것만으로는 감당이 안 돼서 외주까지 돌렸다. 이제는 너무 많이 벌어서 곤란할 지경이 되었다.

버튼 하나만 누르면 목적지까지 데려다주는 자동차. 버튼 하나로 수염을 깎고 몸을 씻어주는 장치. 별에서의 전수는 계속 이어졌다. 그리고 어느 날, 지시에 따라 복잡한 대형 장치가 완성됐다. 비용은 꽤 들었지만 이제 그런 것은 아무 문제도 아니었다.

문제는 이 장치의 사용 목적을 아무도 모른다는 점

이었다. 전문가에게 조사하게 하면 밝혀낼지도 모르지만 N전기회사에는 그런 인재가 없었다. 어차피 제조만 하면 그만이니까. 군이 전문가를 새로 고용하느니 별에 직접 질문하는 편이 빠르다. 그리고 더 싸게 먹힌다.

『지시에 따라 만들긴 했지만 이게 어디에 쓰는 건지 모르겠습니다. 알려주시겠습니까.』

『알려주지. 그건 버튼 전쟁용 장치다.』

일동은 조금 당황했다. 성공에 취해서 어쩌다보니 위험한 물건을 만들게 되고 말았다. 이런 장치가 있으면 언젠가는 눌러보고 싶은 유혹에 사로잡히는 자가 나타날 것이다. 설마 지구를 파멸시키려는 일련의 음모였던 걸까. 그들은 감사인사인지 불만인지 모를 메시지를 보냈다.

『호의는 감사하지만 무기라니 놀랍군요.』

『누가 무기라고 했나. 그건 방어용 장치다. 전쟁이 일어날 것 같으면 그 버튼을 눌러라. 핵무기로 인한 파괴를 막아준다.』

그 말을 듣고 모두 안도했다. 그래도 만약을 위해 공개 실험이 이루어졌다. 특별히 허가를 받아 소규모

실험이 진행되었다. 효과는 경이적이었다. 결과는 놀라움 그 자체였다. 장치 주변, 일정 반경 내에는 아무런 피해도 없었다. 풀 한 포기 시들지 않고 벌레 한 마리 죽지 않았다.

말할 것도 없이 세계 각국에서 주문이 쇄도했다. 죽음의 상인들로부터 거센 방해공작도 있었지만 부질없는 저항이었다. 이것을 사들이지 않으면 국민들이 가만 있지 않을 것이기 때문이다.

각국에 납품한 덕분에 N전기회사는 막대한 이익을 올릴 수 있었다. 아무리 비싼 값을 불러도 반드시 팔렸다.

이 일이 일단락되었을 무렵, 또다시 별에서 정체불명의 장치가 전해졌다. 이번에는 또 뭘까. 지난번 일도 있으니 의문은 들지만 불안은 없었다. 지난번보다도 더욱 거대하고 복잡했지만 아낌없이 자금이 투입되었다. 지금까지 번 돈을 대부분 쏟아 부어야 했지만 그것도 걱정할 것 없다. 어차피 곧 회수할 수 있을 테니까.

『지난번에는 감사했습니다. 이번에도 또 엄청난 장치가 완성됐습니다. 어떻게 사용해야 할까요?』

『설명하기 귀찮으니 버튼을 눌러 봐라.』

그것이 지시였다. 주저 없이 버튼을 눌렀다. 장치는 낮게 웅웅거리는 소리를 울리며 작동하기 시작했다. 하지만 아무리 기다려도 별다른 변화가 나타나지 않았다. 모두가 서로 얼굴을 마주봤다.

"이게 뭐지? 아무짝에도 쓸모없는 것 같은데. 속은 것 아닐까?"

"아니야, 그럴 리 없어. 지금까지의 실적으로 봐서 괜히 쓸모없는 걸 전수해줄 분들이 아니야."

서로 대화를 나누던 도중 누군가가 눈치챘다. 장치 위에 낯선 인물이 서 있는 것을. 누군가가 곧 주의를 줬다.

"그런 곳에 함부로 올라가면 안 돼. 너는 누구냐. 처음 보는 녀석인데 수상하군. 우리 회사의 비밀을 캐내러 침입한 거겠지."

그러자 상대는 거만한 어조로 대답했다.

"나 말인가. 나는 지금까지 너희에게 많은 것을 가르쳐준 그 별의 인간이다."

모두가 다시 한번 그를 자세히 바라보았다. 확실히 어딘가 이질적인 분위기가 풍겼다. 하지만 외모나 옷차림은 지구인과 크게 다르지 않았다. 하긴 그렇지 않다면 자동 넥타이 매듭기나 단추 잠금장치 같은 것들을 전수해 줄 수 없었을 것이다. 다만 태도는 오만했다. 양손을 주머니에 넣은 채 사람들을 내려다보고 있었다. 하지만 이 또한 어쩔 수 없었다. 지금까지 많은 도움을 받았던 상대였으니까.

"그러셨군요. 잘 오셨습니다. 안 그래도 직접 뵙고 감사 인사를 드리고 싶었습니다. 그런데 여긴 어떻게…."

"이 장치를 통해서 왔다. 이건 텔레포트 수신 장치다. TV로 영상이 전송되듯 이걸 이용하면 물질이든 사람이든 그대로 순간 이동시킬 수 있지."

모두가 탄성을 터뜨리며 감사를 전했다.

"그렇군요. 이렇게 훌륭한 발명품을 알려주셔서 고맙습니다. 아무리 감사드려도 모자랄 지경입니다. 이걸 활용하면 우주선 같은 건 곧 구식이 되겠군요."

"그 점은 맞다. 하지만 감사할 필요는 없다."

"어째서입니까. 꿈 같은 성능의 장치를 만들게 해주셨는데요."

모두의 의문에 상대는 이렇게 답했다.

"이건 너희가 사용할 것이 아니다. 우리 전용이다."

"그 말씀은…?"

"이 지구를 점령할 생각이다. 우리 쪽은 인구가 지나치게 늘어서 곤란한 상황이다. 곧 이주를 시작할 예정이다. 마침 살기에도 제법 괜찮아진 것 같군."

"그건 곤란합니다. 지금까지 기술을 전수해주신 대가는 지불하겠습니다. 그러니 그것만은 부디 용서해주십시오."

"우리가 알 바 아니지. 포기해라. 저항해도 소용없다. 우리를 막는 방법만은 일부러 전수해주지 않았으니까…."

정말이지 지구인과 닮은 구석이 많은 제멋대로인 상대였다. 그는 장치의 버튼을 눌렀다. 인원이 하나둘씩 늘어나기 시작했다. 그들의 외모는 앞서 말한 대로 지구인과 거의 구분이 가지 않았다. 하지만 주머니에서 손을 꺼내 귀찮다는 듯 버튼을 누르는 그들의 손에는 손가락이 하나밖에 없었다.

천사와 훈장

기분 좋게 술기운이 오른 N씨는 술집을 나서려 했
다. 그러니 문을 열고 한 걸음 밖으로 나선 순간, 예상
치 못한 사태에 직면했다.

그렇다고 어느새 몇 미터나 되는 눈이 쌓여 있다거
나 그런 천재지변이 일어난 것은 아니었다. 한 청년과
정면으로 부딪힌 것이다.

"이봐, 조심 좀 해."

청년이 기세 좋게 소리쳤다. N씨는 느긋하게 대꾸
했다.

"거 참, 진정하세요. 일부러 부딪힌 것도 아닌데…."

언짢은 기분을 달래기 위해 홧술을 마시려고 술집에 달려온 청년. 이미 술을 마시고, 기분 좋게 집으로 돌아가려던 N씨. 정반대 상태인 두 사람이 서로 말이 잘 통할 리가 없었다. 대화가 오갈수록 그 어긋남은 점점 커졌다.

"이거나 먹어라."

청년이 큰소리로 외치며 N씨에게 주먹을 날렸다. 피할 새도 없이 먼저 오른쪽 얼굴에 한 방. 그리고 이어서 또 한 방. 이번에는 왼쪽이었다.

하지만 통증은 별로 느껴지지 않았다. 아니, 사실은 꽤 아팠을지 모르지만 N씨는 그것을 느끼지 못했다. 선천적으로 둔감해서도 아니고 얼굴 가죽이 유독 두꺼워서도 아니었다. 신경계를 컨트롤해서 고통을 차단하는 비법을 익힌 것도 아니었다. 얻어맞고 뒤로 넘어지며 도로에서 머리를 부딪혀서 순식간에 기절해버렸기 때문이다.

의식을 잃은 것과 동시에 N씨는 곁에 기묘한 존재가 나타난 것을 알아차렸다. 커다랗고 하얀 날개를 지닌 상대였다.

"왜 이런 곳에 바보 새가…."

N씨가 의아해하자 상대는 대답했다.

"바보라니 무례하군요. 평소 같으면 이대로 돌아갔을 겁니다."

"기분 상했다면 미안합니다. 그런데 대체 누구시죠?"

"잘 보세요. 저는 천사입니다."

정말로 천사임을 깨달은 N씨는 당황했다.

"아, 정말 그렇군. …그렇다면 난 죽은 건가. 아아, 제발 살려줘. 아직 죽고 싶지 않아. 나는 마흔다섯 살, 어느 회사의 회계과장으로 일하고 있어. 물론 내가 사회에 꼭 필요한 인물이라고 주장할 생각은 없지만, 그래도 죽기에는 너무 이르잖아."

천사는 N씨의 손금을 잠시 살펴본 후 말했다.

"걱정하지 마세요. 당신의 수명은 아직 많이 남았습니다. 데리러 온 것이 아닙니다."

"그 말을 들으니 마음이 놓이는군. 그렇다면 무슨 일로 왔지?"

"마침 지나가던 길에 방금 사건을 목격했습니다. 당신은 폭력에 맞서 폭력으로 대응하지 않았죠. 오른뺨을 맞으면 왼뺨을 내밀라는 우리의 가르침을 말 그대로 실천하셨습니다. 진심으로 존경스럽습니다."

천사는 고개를 숙였다. 그 말을 듣고 N씨는 뭔가 쑥스러운 느낌이 들었다. 술에 취해 몸이 둔해지지만 않았어도 오히려 청년을 때려눕혔을지 모른다. 하지만 굳이 거기까지 털어놓을 필요는 없을 듯했다.

"칭찬 고맙군."

"이렇게 훌륭한 분을 그냥 지나칠 수는 없지요. 수명은 아직 남았지만 원하신다면 제 권한으로 그걸 끊고 바로 천국으로 안내해 드릴 수도 있습니다만…."

"잠깐. 호의는 고맙고, 천국도 틀림없이 좋은 곳이겠지. 하지만 지금 당장 가고 싶지는 않아."

"당신은 정말로 보기 드물게 겸허한 분이군요. 더욱 감탄했습니다. 하지만 이렇게 빈손으로 돌아갈 수는 없습니다. 마음에 드실지는 모르겠지만 훈장 하나를 드리죠."

천사는 그렇게 말하며 뭔가를 꺼냈다. N씨는 호기심에 사로잡혀 입을 다무는 것도 잊은 채 그것을 바라봤다. 전혀 훈장처럼 보이지 않는, 마치 항아리처럼 생긴 물건이었다.

실제로 그것은 작은 항아리였다. 천사가 뚜껑을 열자 안에서 안개 같은 기체가 세차게 뿜어 나와 마침 벌어진 N씨의 입으로 들어갔다. 그는 다시금 당황했다.

"이봐, 이게 무슨 훈장이야. 남의 입에 이상한 걸 넣으면 어떡해. 혹시 축하 샴페인인가. 아니면 부상으로 향수라도 주는 거야?"

"훈장이라고 해도 반짝반짝 가슴에 달고 자랑하는 인간 세상의 훈장과는 다릅니다. 천국의 훈장은 좀 더 실질적이랍니다."

"별로 실질적인 것 같진 않은데."

"의심하지 마세요. 방금 그 연기로 당신이 가진 능력 중 하나를 월등하게 높여드렸습니다. 자유롭게 활용해서 인생에 보탬이 되시길 바랍니다."

"그런가. 어쨌든 사실이라면 고맙군."

"사실입니다. 깨어나면 곧바로 시험해 보세요. 거짓이 아니라는 걸 금방 알게 될 테니까요."

"그런데 대체 어떤 능력을 높여준 거지?"

"그건 말이죠….."

천사가 입을 열었다.

순간 N씨는 의식을 되찾았다. 주위를 둘러보니 그는 병원 침대에 누워 있었다. 곁에 서 있던 의사가 그를 불렀다.

"드디어 혼수상태에서 깨어나셨군요. 최대한 빨리 의식을 회복할 수 있도록 애썼습니다. 다행히 효과가 있군요."

의사가 기뻐하며 말했지만 N씨는 못마땅하게 대답했다.

"고맙긴 한데 좀 더 천천히 깨워주셨으면 더 고마웠을 겁니다."

"아하, 혼수상태일 때 뭔가 환상을 보셨군요."

"환상이 아닙니다. 정말 천사를 만났습니다. 그리고 훈장도 받았죠."

의사는 라이트를 N씨의 눈에 비추고 들여다보며 중얼거렸다.

"아무래도 어디를 잘못 부딪히신 것 같군요."

"아뇨, 그렇지 않습니다. 제 정신은 멀쩡합니다. 나이 마흔다섯, 회사에서는 회계과장, 회사 위치는⋯."

N씨의 말에 의사는 고개를 끄덕였다.

"아까 주머니에 있던 명함을 확인해봤습니다. 회사 쪽에는 병원에서 사고가 났다고 연락드렸습니다."

"수고를 끼쳤군요. 이걸로 제 기억이 멀쩡하다는

걸 아셨겠죠?"

"네. 그런 사회적 지위와 상식을 갖춘 분이 천사의
훈장 운운하시는 건…."

"알겠습니다. 역시 환각이었던 것 같군요. 하지만…."

상대를 너무 자극해서는 안 된다. N씨는 입을 다물
고 머릿속으로 생각을 이어갔다.

하지만 너무나도 생생하다. 천사가 나타난 것도, 선
물을 준 것도 단순한 환각이라고는 도저히 생각할 수
없다. 그리고 기분 탓일지도 모르지만 왠지 자신의 어
떤 능력이 높아진 듯한 기분도 들었다.

N씨는 살짝 손을 뻗어 침대 기둥을 움켜잡았다. 하
지만 아무 변화도 일어나지 않았다. 만약 힘이 세졌다
면 기둥이 부러졌을 텐데. 힘이 아니라면 어떤 능력이
강화된 걸까….

N씨는 누운 채로 고개를 돌려 열려 있는 병실 문 너
머 복도를 바라보았다. 그러자 간호사 한 명이 안으로
들어왔다. 젊고 꽤나 예쁜 편이었다. 아하, 이거구나.
여성의 마음을 끌어당기는 능력이 생긴 게 틀림없다.
N씨는 히죽 웃었다. 나쁘지 않군.

그러나 침대 곁으로 다가온 간호사는 지극히 사무

적인 말투로 N씨에게 말했다.

"회사에 연락 드렸더니 일은 걱정 말고 푹 쉬다 오라고 하시더군요."

그리고는 미소 한 번 보이지 않은 채 밖으로 나가버렸다. N씨는 실망했다. 매력이 생긴 건 아닌 모양이다. 하지만 뭐 괜찮다. 여자들이 우글우글 따라다니면 돈만 들고 별로 좋은 일은 없을 테니까.

그런 그의 속마음은 아랑곳없이 옆에 있던 의사가 물었다.

"그래서 어떻게 하시겠습니까. 당분간 휴양하면 완전히 원래 상태로 돌아올 겁니다."

"그렇다면 쉬는 김에 철저하게 건강검진을 해주십시오. 아무래도 예전과 다른 점이 하나 있는 것 같아서 말이죠."

천사의 선물이 무엇인지 N씨는 궁금해서 견딜 수 없었다. 그걸 모르면 그야말로 보물을 가지고도 쓰지 못하는 꼴이다. 건강검진은 며칠에 걸쳐 이루어졌다. 그 결과, 45세 남성으로서 어느 부분 하나 특별히 좋지도 나쁘지도 않다는 결론이 나왔다.

N씨는 마음 한구석에서 성적인 능력이 강화되었기

를 은근히 기대하고 있었다. 하지만 그런 기색은 스스로도 전혀 느껴지지 않았다.

N씨는 다시 한번 실망했다. 하지만 뭐, 됐다. 그런 능력이 강해졌다고 해도 상대는 천사다. 동시에 생식 능력까지 높여놓았을 것이 분명하다. 아무래도 '낳아라, 번성하라'라는 구호를 창시한 일파 아닌가. 여기저기 아이가 생기면 천사는 기뻐할지 몰라도 자신은 죽을 맛일 것이다. 그건 그렇고 대체 어떤 능력일까.

N씨는 의사에게 물었다.

"뭔가 표준과 다른 점을 하나도 발견하지 못했습니까?"

"조사한 바로는 아무것도 없었습니다."

"하지만 분명 뭔가 있을 겁니다. …그래, 어쩌면 죽지 않게 됐을지도 몰라. 한번 시험해 줄 수 없습니까?"

"말도 안 되는 소리. 농담도 작작 하시죠. 해봤는데 안 되면 큰일 아닙니까. 목을 자르는 건 쉽습니다만…."

"그것도 그렇군요. 목이 몸에서 떨어진 채로 죽지 않는 건 보기에도 썩 좋진 않겠죠. 그래도 천사인데 설마 그런 짓을 했을 리는 없지…."

N씨의 중얼거림을 듣고 의사가 문득 생각난 듯이

말했다.

"정확히 말하면 한 가지 있긴 합니다."

"그겁니다, 제가 알고 싶은 건. 어떤 점입니까?"

"천사에 대한 망상입니다. 45세 남성에게서는 흔히 보이지 않는 특징이죠."

"그거 말고 말입니다…."

N씨는 얼굴을 찌푸렸다. 하지만 일단 이 가능성도 검토해 보았다. 망상은 능력의 범주에 들어가지 않을 것이다. 설령 '망상력'이라는 게 있다 해도 전혀 강화된 느낌은 없다. 나쁜 쪽의 망상도 예전과 별반 다르지 않았다.

"천사에 대한 망상이라면 남에게 피해를 입히는 건 아니죠. 앞으로 사흘 정도 더 입원하신 후에 퇴원해서 업무에 복귀하셔도 좋습니다."

병원에서 보낸 사흘 동안, N씨는 무료함을 견디지 못하고 온갖 실험을 해보았다. 그렇게 하지 않고는 배길 수 없었던 것이다.

주사위를 들고 다른 병실의 환자들을 찾아가서 내기를 해봤다. 하지만 이기기도 하고 지기도 할 뿐 계속 이기거나 계속 지는 일은 없었다. 승부와 관련된 능력은 아닌 듯했다. 뭐 그건 어쩔 수 없다. 천사가 도박을 장려할 리는 없지 않은가.

그렇다면 정신적인 힘과 관련된 능력일까. 염력으로 물건을 움직이는 그런 종류 말이다. N씨는 책상 위에 성냥개비를 올려놓고 정신을 집중해 보았다. 하지만 성냥개비는 꿈쩍도 하지 않았다. 또 도무지 여성에 대한 미련을 버리지 못해 보이는 여자마다 정신력을 집중해 보았다. 하지만 미인은 물론 못생긴 여자도 누구 하나 반응을 보이지 않았다.

이기적인 생각을 해서는 안 되는 걸지도 모른다. N씨는 다른 병실을 찾아가서 여러 환자들에게 염력을 시험해 보았다. 그러나 충치 통증 하나 낫게 하지 못했다. 아무래도 정신적인 힘도 아닌 모양이다.

정말이지 궁금해서 견딜 수 없었다. 도대체 어떤 능력일까. 안달이 나서 미칠 지경이었다. 차라리 천사를 만나지 말았어야 했다는 생각마저 들었다. 하지만 이제 와서 어쩔 수도 없다. 능력이 강화되었다는 사실 자체는 나쁘지 않다. 기뻐해야 할 일이다. 다만 그게 뭔지 알 수만 있다면.

N씨는 더 이상 병원에 있을 필요가 없다고 생각해

서 업무에 복귀하기로 했다. 회사에 출근하자 상사가 동정 섞인 목소리로 말했다.

"엉뚱한 봉변을 당했군. 이제 괜찮나?"

"네, 괜찮습니다. 걱정 끼쳐서 죄송합니다."

"자네가 쉬는 동안 새 장비를 하나 들였네. 자네도 좋아할 거야."

"어떤 장비입니까."

"고성능 컴퓨터일세. 이걸로 자네 부서 업무도 훨씬 신속하고 정확해질 걸세."

"그렇습니까. 정말 도움이 되겠네요."

N씨는 기쁜 듯이 대답했다. 대답하면서도 이 이상하리만치 운 좋은 상황이 혹시 천사의 선물은 아닐까 생각했다. 하지만 행운을 불러오는 능력이라는 게 정말 있을까? 천사는 '당신이 갖고 있는 능력을 높여줬다'라고 했다. 없는 능력을 높여줄 수는 없는 노릇이다.

"왜 그러지. 무슨 생각을 그렇게 열심히 하나."

상사가 N씨를 컴퓨터가 설치된 방으로 안내하며 물었다.

"아니요, 별거 아닙니다."

천사 얘기를 할 수는 없다. 병원이라면 몰라도 회

사에서 그런 말을 꺼냈다가는 결과가 비참해지리라는 것쯤은 잘 알고 있었다.

"그래도 뭔가 신경 쓰이는 게 있어 보이는데."

상사가 또다시 말했다. 순간 N씨는 좋은 핑계를 떠올리고 서둘러 말했다.

"혹시 컴퓨터를 한가할 때 사적으로 잠깐 써 봐도 되겠습니까?"

"필요하다면 써도 괜찮지. 업무 능률을 높이는 것과 관련이 있다면 말일세…. 그런데 뭘 하려는 거지?"

"실은 사고로 머리를 다쳤습니다. 의사 소견으로는 완치되었다고 하는데 뭔가 이상이 남은 것 같아서 신경이 쓰입니다. 완전히 나았다는 걸 직접 확인하고 안심하고 싶습니다."

그렇게 말하며 N씨는 혹시 핑계 대는 능력이 높아진 건 아닐까 생각했다. 상사는 흔쾌히 허락해줬다.

"안심하고 일하려는 게 목적이라면 그건 회사 업무지. 담당 직원에게 말해둘 테니 자유롭게 사용하게. 그런데 어떻게 사용할 생각인가?"

"네, 우선 제 행동을 자세히 기록해서 컴퓨터에 입력해 볼까 합니다. 컴퓨터가 그걸 정리하고, 분류하고 검토해서 뭔가 특이한 점이 있으면 알려주겠죠. 그걸 알고 싶습니다."

N씨에게는 그것 말고는 딱히 궁금한 것이 없었다. 천사의 선물. 그게 뭔지 알아야만 마음 편히 일할 수 있을 것 같았다.

상사는 고개를 끄덕였다.

"그래, 그런 방법이 있다면 해보게. 답이 나올지도 모르지. 어쨌든 이건 고성능 컴퓨터니까 말이야. 한 번 예시를 보여주지."

상사는 메모지에 복잡한 수식을 적어 직원에게 건넸다. 그걸 흘낏 들여다본 N씨는 묘한 표정을 지었다. 영문 모를 제3의 숫자가 머릿속에 저절로 떠올라 일렬로 늘어선 것이다. 그 숫자가 무엇인지는 곧 알 수 있었다. 컴퓨터 화면에 표시된 합계의 정답과 정확히 일치했기 때문이었다.

N씨는 이를 갈며 중얼거렸다.

"암산 능력이었어…. 정말 고리타분하군. 이래서야 사람들이 천사니 훈장이니 하는 걸 고마워하지 않는 것도 무리는 아니지…."

종말의 날

작은 마을이었다. 하지만 생활하기 불편한 마을은 아니었다.

규모는 작아도 은행과 우체국, 학교, 파출소가 있고 붙임성 좋은 주인이 운영하는 슈퍼마켓도 있었다. 대부분의 물건은 거기서 살 수 있고 없는 것도 주문하면 다음 주에 입고됐다.

그리고 이 마을에는 평화가 있었다. 오해로 인한 소소한 사건은 종종 있었지만 살인 같은 범죄는 일어난 적이 없다. 경찰의 권총 소리를 들은 사람도 지금까지 아무도 없었다.

뺑소니 같은 사건도 없었다. 고양이도 유유히 도로를 가로질러 다녔다. 물론 때로는 개에게 쫓겨 필사적으로 달리기도 했지만, 그건 어디까지나 사이가 좋지 않은 개에게 쫓길 때뿐이었다.

마을 밖으로는 밭이 펼쳐져 있고 그 너머에는 과수원이 있었다. 나무들은 계절의 변화에 따라 잎을 떨구거나 무성하게 우거지며 액세서리처럼 꽃과 열매로 제 몸을 장식했다.

그 너머에는 숲이 있고 그곳에는 다양한 동물들이 살고 있었다. 고운 목소리로 우는 작은 새, 장난꾸러기 까마귀, 귀여운 다람쥐, 심술궂은 여우, 그리고 숲 깊은 곳에는 곰도 있었다. 가끔 곰이 마을 근처까지 올 때도 있지만 사람이나 가축에게 피해를 입히는 일은 없었다. 사람들도 그걸 잘 알기에 곰을 사살하거나 하지는 않았다.

대기는 온화하게 마을을 감싸고 온화함은 대기처럼 마을을 감싸고 있었다.

오늘도 언제나처럼 평화로운 하루였다. 하지만 그 평화도 오늘로 끝이었다. 그렇다고 천재지변이나 전쟁이 닥치는 것은 아니었다. 또 보스가 부하들을 이

끌고 쳐들어오는 것도 아니었다. 세상의 종말이 다가
온 지금, 그런 수고스러운 계획을 시작할 리가 없다.

말라깽이 우편배달부가 길에서 마주친 마을 이장
에게 인사했다.

"이장님, 오늘 날씨가 참 좋네요."

"음, 좋은 날씨군. 수고가 많네."

뚱뚱한 이장은 파이프를 쥔 손을 흔들며 웃었다. 날
씨 이야기는 그걸로 끝이었다. 누구나 오늘이 세상의
마지막 날이라는 걸 알고 있으니 내일 날씨를 이야기
하는 건 무의미한 짓이다.

마침 전기용품점 앞 진열장에는 라디오가 진열되어
있었다. 하지만 스위치를 켜도 일기예보는 나오지 않
는다. 얼마 전부터 장기 일기예보를 들은 사람은 없다.

우편배달부는 빨간 우체통 옆을 지나쳐 걸어갔다.
열어봤자 편지는 한 통도 없으리란 것은 잘 알고 있었
다. 오늘 그는 도착한 편지를 배달만 하면 된다.

이장이 그를 바라보고 있을 때 중년의 부인이 허둥
지둥 달려와서 호소했다.

"우리 애가 아침부터 안 보여요. 어쩌면 좋죠."

"알겠네. 경찰에 부탁해서 찾아보도록 하지."

이장은 부인과 함께 경찰서를 찾았다. 하지만 찾으려 해도 도무지 짐작 가는 곳이 없다. 담당 경찰은 머리를 긁적이며 예전처럼 개를 이용하기로 했다.

그 개는 고양이를 쫓아 정신없이 마을을 뛰어다니고 있었다. 개와 고양이도 역시 오늘이 세상의 마지막 날이란 걸 알고 있었다. 하지만 동시에 어디로 도망쳐도 소용없다는 것 또한 알고 있었다. 지금까지 해왔던 쫓고 쫓기는 놀이를 계속하는 것 말고는 달리 할 수 있는 게 없었다.

개를 이용하는 것은 포기할 수밖에 없었다. 경찰은 이장과 부인을 데리고 경찰서 옆 골목에서 점을 치는 노인을 찾아갔다. 노인의 점은 맞을 때도 있고 틀릴 때도 있었다. 평균적으로는 맞을 때가 조금 더 많으려나. 하지만 요즘은 미래를 점치는 일은 하지 않게 되었다. 점을 치러 오는 손님이 아무도 없었기 때문이다. 혹시 누가 찾아오더라도 그는 적당히 얼버무리고 대답하지 않았을 것이다.

미래를 점치지는 않지만 오늘 일이라면 점칠 수 있다. 그는 그럴 듯한 어조로 말했다.

"심술쟁이 여우를 쫓다가 숲속에서 길을 잃은 모

양입니다."

경찰과 몇 명의 자원자로 이루어진 수색대는 숲으로 향했다. 길 잃은 아이도, 수색대원들도 오늘이 세상의 마지막 날이며 내일부터는 모든 것이 존재하지 않는다는 것을 알고 있었다. 그래도 아이는 길을 잃기 마련이고 어른들은 아이를 찾는 것이 의무였다.

대원들은 큰소리로 외치고 호루라기를 불며 숲속으로 들어갔다. 세상의 종말이 다가오고 있다는 사실은 아무도 입에 올리지 않았다. 뻔히 아는 일을 굳이 이야기해봤자 아무 의미도 없다. 그보다는 사라진 아이를 찾는 데 열중하는 편이 낫다.

숲속에서 작은 새들이 지저귀며 날아올랐다. 다람쥐들은 눈을 동그랗게 뜨고 나무 위에서 대원들을 내려다보았다. 작은 곰이 풀숲을 흔들어 대원들에게 잠시 헛된 기대를 품게 만들기도 했다. 어느 동물이나 세상의 종말을 알고 있었지만 그런 기색을 전혀 드러내지 않았다.

마을에서는 부인이 아이의 안부를 걱정하며 불안한 얼굴로 소식을 기다리고 있었다. 주변 사람들은 위로의 말을 건네며 그녀를 격려했다.

이윽고 숲 쪽에서 긴 호루라기 소리가 들려왔다. 찾았다는 신호였다. 사람들은 안도하며 환성을 질렀다.

2층 창문에서 고개를 내밀고 있던 음악가가 무심코 노래를 부르기 시작했다. 그에 맞춰 흥얼거리는 사람도 있고 가볍게 춤을 추는 사람도 있었다.

그 사이에도 세상의 끝은 점차 다가오고 있었다. 이제 얼마 남지 않았지만 시계를 들여다보려는 사람은 아무도 없었다. 모두가 운명에 순응하고 있었다. 폭동을 일으켜 봤자 아무 소용없다. 그저 추하고 비참해질 뿐이다. 거스를 수 없는 운명이라면 이처럼 평화롭게 끝을 맞이하는 편이 낫다.

아이와 수색대는 마을로 돌아와 노래하는 사람들 무리에 합류했다. 내일을 상상할 수 없기에 모두가 과거를 떠올렸다. 추억. 즐겁고 화려했던 날들. 긴 것 같지만 돌이켜보면 짧았던 세월.

물론 아직 하고 싶은 일은 누구에게나 남아 있었다. 사랑에 빠진 젊은 연인들, 언젠가 가게를 고치고 싶다고 말하던 서점주인, 마을에 관광버스를 들이겠다고 공약했던 이장. 하지만 아쉬워해봤자 소용없다. 이것이 운명이니까.

생각해 보면 이 마을은 너무도 평화로웠다. 너무도 행복했다. 어쩌면 그 때문인지도 모른다. 그 점이 신들의 심기를 거슬렀던 것이다. 그러나 이제 와서 반성해 봤자 이미 늦었다. 신들을 원망해도 소용없다. 신들은 그저 무엇이 어떻게 되든 마음에 들지 않으면 지워버리면 그만이니까.

조용히, 밝게, 노래를 부르는 편이 낫다. 평소와 조금도 다름없이….

종말의 순간은 바로 눈앞까지 다가와 있었다. 노랫소리가 조금 더 커졌다. 그것은 슬픔을 감추기 위한 것일지도 모른다.

마침내 종말의 시간이 왔다. 그것은 하늘 한쪽에서 소리 없이, 막을 수도 없이 다가왔다. 처음에는 작은 점에 불과했으나 순식간에 커다랗게 퍼지며 모든 것을 압도할 만큼 거대하고 또 선명해졌다.

'끝'이라는 글자.

동시에 무정한 신의 목소리가 선고처럼 울려 퍼졌다.

"오랫동안 시청해주신 연속 인형극 '작은 마을'은 오늘부로 종영합니다."

뒤이어 또 다른 비정한 신, 스폰서의 목소리가 들려

왔지만 그 목소리는 곧 끊겼다. 가장 무정하고 잔혹하고 싫증을 잘 내는 신의 손이 채널을 다른 곳으로 돌려버렸기 때문이다.

작가 후기

'요정배급회사'는 1964년 하야카와 쇼보에서 단행본으로 출판된 작품이다. 즉 1962~1963년경에 집필한 작품이라는 얘기다. 유리 가가린 소령을 태운 최초의 유인우주선이 대기권 밖을 비행한 것이 1961년. 사람들의 우주에 관한 관심이 높아지기 시작했을 무렵이다. 달 착륙을 목표로 하는 아폴로 계획을 발표한 케네디 대통령은 1963년 11월, 미·일간 첫 위성중계 방송이 있던 날 암살당했고 그 충격은 아직도 인상에 남아 있다. 그런 시대였다. 이번에 문고판으로 재출판하면서 첫 단행본에 수록됐던 작품 중 '어떤 연구', '의기투합', '불면증' 세 편은 제외했다. 이 세 편은 이미 신초문고에서 발행된 작가선별 초기 단편집인 '봇코짱'에 수록되어 있기 때문이다. 혹시 의아하게 여길 분이 계실지 몰라 이렇게 덧붙어둔다.

1976년 9월
호시 신이치

해설

후쿠다 준福田 淳

호시 신이치에게는 언제나 당해낼 수 없다고 생각하는 점이 있다. 바로 문체다. 그의 문장은 실로 이해하기 쉽다. 그렇다고 일부러 쉽게 쓰려고 애쓰는 것은 아니다. 타고났다고 할까, 천성적으로 알기 쉽게 쓴다고 할까.

어떻게 저런 문체를 쓸 수 있을까, 나도 저렇게 쓰고 싶다고 몇 번이나 생각했다. 하지만 아무리 애써도 자꾸 딱딱해진다. 호시 신이치의 문체는 자유롭고 유연하다. 오해의 소지가 있는 표현이지만 마치 태어난 그 모습 그대로 같다. 그렇다고 유치하다는 뜻은 아니다.

호시 신이치의 쇼트-쇼트는 아이도 어른도 즐길 수 있다. 하지만 아이도 읽을 수 있다고 해서 결코 아동용은 아니다. 어른이 읽어도 충분히 재미있고 생각할 점이 많다. 그야말로 놀라운 문체다. 흉내 내고 싶어도 흉내 낼 수 없다.

이것이 얼마나 타고난 재능인지 호시 신이치가 쓴 몇 편의 에세이를 통해 살펴보자.

『문장이란 표정과도 같은 것 아닐까. 그 사람의 성격과 인생을 보여준다.

(중략)

표정술 같은 것은 존재하지 않는다. 아무리 기교를 부려 웃거나 울어도 전혀 맞지 않는 상황에서 그랬다가는 전부 엉망진창이 되어버린다. 본인이 재미있다고 느꼈을 때 웃고 슬프다고 느꼈을 때 우는 것. 그것이 바로 표정이다.

문장도 마찬가지다. 무엇보다 자신의 개성을 확실히 해야 한다. 표정은 그 다음에 따라온다.』('문장수업')

『문장이란(중략) 잘 쓰고 못 쓰고가 아니라 어디까지나 그 사람의 됨됨이를 드러낸다. 유머가 없는 사람은 유머가 넘치는 글을 쓸 수 없고 대범한 사람은 신경질적인 글을 쓸 수 없다.

문장기술보다 자신을 발견하는 것이 먼저다. 그걸로 충분하다.

그 다음은 사전을 옆에 두고 오자를 줄이도록 노력하고 글자를 정성껏 쓰기 위해 노력하면 문장에는 자연히 당신의 좋은 면이 나타난다. 상대는 반드시 호감을 갖고 읽어줄 것이다. 어쩌면 상대에게 그 내용은 전해지지 않을지도 모르지만 당신의 존재는 반드시 상대에게 전해져 마음속 어딘가에 남을 것이다.』('문체')

하지만 그렇다고 예의 쇼트-쇼트가 쉽게 완성되는 것은 아니다. 아무리 타고난 문체라 해도 쇼트-쇼트 스토리가 마구 떠오르지는 않는다. 그게 어려운 점이다.

호시 신이치에게 쇼트-쇼트 스토리를 생각해내는 것은 굉장히 힘든 일인 듯하다. 역시 호시 신이치의 에세이 '나의 소설작법'을 보면 그 부분이 아주 재미있게 표현되어 있다. 바로 이런 식이다.

『마감이 다가오면 아이디어 하나를 얻기 위해 여덟 시간 정도 서재에 틀어박혀 있다. 무에서 유를 탄생시키는 영감은 그리·쉽고 편리하게 솟아나지 않는다. 메모 더미를 뒤적이고, 팔짱을 끼고 왔다 갔다 하고, 한숨을 쉬고, 무의미하게 지나가는 시간을 신경 쓰고, 다시 고쳐 쓰고 싶은 유혹과 싸우고, 생각나는 대로 메모를 휘갈기고, 그 모든 아이디어를 불만스러워하고, 커피를 마시고, 이제 재능이 바닥난 것 같다고 절망하고, 안약을 넣고, 비누로 손을 씻고, 다시 메모를 읽어본다. 절대 기력을 늦춰서는 안 된다.』

어쩐지 여성의 출산이 떠오른다. 여성에게는 실례지만 호시 신이치가 끙끙대는 모습은 무심코 쓴웃음을 짓게 하는 구석이 있다. 주목할 만한 부분은 이 다음이다.

『이 고비만 넘기면 그 다음부터는 그렇게 어렵지 않다. 스토리를 정리해서 초안을 잡는다. 이걸로 일단락. 다음날 그것을 정서해서 완성한다. 정서할 때 매끄럽지 않은 부분을 고치고 문장을 최대한 평이하게 다듬어 전날 밤 고뇌의 흔적을 지워버린다. 하루나 이틀 정도 묵혀두면 더욱 이상적이다.』

아이디어를 떠올리는 고통에 대해 쓰여 있지만 문장을 쓰느라 고생했다는 부분은 하나도 없다. 이것을 타고난 문체라고 하지 않으면 뭐라고 하겠는가.

호시 신이치의 쇼트-쇼트는 처음부터 완벽하게 완성되어 있다고 할 수 있다. 물론 나이가 들수록 생각이 깊어지고 넓어지는 것은 틀림없지만 기본적으로는 흔들림이 없는 무언가가 있다. 문체는 차치하고서라도 특히 인간의 삶과 죽음에 대해 일종의 혜안 같은 것이 있었던 것으로 보인다. 그것은 이미 지옥을 알고 있다는 의미이기도 하다.

호시 신이치는 연배가 있는 이들에게는 익숙한 위장약으로 유명한 호시 제약의 창업자, 호시 하지메 씨의 장남이다. 호시 제약은 전후 경영난에 빠졌고 부친의 사망과 함께 호시 신이치가 젊은 사장으로 뒤를 이었지만, 수년간의 고투 끝에 결국 회사는 남의 손에 넘어간다. 호시 신이치는 쇼트-쇼트를 쓰기 시작한 지 10년 후에 '인민은 약하고 관리는 강하다', 그리고 최근작 '메이지, 아버지, 아메리카'에서 모두 아버지를 모델로 장편소설을 집필했다. 코단샤 문고판에는 호시 신이치가 집필한 연보가 첨부되어 있는데, 그중에,

『1957년 30세, SF 동인지 '우주진'에 쓴 작품 '섹스트라'가 에도가와 란포가 편집한 '보석' 11월호에 게재되었다. 여기에 이르까지의 인생은 언젠가 작품으로 쓸지도 모르니 생략하겠다』

라고 적혀 있다. 공백으로 남겨진 것이다. 호시 신이치의 작가적 비밀을 찾는다면 아마도 이 시대에 모든 것이 집약되어 있을 것이다. 쓸데없는 추측은 그만두더라도 호시 신이치는 회사 경영자로서 힘든 싸움

을 강요당했고 문학청년 시절은 거의 없었다고 한다. 보통은 좀처럼 겪기 힘든 격렬한 인생 드라마를 젊어서 경험한 셈이다. 그리고 이것이 귀중한 정신적 양식이 되었다. 이렇게 해서 본인도 고개를 갸우뚱할 만큼 갑자기 작가로 변모하게 된 것이다. 이미 출발점부터 성숙한 시선을 갖추고 있었던 셈이다.

호시 신이치의 쇼트-쇼트는 아무리 짧아도 충분히 음미하고 즐길 수 있다. 마지막 반전은 반드시 의외성으로 가득하다. 속된 말로 표현하자면 결말의 뒤집기 솜씨가 보통이 아니다.

호시 신이치는 회사를 남에게 넘긴 후 낭인 시절, 기원(碁院)에 다니거나 소설을 읽으며 시간을 보냈다고 한다. 특히 이때의 소설에 대한 감상이 조금 독특하다. 나는 호시 씨에게 직접 들은 적이 있지만 지금은 정확히 기억이 나지 않아서 무책임하게 말하자면 '어떤 소설이든 서비스가 제대로 이루어져야 한다'는 생각을 가진 듯하다. 아이러니하게도 그는 자신이 작가가 되어 그 말을 실천해야 하는 입장이 되었다. 아이디어를 짜내는 고통에는 당연히 서비스도 포함되어 있다. 쇼트-

쇼트 같은 짧은 이야기는 더더욱 완벽하게 완결시켜야하는 만큼 서비스도 보통 일이 아닐 것이다.

나는 호시 신이치의 쇼트-쇼트는 인생을 아는 사람의 시선으로 쓴 글이라고 말한 바 있다. 이 책은 초기작 중에서도 후반에 속하는 작품집이지만 다시 읽어보니, 아니, 처음부터 그랬지만 모두가 들뜰 대로 들떴던 쇼와겐로쿠(昭和元. 일본의 연호. 일본의 가장 경제 부흥기였던 두 시대 쇼와(1926-1989: 버블)와 겐로쿠(1688-1704)를 뜻하는 말) 시대의 말로를 이미 꿰뚫어보고 있었던 것처럼 느껴진다. 그 점을 좀 더 저널리스틱하게 강조하자면 이 책이 단행본으로 세상에 나온 것은 그 한복판인 쇼와 39년(1964년)이었다.

호시 신이치 본인은 딱히 그런 시대를 예측하고 쓴 것은 아니겠지만 너무나 초연한 시선이 그렇게 느껴지게끔 만든다. 예를 들어 표제작인 '요정배급회사'. 그 회사에는 사사 편찬을 위한 노사원이 있다. 인간사회는 어디선가 갑자기 나타난 요정 때문에 엉망이 되어버렸다. 이 경우의 요정은 귀여운 작은 동물로, 모든 애완동물을 몰아내고 인간관계마저 소원하게 만들어버린다. 노사원은 회사의 역사를 돌아보다가 어떤 사실을 깨닫고 섬뜩함을 느낀다. 다음 '삼각관계'에서는 젊은 여성과 연인이었던 남자가 갑자기 나타난 젊은 남자와 삼각관계가 되어 적나라한 갈등을 되풀이한다. 질투에 시달리던 남자는 배가 난파하여 무인도에 혼자 남게 되고 가까스로 구조된 상태다. 그의 질투심은 사실…. 예를 들자면 끝이 없지만 호시 신이치의 쇼트-쇼트는 모든 것을 꿰뚫어본 관점에서 이루어진다. 그러니 쇼와겐로쿠 시대의 말로를 굳이 저널리스틱하게 다시 꺼낼 것까지도 없이, 호시 신이치의 쇼트-쇼트에 대해 말하자면 언제나 항상 반(反) 시대적이다.

왠지 쿨함만을 강조한 이야기가 되어버렸지만 그와 동시에 뭐라 표현하기 힘든 일종의 밝은 유머가 호시 신이치의 쇼트-쇼트의 특징이다. 차가운 동시에 밝다. 모순처럼 보이지만 그 두 가지가 절묘하게 공존한다. 쿨한데다 그것이 더욱 차가운 유머가 된다면 독자로서는 견딜 수 없을 것이다. 물론 호시 신이치의 작품이 밝다고 해도 그것은 어둠을 아는 자의 밝음이다. 그것이 호시 신이치의 매력이기도 하다.

호시 신이치라는 사람은 생각지도 못한 말을 아무렇지도 않게 말한다. 요즘 호시 신이치는 전기소설 개

척에 눈부신 활약을 보이고 있다. 그 이야기를 꺼내자 "이런 일은 수지가 안 맞아요" 라는 것이다. 무슨 소린가 했더니 수많은 자료를 읽어야 하는데 비해 원고 매수는 적기 때문이라고 한다. 아주 짧은 단편인가보다 했더니 장편이라도 마찬가지라는 대답이 돌아왔다. 자세히 물어보니 자료와 씨름하느라 드는 돈과 노력이 더욱 크다는 얘기였다.

보통 사람 입장에서는 픽션을 만들어내는 편이 더 힘들고 그에 비해 자료를 찾는 것은 공부도 되고 나쁘지 않을 것 같은데 호시 신이치의 생각은 완전히 정반대였다.

1976년 9월

호시 신이치 쇼트-쇼트 시리즈 07.

요정배급회사

1판 1쇄 인쇄	2025년 12월 15일
1판 1쇄 발행	2025년 12월 30일
지은이	호시 신이치
옮긴이	김진수
발행인	황민호
본부장	박정훈
책임편집	김선림
기획편집	신주식 최경민 윤혜림
마케팅	이승아
국제판권	이주은 정유정
제작	최택순
발행처	대원씨아이㈜
주소	서울특별시 용산구 한강대로15길 9-12
전화	(02)2071-2017
팩스	(02)749-2105
등록	제3-563호
등록일자	1992년 5월 11일
ISBN	979-11-423-3669-0 04830
	979-11-6979-492-3 (SET)